ALPHAPOLIS
WEB CITY SINCE 2000

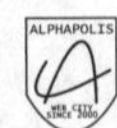

元構造解析研究者の異世界冒険譚 5

ALPHA LIGHT

犬社護
Inuya Mamoru

アルファライト文庫

アッシュ
ロキナム学園に通う少年。
努力家だが
報(むく)われていない。
リリヤ
奴隷(どれい)の少女。
二つ名は「冒険者殺し」。
クロイス
ジストニス王国の王女。
ちょっとお馬鹿さん。
シャーロット
本編の主人公。家族だけでなく、
精霊からも愛されている少女。
前世では構造解析研究者
「持水薫(もちみずかおる)」だった。
なりゆきで、クロイス姫の
クーデターに参加する。
CHARACTER

ドレイク
ユアラの仲間。
彼女のツッコミ役。
ユアラ
フランジュ帝国
出身の冒険者。
ククミカ
王都の魔導兵器製作
工場で働かされていた
人間の女の子。

1話　ステータスを把握しよう

ハーモニック大陸に転移してから、約二ヶ月が経過した。これまでに起きたイベントは、どれもこれも印象深い。ケルビウム大森林におけるネーベリック戦、クロイス姫による私の誘拐、騎士団によるクロイス姫一斉捜索、ロキナム学園の生徒だったアッシュさんと『鬼神変化』を持つリリヤさんとの出会い、三人でのダンジョン攻略、新生ネーベリックVS偵察部隊、そしてクーデターの決行、それら全てが私の記憶に強く残っている。

クーデターに関しては、反乱軍が勝利した。これにより、国王エルギスが失脚、クロイス姫が新たな女王として即位し、ジストニス王国に平和が訪れたのだけど、ここで問題が一つ発生した。

私はクロイス女王と、反乱軍に協力する代わりに、ある約束事を交わしている。それは『クーデターを成功させた暁には、宝物庫にある転移石を報酬として受け取る』というものだ。しかし、いざその約束を果たしてもらうときになって、転移石と一部の魔導具が、何者かの手により盗まれていることがわかった。

クーデターの勝利直後という状況から考えて、クロイス女王が嘘を言っているとは思えない。その後の調査で、誰かが宝物庫に侵入した痕跡すらないことも判明した。この事態に、私は驚きこそしたものの、憔悴はしていない。帰還手段の第一候補『転移石』を入手できない以上、第二候補『転移魔法』の習得に、力を注げばいいだけのことだ。

幸い、ガーランド様が――

「『長距離転移魔法』と『転移の基点となる座標』。これらはハーモニック大陸のどこかにある石碑に刻まれている。その石碑に到達できれば、君も長距離転移魔法を習得できるだろう」

という超有力情報を、ご褒美として私に教えてくれた。ただ、魔法を入手したとしても、エルディア王国の座標を知らなければ転移できないので、なんらかの方法でそれを知る必要性もある。これに関しては、転移魔法と基点座標を習得してからの話かな。

石碑についても、ジストニス王国の各地に残されている遺跡の最下層に存在しているらしいけど、少し前に知り合ったトキワ・ミカイツさんにそれがどこか教えてもらっている。

彼は、魔鬼族の先祖『鬼人族』の調査のため、国内にある数々の遺跡を探索しており、これまでに訪れた石碑には、転移魔法に関する内容は刻まれていないと、私たちに断言してくれた。また、彼の師匠であるコウヤ・イチノイさんも単独で遺跡調査をしていたそうで、石碑の内容を確認している遺跡を除外していくと、私の調査すべき場所は、王都ムーンベルトから比較的近い場所にある『古代遺跡ナルカトナ』のみとわかった。

ここは、コウヤさんが確認しているけど、なぜか石碑の内容をトキワさんに教えていない。

というわけで、次の目的地は決まった。

でも、懸念事項が一つだけ残っている。それは、『スキル販売者』についてだ。そもそも、奴がエルギスに『洗脳』スキルを販売したことで、ネーベリックによる王族惨殺事件が発生したのだ。事件には直接関与していなくとも、その行為は重罪に相当する。『洗脳』スキルを制作したのはスキル販売者自身なのか、それとも裏に潜む別の神なのか、皆目不明だった。

ただ、ガーランド様の助言で、近い将来、スキル販売者が私に接触してくる可能性もあるから、無闇に喧嘩をしてはいけないと言われている。ガーランド様の力でも、その正体や消息を掴めない以上、私の『構造解析』も通用しないだろう。

しかし、スキル販売者の目的はわかっていないものの、私に対しては興味本位で近づいてくるだけのようだから、誰かと接触しても、普通に応対すればいい。

次なる目的地『古代遺跡ナルカトナ』、どんなダンジョンなのか楽しみだな。すぐに旅立ちたいけど、クロイス女王が私やトキワさんの功績に対する表彰を謁見の間で行いたいらしく、準備が整うまで王都内で待機と言われてしまった。

クロイス女王、早く準備を整えて‼

○○○

クーデターが終結してから、三日が経過した。お祭り騒ぎも落ち着き、王都はいつもの日常へと戻りつつある。いや、『いつも』というのは語弊があるかな。ネーベリックが討伐されたことで、国民の憂いが完全に消えた。これにより、王都の活気はクーデター前よりも明らかに増している。ただ、国にとっては非常にいいことなんだけど、私も含めて一部の人にとっては、少し煩わしかった。

トキワさんは、外に出る度に『英雄』と騒がれるらしく、本人も鬱陶しく感じているという。そんな心を悟られるわけにはいかないので、表面上は笑顔で多くの人々と話しているが、熱狂が冷めるまで、武器屋『スミレ』でホワイトメタルの刀の改良に取り組むつもりのようだ。

私の場合、冒険者ギルドには『最年少のCランク冒険者』兼『人間族の聖女』として似顔絵が貼られるし、ニャンコ亭や露店の一部では『天才料理研究家シャーロットが考案した料理あります』なんて似顔絵付きの看板を作られてしまった。おかげでトキワさん同様、外に出ると、すぐに注目を浴びてしまう。そんな状況のため、現在私は貧民街の自室にて、自分のステータスを一人で確認しているところだ。

名前　シャーロット・エルバラン
種族　人間？／性別　女／年齢　7歳／出身地　エルディア王国
レベル21／HP58／MP2498／攻撃0／防御2653／敏捷(びんしょう)2871／器用2123／知力2106
魔法適性　全属性／魔法攻撃0／魔法防御2730／魔力量2498
回復魔法：イムノブースト・ヒール・ハイヒール・リジェネレーション・リムーバル
火魔法：ファイヤーボール
水魔法：アイスボール・アイスランス
風魔法：ウィンドシールド・エアクッション・エアブレッド・フライ
木魔法：ウッドウォール
幻惑(げんわく)魔法：幻夢・トランスフォーム
空間魔法：テレパス・短距離転移・サイレント
闇魔法：ブラックホール・ダークアブソーブ・ダークフレア
光魔法：リフレッシュ・ライトウォール・ライトシールド
重力魔法：グラビトン
無属性魔法：スリープ・クイック・プロテクション・アソルト・真贋(しんがん)

ノーマルスキル：
Lv10　魔力感知・魔力操作・魔力循環・鑑定・気配察知・気配遮断・隠蔽・暗視・HP自動回復・MP自動回復・自己犠牲・魔法反射・身体強化・跳躍・識別
Lv9　聴力拡大
Lv8　ポイントアイ
Lv7　内部破壊・威圧・視力拡大・立体舞踏
Lv6　並列思考・魔力具現化・マップマッピング
Lv4　洗濯・危機察知
Lv3　罠察知・マジックハンド・魔石融合・エンチャント
Lv2　足捌き・罠解除・手加減
ユニークスキル：全言語理解・精霊視・構造解析・構造編集・環境適応・無詠唱・状態異常無効・ダークコーティング・魔法支配・共振破壊・洗髪
称号：癒しマスター・ジストニスの救世主・再興者・食の伝道師

ステータスが四桁表示となったことで、自分の強さを初めて認識できた。攻撃以外の基本数値が、全て２０００以上とはね。ただ……ＨＰ58って低すぎでしょ!?　自分の体力と合っていないよ‼　この低さだけが気になる。

ここまでの経験で、いくつかのノーマルスキルもレベルアップしたようだ。これは、ネーベリックや白狐童子、刀魔童子という強者と戦ったからだろう。スキルが増えすぎたせいか、表示の仕方まで変わっちゃったね。

ユニークスキルの欄には、なぜか『洗髪』スキルがある。開発者なので、ガーランド様が贈与してくれたのかな？　せっかくのプレゼントということで、ありがたく使わせてもらおう。でも、このスキル、自分に対して発動しないのが欠点だよね。

称号の方は、新規のものが三つある。

ジストニスの救世主
文字通り、ジストニス王国を滅亡の危機から救ったことで得られる称号。副次効果として、ジストニス王国内であれば、初対面の人からでも信頼を勝ち取りやすくなる。

再興者（副次効果：知力＋１００　器用＋１００）
千年以上前に滅んだ旧文明技術を再興した者に贈られる称号。

食の伝道師
自ら考案した新作料理を多くの人々に食べさせ、幅広く普及させた者に贈られる称号。

副次効果として、他者がこの称号獲得者により調理された料理を食べると、その者の抱える負の感情を大幅に軽減できる。

これらの称号の中でも、『食の伝道師』は貰っていいのだろうか？　全部、前世の知識で作ったものだから、自ら考案したものではない。この世界から見れば、ある意味合っているのかな？

甘酸っぱい味がするスカッシュジュースを飲みながら、自分のステータスを把握していると、ドアがノックされた。

「シャーロット、入っていいかしら？」

この声はイミアさんだ‼

いよいよ表彰の準備が整ったのかな？

2話　王城の敷地に簡易温泉施設を建設しよう

イミアさんが、私の部屋に入ってきた。クーデター以降、彼女もアトカさんも変異を解いている。二人とも本来の種族はダークエルフだから、肌も褐色になっている。ここを訪

れた理由はなんだろうか？

「イミアさん、表彰の準備が整ったのですか？」

彼女の顔が、申し訳ない表情に変化した。どうやら、違う理由のようだ。

「ごめんね。種族進化計画に加担していた貴族の中には、重要な役職についていた者も結構いたのよ。そいつら全員が牢獄行きになったから、クロイス女王は失った穴を埋めるため、それぞれの役職に相応しい人材を選んでいるところなの。表彰は、もう少し後になるわ」

残念。新たな人材を起用して、国を動かすことが先決だ。これは仕方ない。

「今回、ここを訪れた理由は二つあるわ。一つ目、アッシュの指名手配が、法的に完全に解除されたことを報告するためよ。魔導具『ソナー』も返ってきたし、彼の冤罪も確定しているから、今回のことで、前科がつくことはないから安心して。アッシュにはさっき報告したわよ。二人とも喜んでいたわ」

クーデター後、アッシュさんとリリヤさんは変異せず、ギルドやニャンコ亭に行ったりしている。周囲の人たちも冤罪と理解しているから、騒がれることもない。ただ、この冤罪が原因で、アッシュさんに前科がついてしまったら、冒険者としても生活しづらくなる。クロイス女王、きちんと対応してくれたんだ。

「それを聞いて安心しました。二つ目は？」

「え〜と……シャーロットお願い‼　王城にある入浴施設の改装を手伝ってほしいの。設計だけでいいから‼」

イミアさんは両手をあわせて、私に懇願している。貧民街の場合、『入浴』という習慣がなかったから、私たちがみんなのために建設したけど、王城には既に王族用や臣下用のお風呂があると聞いている。

「思い切ったことをしますね。既に施設があるのですから、そこに温泉を入れれば癒されますよ？」

「一応、私もアトカもクロイス女王にそう言ったんだけど、『王城と貧民街用のお風呂では、癒され度が違います‼ 二人は貧民街に行けますけど、私はそうそう行けません。それに、臣下の者たちにも、あの爽快感を味わってほしいのです‼』と言われたのよ」

私は王族用と臣下用の入浴施設を見たことがないけど、多分洋式なんじゃないかな？ 貧民街の簡易温泉施設は木魔法を使って建設しているから、内部は和風の檜風呂に近い。私はどちらかというと檜風呂の方を好むけど、好みは人それぞれ異なる。どうせ施設を改装するのなら、和洋折衷にしたい。

「設計図だけのお手伝いなら、別に構いませんよ。一応、具体案もありますけど、私には絵のセンスがありません」

以前、リーラたちにアクセサリーの絵を見せたら、『絵が壊滅的に下手だ』とびっくりされたからね。

「大丈夫‼　既に、アッシュに現施設の間取りを教えて、内部の全体図を描いてもらっているわ。それをもとに、設計を進めていきましょう！」

早いよ‼　私の許可を得る前に、動いているじゃないか。設計だけなら断らないと思っての行動か。まあ、私が図を描くわけではないから、別にいいんだけどね。

以前、貧民街で簡易温泉施設を建設する際、スーパー銭湯的な設計図を皆で作図していたから、イミアさんは今回もそれに近いものを実現させたいのかもしれない。

詳しく話を聞いていくと、私に手伝ってほしいのは、臣下用のお風呂らしい。

王族用のお風呂は三階に設置されており、こちらは臣下用の施設の設計図を見て、自分たちで新たに設計、改装するとのこと。

肝心の臣下用の施設は、王城一階にあり、間取りを聞いた限り、日本の昭和時代に数多くあった銭湯よりも、少し広い程度かな？

「ねえ、シャーロット、あなたの言う具体案って、どんなものなの？」

イミアさんの目が、異様に輝いている。

「思いついたばかりですけど、かかり湯、休憩用ベンチ、寝風呂、洞窟風呂、水風呂、檜の大浴槽、五右衛門風呂、歩行浴、足湯、露天風呂とかですね」

「ほとんどはなんとなく想像できるけど、『五右衛門風呂』って何？」

あ、この世界には、五右衛門風呂がないのか。

「タリネを炊くときに、お釜を使用しますよね？」

「ええ、使うわね」

これを聞いたら、変に思うかな？

「人が入れるほどの巨大化したお釜に、お湯を入れた風呂のことを『五右衛門風呂』って言います」

イミアさんが顔を顰めた。やっぱり、人がタリネのように炊かれるところを想像したのかな？

「クロイス女王には、その言い方は控えてね。でも、面白そうだから絵にしましょ‼」

私たちは、アッシュさんとリリヤさんを部屋に呼び寄せ、先程話したお風呂の詳細を二人に伝えた。歩行浴、足湯、五右衛門風呂、洞窟風呂などの新規のものに関しては、何度も修正し、試行錯誤の末、ついに内装の完成図ができ上がった。私が見る限り、完全に日本の銭湯だ。

「アッシュ、画家になれるわ。ここまで詳細に描けるなんてね」

「アッシュ、凄いよ‼ こんな施設があったら、私も入りたい‼」

イミアさんとリリヤさんからの評判は、上々のようだ。

「あはは、ありがとう。シャーロットから言われた通りのものにしたんだけど、これって建設可能なのかな？」

日本では建設可能だ。

「魔法だけでなく、プロの職人さんが協力してくれれば可能です。アッシュさんから見て、他に何か足りない点はありますか？」

「う～ん、貧民街のお風呂でも思ったんだけど、周囲の壁に絵を描けないかな？」

あ、壁画か⁉　連想したのは、日本の銭湯に描かれている風景画だ。代表的なものとして、富士山とかがあるよね。そういった絵は、あった方がいい‼

「描けると思います。ただ、紙ではなく壁に描きますから、特殊な素材が必要になってくるかと。これに関しては、プロの画家さんに相談しないといけませんね。試しに、私が幻夢で、壁に絵を映してみましょうか？」

「いいね‼　とりあえず、テーマは『癒し』で何かを映してみてよ」

アッシュさんから言われたテーマは『癒し』か。クロイス女王は『癒し』に当てはまる。

それなら……

「幻夢」

私の部屋の壁と床には、クロイス女王の……数百ほどに及ぶ喜怒哀楽の表情が次々と現れた。三人の反応はどうかな？

「「「ぎゃあああ～～～！！！」」」

え、三人とも、叫ぶほど嫌なの？

「ちょっと、これはダメよ‼　確かにクロイス女王は『癒し』だけど、こんなのが入浴施設の壁中に描かれていたら、みんな落ち着かないわよ‼」

イミアさん、クロイス女王のことを『こんなの』呼ばわりしますか。

「あはは、冗談ですよ。それでは、次です」

次に現れたのは、アトカさんの全身像だ。でも、これだけでは面白くないので、上半身裸の筋肉質アトカさんを連想し……ボディービルダーのようなポーズをとったアトカさんが、床と四方の壁に次々と現れた。仕上げとして、天井にはオカマ版のアトカさんを至るところに映した。

「「……う⁉」」

あれ？　イミアさんとリリヤさんが、一斉にトイレへ駆け込んだ。

「シャーロット、今すぐ消すんだ‼　こんなアトカさんが壁のそこら中にいたら、みんなが吐くと思う。実際……僕も危なかった」

アッシュさんの顔色が相当悪い。まあ、これは『癒し』にならないよね。イミアさんとリリヤさんが戻ってくる前に消しておこう。

「ふう〜〜、久しぶりに吐いたわ。シャーロット、どうしてくれんのよ。私は、アトカと接する回数が多いのよ。あんなものを見せられたら、連想しちゃうじゃないの‼」

イミアさんが吐くとは……相当ショックだったのか。

「私も吐いちゃった。シャーロット、冗談はもういいから、ちゃんとしたものを映して」

リリヤさん、すみません。それでは、この絵はどうかな?

「幻夢」

次に見せたのは、私がお父様たちと一緒に、ライダードラゴンの背中に乗って、上空から海の街ベルンを眺めたときの風景だ。私にとって、初めての空からの景色だったから、凄く記憶に残っている。

「凄いわ……これよ、これだわ‼　こういった風景画が、一番お風呂に合っているわ‼」

「うん、これは癒される‼」

「なんか、空中を漂っているような錯覚を覚える。これ、いいよ‼」

イミアさん、アッシュさん、リリヤさんの評価は上々だけど……

「三人とも、これは本物の風景ですけど、実際に描かれるのは『絵』ですからね」

「そうか、こういった風景を絵にするのか。絵になると……」

「アッシュ、大丈夫よ。本物の風景かと思うほどの風景画を描く画家も、王国内にいるわ。その人たちに協力を仰げば可能よ」

地球にも、本物を追求する絵の達人がいたよね。こっちにもいるんだ。

「今回、私は改装に参加しませんよ。魔法封印が解除されたんですから、魔法を扱えるべテランに頼んでくださいね」

私が改装してしまうと、さらに注目を浴びてしまう。

「もちろん、そのつもりよ。いつまでも、シャーロットに頼るわけにはいかないもの。ただ、前言を翻すようで申し訳ないんだけど、施設を改装中、代わりの簡易施設を造りたいから、そこの建築は、シャーロットも手伝ってくれない？　私とアトカとシャーロットの三人でやるのよ。アッシュとリリヤもできるのなら手伝ってね。手本になれる人が多いほど、王城にいるみんなも、参考になると思うの」

「できます‼　手伝わせてください‼」

「私もできます‼」

アッシュさんとリリヤさんは、常に強さを求めているから、スキルレベルが上がりそうな訓練には、積極的に参加している。今の二人なら、一部を任せられるかな。

「いつからやりますか？」

「ごめん……今日からなの。みんなに温泉の効能を説明したら、早く建築してくれって頼まれているのよ。建築方法に関しても、シャーロットの『構造解析』スキルを少しだけ説明したら、みんなも信用してくれたの。ただ、下水の設備を整えていないから、温泉の排水方法に関しては、当分の間面倒だけどマジックバッグを利用するわ」

『聖女』と称号『ジストニスの救世主』のおかげで、信用してくれたのかな。クーデター中、王城の騎士さんたちを大変な目に遭わせている。時間もお昼の二時頃だし、できれば今日中に建築してあげたい。

「わかりました。今から行きましょう」

今後、王都だけでなく、他の街にも、入浴施設が建築されるかもしれない。これから冒険していく私にとっては、メリットの方が大きい。簡易温泉施設を建築しましょうか‼

〇〇〇

私たち四人は王城へと出向き、アトカさんを加えてから、早速簡易温泉施設の建築に取りかかった。今回、人数が多いこともあって、男湯と女湯を別々に建築することとなった。王城の敷地は非常に広く、二棟を建築する土地は十分にある。私、イミアさん、リリヤさんは女湯、アッシュさんとアトカさんは男湯担当だ。周囲には、大勢の見物人がいる。みんな、王城での仕事があるはずなのに、大丈夫なのかな？

アッシュさんとリリヤさんは、初めの三十分ほど、木魔法と土魔法の応用に苦戦していたけど、コツを掴んで以降、作業効率が大幅に上がった。また見物人たちも、私たちの魔法を見たことで、やり方を学び、途中から建築に参加してくれた。その甲斐あって、二棟の建物は三時間ほどで完成した。

私の『構造解析』スキルで、建物を細かくチェックしたため、おかしな箇所はない。一棟一棟が、貧民街の簡易温泉施設よりも、少し大きくなっている。

温泉に入れる最大人数は八人。貧民街のような露天風呂形式ではないものの、十分満足できるレベルだ。ただ、魔法だけで建築すれば、人件費や材料費は大きく削れるけど、全てが茶色系統となってしまうので、どこか物足りない気もする。まあ、簡易版だし、皆も気に入ってくれるかな。

施設内の点検も終わり、外に出て皆で完成した施設を眺めた。木製のためか、和風感が漂っている。私にとっては、懐かしさを感じる建物だ。そばにいるアトカさんやイミアさんの顔を見ると、やり遂げたという満足感で満ち溢れている。

「完成ですね。男女別々ではありますが、ここだけだと貴族も平民の方々も、一緒に入ることになります。アトカさん、そのあたりは大丈夫ですか？」

「心配ない。貴族のほとんどが、帰宅してから自宅の風呂に入っている。それに、施設内では『無礼講』という決まりもあるからな」

それなら安心だ。風呂に入ってまで、喧嘩する人もいないだろう。途中から手伝ってくれた見学人たちも、達成感もあってか、終始笑顔だ。皆が、魔法の応用性に気づいたこともあって、今後広まっていくだろう。

「クロイス女王は、どうされるんですか？」

彼女は仕事があって、この場にいない。さすがに、王族が皆と一緒に入るのはまずいよね？

「あ～、そこはな。クロイス女王本人としては、皆と一緒に入りたいと言うだろう。まあ、状況次第だな」

一人でのんびり温泉に入るのもいいけど、どこか寂しさを感じてしまう。そこは、クロイス女王に任せよう。その後、温泉に入りたい人たちを、見物人の中から抽選で決め、実際に入浴してもらった。すると、男女関係なく、最高評価を貰えた。

入れ替わりで、皆が次々と入っていき、温泉を堪能した結果、王城内の入浴施設の改装が終了しても、この簡易温泉施設を取り壊さないことが決定された。入浴する人が多すぎて、この施設だけでは寛げない場合もある。この簡易温泉施設を残しておけば、人の混雑も緩和できるわけだ。

王城内には、数百人の男女が日々働いている。今回入浴してもらった人たちはほんの一握り。皆さん、もっともっと入浴して温泉の虜になり、温泉兵器の有用性を周囲に伝えてくださいね。

3話　レドルカとプードルとの再会

簡易温泉施設の建築から、二日が経過した。王城で働く多くの人たちが、簡易温泉施設を気に入ってくれたのだけど、一点だけ不満があるようだ。『施設が小さい』のだとか。
王城内にあるとされる匿名意見箱には、『王城内にある入浴施設の改装が、楽しみです‼』『改装後の完成図をチラッと見ました。早く入りたいです』『王都内にも建築してほしいです』という実名入りの紙が、満杯になるほど入っていたらしく、クロイス女王も臣下たちからの高評価に大喜びだった。

そして現在、私はアッシュさんとリリヤさんとともに、とある依頼を完遂させるため、市場へと向かっている。

「シャーロット、今日王城の使者が君の部屋を訪れたと聞いたけど？　市場へ行くのは、それと関係しているのかな？」

「私も気になる。市場だから……新しい料理を作るの？」

アッシュさんとリリヤさんには、まだ詳しく話していなかったよね。

「その通りです。使者の方からお手紙を貰いました。手紙の主は、料理室長コーラル・ボーナルトさん。内容を拝見すると、ニャンコ亭で教えた私の屑肉調理法に感銘を受けたらしく、現在王城でも屑肉料理が流行っているそうです。ただ、屑肉の王様と言われる剛屑肉だけが、上手く調理できないらしく、私に助けを求められました」

「王城の『料理室長』と言ったら、多分最高責任者だよ。そんな偉い人が、シャーロットに助けを求めるって……」

アッシュさん、そこは私も不思議に思っています。私なんて、前世でも家庭料理をちょっとかじった程度の素人同然の腕前。プロでも難儀する食材の調理方法なんて、知るわけがない。

「アッシュ、シャーロット、剛屑肉っていうのは、私も知ってるよ。屑肉の中でも、最も筋や脂身が多く、全てがガチガチに硬い肉のことだよね？　おまけに激臭もするから、貧民街のみんなも、この肉だけは、今でも廃棄してるよ」

私は、それを見たことがない。そこまで酷い代物なんだ。

「手紙によりますと、屑肉の調理方法がわかってから『どんな食材でも工夫すれば美味しくなる‼』という風潮が広まっているらしく、王都の料理人たちも、不良食材から新規料理を作れないか、色々と試しているそうです。ただ、この剛屑肉だけは、どの料理人たちにも手に負えないらしく、私に助けを求めてきたという感じですね」

ニャンコ亭や露店の店主たちから、私の名前を聞いたのかな？　クーデター以降、私がアストレカ大陸出身であることを、皆が知っている。そっちの知識を求めているのかもしれない。

「シャーロット、何か策はあるの？」

「リリヤさん、私自身は剛屑肉を知りません。現物を見てから判断します」

……市場に到着したのだけど、朝の九時三十分にもかかわらず、通り一帯が賑やかだ。

まずは、剛屑肉を探そう。

市場の中でも、肉エリアに相当する場所に移動して剛屑肉を探すが、どのお店にも置かれていなかった。

近くの五十歳くらいの女性店主さんに尋ねてみると『絶対に売れないものだから、一定期間だけ倉庫奥の冷凍庫にしまってある』と言われた。しかも『欲しけりゃあげるよ』とまで言ってくれたので、五キログラムを貰うことにした。

ただ、常温の空気に触れると、激臭が出るらしく、縦六十センチメートル、横二メートル、高さ五十センチメートルの小型冷凍庫のそばで渡されることになった。

冷凍庫が開け放たれると――

「「「くっさ‼」」」

店主さんの「ハイヨ‼」という掛け声とともに、私のマジックバッグへと移された。冷凍庫が閉じられると、すぐに激臭は霧散した。

「聖女様、新規料理を楽しみにしてるよ‼　じゃあね」

そう言うと、店主さんは自分の店へ戻ってしまった。私が、あの激臭を放つ肉を調理しないといけないの？

「うえ～～アッシュさん、リリヤさん、手伝ってくださいね」

「……わかったよ」

「うう、手伝いたくないけど……わかった」

二人とも、明らかに嫌がっている。

ここまで臭いが酷いとは思わなかった。今回貰った剛屑肉、元はストームバームカウという牛型の魔物肉らしいけど、こんな臭い部分もあるのか。こんな臭い肉、調理なんてしたことないよ。一応、漫画で得た知識ならあるけど、実際に試したことはなかった。まあでも『構造解析』スキルもあるし、なんとかなるか。臭いに関しては、風魔法で充満しないよう、外に逃がそう。

肉を貰った後、私は『生姜』に相当する野菜を探した。市場中を歩き回るのは面倒なので、そこは『構造解析』に頼った。すると、一件だけヒットしたため、そのお店に行き、目的の野菜を見せてもらった。見たまんま、私の知る『生姜』なんだけど、名称は『ロンロベル』だった。これをたくさん購入し、私たちは王城へと出向いた。

王城に到着すると、中庭には……なんと懐かしのレドルカとプードルさんがいた‼ ネーベリック戦以降、全く会っていなかったけど、元気そうでなによりだ。

「お～い、レドルカ～、プードルさ～ん」

「「あ、シャーロット～～～」」

二人も私に気づき、こっちに来てくれた。

「二人ともお久しぶり」

「本当に久しぶりだよ‼　クーデターが終わっても、会議ばかりでなかなかシャーロットに会えないし、貧民街に行こうにも、この姿じゃあ目立つから止められるんだ」

再会早々、レドルカがプンプン怒って、文句を言っている。ネーベリック戦以降、彼はザウルス族の族長代理だ、王城との交易や私の暴れっぷりで活性化した山の件もあるから、大忙しだろう。

「レドルカ、それは仕方ないわよ。まだまだ、仕事は山積みよ」

プードルさんは、レドルカの秘書的役割で、ここに残っているのかな。

「族長代理は疲れるから嫌だよ。プードル、変わってよ？」

「お断りします」

即答か。まあ、気を使う仕事だから、志願するザウルスもいないよね。

「もう、レドルカが族長でいいんじゃない？」

「嫌だよ‼　あ、それよりも、そっちの二人は？」

おっと、紹介がまだだったね。

「こっちの男性がアッシュ・パートンさん。レドルカが私の初代ツッコミ役とすれば、彼は二代目かな。ツッコミがレドルカに似ているの」

レドルカはアッシュさんを見た途端、なぜか全身に哀れみを漂わせた。

「どんな紹介の仕方だよ‼　え……と、アッシュ・パートンです」

「僕はレドルカ、よろしく‼　君も苦労するだろうけど……頑張ってね」

レドルカの哀れみを込めた右手が、アッシュさんの左肩にポンっと優しく触れた。

「もう……それだけで、レドルカの苦労がわかった」

なんで、その動作だけで意気投合しているの⁉

「ふふ、確かに彼はレドルカと似ているわね。私はプードルよ。そっちの女性のお名前は？」

「彼女はリリヤ・マッケンジー、ボケとツッコミの両方を担当しています」

ある意味、本当のことだ。

「シャーロット、違うでしょ‼　リリヤ・マッケンジーです。武器が弓なので、後方支援担当かな」

「ふふ、あなたも苦労しているのね」

互いの自己紹介が終わり、クーデター時の話を五分ほど和気藹々と話し合ったところで、イミアさんがやって来た。レドルカとプードルさんに、私の今日行うことを話すと、すっごく興味を持ったらしく、一緒に調理場へ向かうこととなった。

○○○

ここは調理場。私の周囲には、依頼主であるコーラルさんを含めた料理人たち、レドルカやプードルさん、イミアさんも合わせると、合計九人いる。コーラルさんは恰幅のいい五十五歳の魔鬼族の男性で、料理人専用の白い服と帽子を着用しており、口髭の先がクルンと回転しているのが印象的だ。ニャンコ亭の店主さんと仲がよく、そこで私の名前を知ったそうだ。

私は皆の前で、剛屑肉をテーブルに置いた。

「あれ？　市場で嗅いだ臭いがしない？」

「アッシュさん、キッチンの吸引機能と私の風魔法で、全ての臭いを真上にあるダクトに送っているんですよ。風魔法を解きましょうか？」

一度風魔法を解除すると、吸引しきれない激臭が周囲を覆い、レドルカとプードルさんが調理場から真っ先に逃げてしまった。ザウルス族の嗅覚は、魔鬼族よりも数十倍優れていると聞いたことがあるけど、本当のようだ。料理人以外の人たちは、あまりの激臭でもがき苦しんでいる。コーラルさんは、こうなることを踏まえて、剛屑肉を使用する際は、真夜中にキッチンを使用していたという。

「皆さん、風魔法を発動したので、もう大丈夫です」

こういった臭いを除去させるには、手間が必要である。購入した剛屑肉を六つに分断してもらい、水の中に入れ軽く水洗いし、汚れを落とす。

次に、剛屑肉をお湯で煮るのだけれど、恐ろしいほどの灰汁が出てきたので、丹念に取り除く。灰汁が取れるまで水を追加しながら、この作業をやり続ける。一回目の灰汁取り以降、料理人たちが作業を代わってくれた。この作業にかかった時間は、なんと一時間だ。灰汁を大量に除去したこともあって、風魔法を解除したときの激臭がかなり薄まった。この肉を、灰汁取り作業中に調整しておいたタレ（水、ショウセ、ロンロベル、酒など）に漬け込む。あとは、タレが剛屑肉に染みわたり軟らかくなるまで、徹底的に煮込む。

多分、通常のやり方で行えば、数日を要するので、そこは魔法を使って、二時間ほどに短縮した。日本でいう圧力鍋と同じ原理で、用意した鍋に圧力をかけたのだ。本来のものと少し違った味になるかもしれないけど、大幅に調理時間を短縮できる。

料理人たちは、私の説明を聞きながら、せっせとメモっている。特に圧力鍋の箇所、これを魔法ではなく魔導具として開発できれば、画期的な商品となる。煮込んでいる時間のほとんどを、圧力の原理と魔導具にする際の仕組みについての講義に費やす羽目になってしまった。

最終的に、魔法に頼らなくても圧力鍋の製作が可能とわかって、料理人たちは喝采するほど、大喜びしていた。そこには、レドルカとプードルさんも含まれている。

かなりの手間がかかったけど、ついに私の求める料理が完成した。料理名は牛丼改め『剛屑丼』、完食するまでの時間が、異様に早い料理だ。丼の中には、炊き立てのタリネも入っているから、この一品だけで、お腹がある程度満たされる。時間に余裕のない人にとって、これは喜ばれるだろう。

私は、完成した一人前の剛屑丼をテーブルの上に置いた。依頼主である料理室長コーラルさんが丼を持ち、匂いを嗅ぎ、一口食べた。

「おお‼　あの臭くて硬い肉が、ここまで軟らかくほのかに甘く美味しくなるものなのか‼　アレだけの調味料でこの味を出せるとは……脱帽だ。しかもこのタレが、下にあるタリネと合うのだ‼　行儀が悪くなるが、一気に口の中で頬張りたい衝動に駆られる」

コーラルさんの説明だけで、レドルカは涎を垂らしている。プードルさんは必死に我慢しているけど、時間の問題かな。

その後、剛屑丼を他の料理人たちにも配膳すると、料理は十分もかからずに完食となった。

レドルカとプードルさんに至っては、多めに入れたにもかかわらず、魔鬼族よりも身体が大きい分、一口で平らげた。食べた瞬間、二人の目が美味しさのせいか輝いていたものの、すぐに胃の中へと入ってしまった。私におかわりを求めてきたけど、空になった鍋の中身を見せると、ガクッと床に崩れ落ちてしまった。

「シャーロットさん、ありがとう。あなたは、天才料理研究家だ。剛屑丼、手間のかかる料理ではあるものの、圧力鍋を利用すれば、かなりの時短になる。王族貴族用の料理ではないけれど、庶民にとって欠かせないものとなるでしょう」

そこまで褒められるとは……。『地球の料理を教えただけですから、私は天才でなく凡人です』と心から言いたい。剛屑丼に対する皆の評価は上々、シンプルな味付けであったため、工夫すればもっと美味しくなるはずだ。

「シャーロットさん、私がクロイス女王に、この料理のことをお伝えしておきます。ただ、あなたの料理は、どれも素晴らしい。今後、新たに料理を作った際は、レシピ自体を商人ギルドで商標登録するといい」

「レシピを商標登録するのですか？」

「そうです。本来、自分の考案した料理のレシピというのは、料理人であれば、絶対に口外しません。しかし、考案した料理を多くの人々に食べてもらいたいと思う料理人もおります。そういった場合、レシピと料理完成図を商人ギルドに登録しておけば、皆は料理完成図をタダで見ることができます。そして料理を気に入った場合、銅貨三枚でレシピを購入することができます。味がよければ、口コミで広がったりもしますから、結局はあまり儲からないでしょう。ただその分、料理自体は急速に知られていきます」

なるほど、そんな権利があったのか。

「今回、圧力鍋の特許と剛屑丼のレシピを、あなたの名前で登録しておきましょう。次、王城に訪れた際、商人カードをお渡しします。シャーロットさんは、冒険者登録しておりますから、そちらの情報と共有すれば、本人が来なくても商人カードを作成できます。これから入金される特許料や登録料は、その商人カードを各街の商人ギルドの受付嬢に渡すことで確認できますよ。また、カードがあれば、自分で入金と引き出しが可能になります」

おお、それは便利だ‼

「コーラルさん、ありがとうございます‼　ぜひ、登録の手続きをお願いいたします‼」

「はい、お任せを」

私が即答すると、コーラルさんは柔らかな笑みで応えてくれた。

オークションで小金持ちになったけど、どこで大金を消費するかわからないもんね。今後の冒険のためにも、少しでもお金を稼いでおきたい。

剛屑丼の試食会終了後、私は多くの人々にお礼を言われた。レドルカとプードルさんは、まだ会議が残っているらしく、もうしばらくの間、王城に滞在するそうだ。だから、私はクロイス女王から褒賞を貰い次第、王都を発ち、長距離転移魔法を探す旅に出ることを伝えた。

「長距離転移魔法を探す旅か～。国外にも行くだろうから、これからはシャーロットと気軽に会えなくなるのか。少し寂しいな」

ケルビウム大森林に関しては、山の活性化のこともあるから、私も今後が気になる。連絡役が欲しい。……待てよ‼　デッドスクリームのように、今後強い従魔と契約できたら、そのうちの誰かを森に棲まわせることはできないだろうか？　そして、その従魔に、森の守護をお願いできないかな？

「レドルカ、私自身はケルビウム大森林に行けないけど、私の従魔を森に棲まわせることは可能かな？」

「あ、なるほど‼　連絡係だね‼　従魔の許可があれば可能だよ。無理矢理の引越しは、可哀想だもんね」

「やった‼　まだ、デッドスクリーム一体しかいないから、そっちに送れないけど、もう少し増えたら、誰かを送るね」

あれ？　レドルカもプードルさんも固まった。アッシュさんとリリヤさんは、苦笑いだ。

「そうだった～。クロイス女王から話を聞いてはいるけど、デッドスクリームか～。シャーロット、どの従魔を送るのかは、必ずクロイス女王を通して、前もって教えてね。いきなりAやSランクの魔物が訪れたら、大パニックになるから」

「レドルカ、私だって、みんなを困らせるようなことはしないよ。きちんと手順を踏んで、そっちに送るから安心して」

私の従魔がもう少し増えてから、実行することになる。ケルビウム大森林の守護者誕生は、もう少し先の話かな。

私たちはレドルカとプードルさんにお別れを言った後、まっすぐ貧民街へ帰った。簡易温泉施設の評判も上々、そろそろ彼を動かす頃合いだろう。

4話　温泉兵器製作工場の視察

エルギスとビルクが共同開発した全七種の魔導兵器（地雷、魔榴弾、魔導銃、魔導ライフル、魔導バズーカ、ロケットランチャー、魔導戦車）、それらは全て魔導兵器製作工場で生産されている。

調査の結果、工場は王都以外に四ヶ所あることが判明した。工場内で各魔導兵器の部品を生産していき、労働者たちはそれらを手作業で一つ一つ丁寧に組み立てていくようだ。

毎日毎日同じ品物を組み立てるという作業の繰り返し。これまでこういったルーティーンの作業を行っていたのが、奴隷と化した人間、ドワーフ、エルフ、獣人の四種族である。

彼らの生活環境は、極悪……というわけではない。労働者たちには、安い賃金と寮が与えられ、必要最低限の生活はできていた。

ただし四種族自体の数は、二年前、エルギスがデッドスクリームとの契約時に生贄とされたため、現在その数を大きく減らしている。

なお、王城地下の工場については、クーデター決行の一日前、レイズさんとトールさんの二人が、働かされていた六十人ほどの奴隷たちを解放し、貧民街へと移動させた。

そして、私は誰もいなくなった工場を魔導兵器製作工場から『温泉兵器製作工場』へと構造編集したことで、地雷以外の六種の魔導兵器が『温泉兵器』へ、地雷は『緑地』へと生まれ変わったわけだ。

ちなみに、工場から解放された奴隷たちは、貧民街で元気に暮らしている。貧民街に住む人たちも、様々な事情を抱えているため、彼らを快く迎え入れてくれた。

また、レドルカたちが種族進化計画に関わった貴族たちを捕縛し、クロイス女王が全員を裁いた結果、一部の貴族たちは貴族位を完全に剥奪され、財産を全て国に没収された。

そこには、奴隷たち約二十人との不正な契約も含まれている。彼らはクロイス女王の権限で解放され自由を手にしたものの、衣食住を満足させるだけのお金を所持していなかった。そのため、クロイス女王は新たな住居として、貧民街を紹介している。

まとめると、クロイス女王や騎士たち七十人ほどが、クーデター以降貧民街から離脱したけど、魔導兵器製作工場や不正奴隷たちを含めた『魔鬼族、人間、エルフ、ドワーフ、獣人』の約八十人の新規参入者が貧民街に雪崩れ込んだことで、反乱軍がいたときとほぼ同じ人口に戻っていた。

現状、解放された人間や獣人たち四種族は、差別意識の残っている王都を大っぴらに出歩けない。私の登場により、今後は差別意識も少しずつ緩和していくだろうけど、まだ時間がかかる。だからクロイス女王は、彼らに温泉兵器の組み立てをお願いした。無論、正当な労働時間、平民の平均月収と同程度の賃金を与えることを約束している。

その際、温泉兵器は『人を癒すための治癒兵器』、『緑地』は『土地を癒すための治癒兵器』であることも説明した。だけど、言葉だけでは『癒す』の意味が理解しにくいため、実際に体験してもらうこととなった。

まず『緑地』を土地に埋め、効果が出るまで待つ。その間、皆を簡易温泉施設へと案内し、温泉兵器の一つ『温泉バズーカ』を用いて、浴槽に温泉を入れ、実際に入浴してもらう。

入浴を堪能してもらった後、『緑地』を埋めた土地を見に行き、何もなかった場所から、活き活きとした草花が生えていることを確認してもらう。

彼らはこの過程を経験することで、『癒す』の意味を真に理解し、温泉兵器製作工場での組み立て作業を快く了承してくれた。今後、温泉兵器や温泉施設が国内に広まっていき、兵器の製造者が四種族と判明したら、魔鬼族の持つ差別意識もより一層薄まるだろう。

労働者を確保できたのはいいけど、肝心の温泉兵器製作工場を、私もクロイス女王もまだ視察していない。また、温泉兵器に関する総責任者を誰にするかも決めていない。実は、クーデター前に気づかれずに作られた工場製の温泉兵器には、私が直接編集したものと違い欠陥があった。出るお湯の温度が熱すぎたり、冷たすぎたりと、品質が安定しないのだ。誰かに管理してもらわないといけない。

今回、私とクロイス女王は、責任者に最も相応しいと思われる人物『ビルク・シュタイン』のもとへ行き、彼を説得するという重要な役目を担っている。現在、彼は王城地下の牢獄に収監されている。

王城内で発生した事件の犯人たちは、郊外にあるムーンベルト監獄所に移送するための手続きなどで、数日間王城地下の牢獄に止まることになる。ビルクは処遇が決まるまで、前王エルギスは離宮の準備が整うまで、ずっと牢屋生活となっている。

私、クロイス女王、アトカさんの三人は牢獄の面会室へと入る。日本の刑務所の面会室同様、中央に固く頑丈で透明な板が固定されており、その板を挟んで目的の人物ビルク・シュタインと、エルギスとライラさんが佇んでいた。ライラさんだけはゴーストであるため、宙にフヨフヨと浮いている。クロイス女王が、面会者側にある一脚の椅子に座った。ビルクは後方に下がり立ったまま、こちらの話を聞くつもりのようだ。エルギスは椅子に座り、クロイス女王と真正面から対面した。

「エルギスお兄様、ビルク、お身体の状態はどうですか？」

ライラさんには、できない質問だね。

「私もビルクも、すこぶる健康だ。これも、ライラのおかげだな。貴族たちを洗髪する心構えは、とうにできているぞ」

エルギスの言葉通り、ライラさんのおかげで、二人は精神的にも肉体的にも健康のようだ。

「クロイス女王、私とエルギスを隣同士に収監していただき、ありがとうございます。ライラが二つの牢屋に対し、空間魔法『サイレント』を施したことで、三人で色々と話し合えました。それで……今日ここに来られたのは？」

『サイレント』か。一定空間内の音や魔力を外に漏れないようにする空間魔法だ。便利だから、貧民街にいるとき、私も習得しておいた。自分の訓練時に使用している。

「エルギスお兄様に住んでもらう離宮……三十坪程度の一軒家、長期間使用されていなかった影響で、老朽化が進んでおり、現在修繕しているところです。ですから、もうしばらく待ってください。今回、ここに来た目的は、ビルクの処遇についてです」

「私の？」

「ええ、話をする前に、確認したいことがあります。あなたは、今後も魔導兵器を開発することを望みますか？」

クロイス女王の質問に、ビルクは驚いているものの、さほど動揺はしていない。

「はは、ご冗談を。もう二度とあんな馬鹿げた兵器を開発するつもりはありませんよ。それは、エルギスも同じです」

クロイス女王が私を見た。ビルクの言った言葉は真実だから、私は軽く頷いた。

「それを聞いて安心しました。私は、王国に存在する魔導兵器製作工場、四ヶ所全てを……温泉兵器製作工場に作り変える予定です」

「「温泉兵器!?」」

クーデター中、エルギスは『温泉兵器』という言葉をクロイス女王から聞いている。そして、彼自身が実物を使用している。

「クーデター中、エルギスが放った武器のことですね？」

「ええ。これは人を殺めるのではなく、人を癒す兵器です」

温泉兵器を完全に理解してもらうには、私の力のことを話さないといけない。だから、クロイス女王は私の正体とその強さ、ユニークスキルでもある『構造解析』と『構造編集』を説明してから、温泉兵器の効能と製作由来を三人に語り、兵器を使用しての最終目標も明かした。

「私は、この温泉兵器で人種差別をなくしたい!!　現在、奴隷扱いされている人間、エルフ、獣人、ドワーフの四種族たちに温泉兵器を製作してもらい、王国全土に建設予定の温泉施設へ配備する計画を立てています。人々は、この兵器を使用した温泉に入浴することで、心も身体も癒される。そして、兵器製作に携わる四種族に対し、好感を抱いてもらうことで、差別意識も緩和されていく。この方法なら、四種族が他の種族と同じように、この国を自由に冒険できる日も近いと思っています」

　クロイス女王の目標、理論上は可能だと思う。でも……

「シャーロットの力を借り、王城と貧民街には、既に簡易温泉施設が建設され、皆からの評価も非常に高いものとなっています。この功績のおかげで、新たに『温泉開発庁』を設立できました。問題は温泉開発庁のトップに、誰を就任させるかなのです。また魔導兵器自体も、完全になくなったわけではありません。特に、ケルビウム大森林近くの平野に埋められている地雷地帯は、その規模も把握できていないため、現在立ち入り禁止となっています。今の王国には、魔導兵器と温泉兵器に精通し、差別意識もなく、指揮能力の高い人材が必要なのです‼　ビルク、温泉開発庁のトップになっていただけませんか？」

　この条件に当てはまるのって、正直ビルク……さんしかいない。今の彼なら任せられる。

「私は……もう戦争に関わるものを開発したくありません。その温泉兵器、見た目は魔導兵器そのもののようですが、間違いなく人々を癒しますね。温泉については、私も多少なりとも知識を持っています」

　ビルクさんの前世、シュトラールさんは晩年、海外旅行で日本に滞在していた時期もある。だからこそ、温泉の有効性を理解している。ぜひとも、ビルクさんに温泉兵器を任せたい。

「今聞いた限りでは、温度管理機能に問題があるようです。人々を癒す温泉、戦争兵器にはなり得ませんし、私自身の研究者魂が、この魔導具をもっと改良したいと疼いている。……わかりました。その話をお引き受けしましょう。地雷に関しては、長所も短所も熟知しております。無効化する術もありますので、半年以内には全ての地雷を撤去しましょう」

やった、笑顔で了承してくれた‼

「ありがとうございます‼　あなたを釈放する手続きを行いますね」

ここに来るまで、クロイス女王も『必ずビルクを説得します』と強く意気込んでいた。その思いが叶ったからか、笑顔が輝いている。

「ビルク、新たな人生を謳歌してこい。私は王城の端っこで、これまで犯してきた罪の贖罪に励む」

エルギス……様の場合、大罪を犯している以上、離宮から一歩も出られない。本人も、それを理解している。貴族たちに洗髪するだけでなく、それ以外の贖罪方法を考えているはずだ。

「エルギスお兄様、私は歳も若く、名ばかりの女王です。まだまだ、お父様たちには敵いません。だから……お兄様には、私を陰から支えてもらいたい」

「国王の責務、クロイスが思っている以上に重い。私でよければ、支えさせてくれ。このジストニス王国を、皆の力で繁栄させていこう」

これが、エルギス様なりの贖罪かな。女王としてのクロイス様はまだまだ半人前、彼女を支えていく人材は、多ければ多いほどいい。

「クロイス様、私もエルギスの妻として、ジストニス王国を支えていく所存です」

ライラさんはゴーストで、Bランクの力量を保持している。デッドスクリームほどではないけど、色々な面で重宝すると思う。

「エルギスお兄様、ライラさん、よろしくお願いしますね‼」

兄妹仲も、これで安泰だ。一旦、私たちは面会室から出て、ビルクさんの釈放手続きを行った。彼自身、罪を犯していたわけではないので、すぐに牢屋から釈放された。そのまま一階に戻り、ひとまず休憩を取ろうかと思ったのだけど、ビルクさんが温泉兵器製作工場を早く視察したいらしく、そのまま工場へ移動することになった。

魔導兵器製作工場、あんな大きなものを構造編集したことがない。温泉兵器を編集したとき、私は温泉が射出されるようイメージした。編集後の外観は魔導兵器のままだったけど、内部構造が少し変化していた。

工場全体を編集する際は、念のため、これまでに編集した温泉兵器の内部構造をしっかり解析し、全ての温泉兵器が製作できるよう、強く強くイメージして、編集を実行していた。

自信はあったんだけど、温泉の温度を管理する魔石関連で、なんらかの問題が生じたんだと思う。

〇〇〇

地下にある温泉兵器製作工場は、牢獄からほど近いところにある。工場入口となる大きな扉を開けると、温泉兵器を製作する製造ラインが一望できた。

私は、あまりの広さに呆然（ぼうぜん）とし、言葉が出てこなかった。敷地面積は『マップマッピング』で三万平方メートルほどとわかっていたけど、地下にこれだけの規模の工場を建設するとはね。

地球だと、人件費や機材などで莫大（ばくだい）な費用が必要となるけど、この惑星では魔法やマジックバッグなどの魔導具がある分、運搬（うんぱん）の費用だってかなり抑（おさ）えられる。

製造ラインは全部で七つの区画に分けられている。おそらく、銃、ライフル、バズーカ、ランチャー、戦車、手榴弾、地雷で分かれているのだろう。

各区画を観察すると、部品を作る製造ライン全てが必ず一区画につき一つの部屋へと繋（つな）がっている。おそらく、奴隷たちはその部屋で、魔導兵器を組み立てていたのだろう。ちなみに温泉戦車は大きすぎるし、地上での移動も大変だから、よほどのことがない限り製作されることはないだろう。

ビルクさんが、『作業室』と書かれている扉を開けると、二十畳くらいの部屋があった。室内に設置されている棚全体には、多くのファイルが綺麗に保管されており、ファイルのタイトルを一つ見ると、『温泉銃使用説明書』と記載されていた。説明書のイメージなんかしていないのだけど、全てのファイルが温泉兵器用に編集されているようだ。

ビルクさんだけでなく、クロイス女王やアトカさんも、棚に保管されているファイル一冊を開け、説明書を読んでいる。

「これ……凄いです。温泉ライフルの完成図や一つ一つの部品が細かく描かれています。しかも、組み立て方法も絵で描かれているため、非常にわかりやすい。私でも、組み立てられるかもしれません」

クロイス女王はドジっ子だから、こういった細かな作業を苦手としているはず。そんな方がそこまで言うとは。私も温泉銃のファイルを見たけど、絵も綺麗に描かれており、組み立て方法もわかりやすい。玩具のプラモデルを作っているかのようだ。

「つうか、この温泉兵器の説明書は誰が書いたんだ？」

アトカさん、それは私も知りたい。

「この元の説明書は、私が書いたものだ。おそらく、シャーロットが構造編集したことにより、説明書も温泉兵器に合わせて編集された……と考えるべきだろう」

ビルクさん、マジですか⁉　つくづく凄いな、『構造編集』‼　というか、ガーランド様がご褒美という形で、私の足りない部分を補ってくれたのでは？

「これは……素晴らしい!!」

え、ビルクさんが急に大声を出した!!　何が素晴らしいのよ？

「この……編集された説明書には、射出方法の原理も描かれている。この部分は、私も元の説明書には記載していない。火と水の魔石による温度変化の方法、銅と銀の配線による魔石の連結……科学と魔法をここまで一体化させる方法があったとは……シャーロット、ありがとう!!　また一つ、科学と魔法の融合されたものが開発された!!」

うわあ!?　ビルクさんが急に抱きついてきて、私を高い高いしながら、ダンスを踊っている!!　あの……凄く恥ずかしいんですけど!!

「え……いや……その」

多分、私の顔は恥ずかしさのあまり、真っ赤になっていることだろう。ここまでの喜びよう、ビルクさんにとって、衝撃的な中身だったのかな。

「あははは、クロイス女王、この温泉兵器は面白い!!　温度管理機能を改善していけば、温泉はどんどん普及していきますよ!!　あははははは」

クロイス女王もアトカさんも、私を高い高いしている状態でダンスしながら話すビルクさんを見て、ドン引きしていた。ねえ、早く彼を止めてよ。いつまでも、高い高いされていたくないんですけど？

ビルクさんの興奮が収まってから、私たちは温泉銃の製造ラインだけを、説明書を見ながら稼働させてみた。クロイス女王ができ上がった新品の部品を用いて、温泉銃を組み立てて、実際に発動させると、ちゃんと温泉が射出された。あのドジっ子のクロイス女王が一発で組み立てを成功させたことに、私もアトカさんも驚いた。それだけ、説明書の記載がわかりやすいのだ。

工場も正常に稼働し、ビルクさんも温泉兵器を気に入ってくれた。こちらの方はもう大丈夫だ。

この王都で私のやり残したことも着実に減りつつある。あとは、『王都外にある魔導兵器製作工場と魔導兵器の構造編集』と『アッシュさんから頼まれている孤児院の件』を終わらせるだけでいいかな。それが済めば、褒賞を貰って、次の街『カッシーナ』へと旅立とう。

5話 アッシュ、孤児院にて幼馴染たちと再会する

温泉兵器製作工場の視察をした翌朝――私、アッシュさん、リリヤさんの三人は、貧民街の私の部屋で、とある会議をしていた。

「アッシュさん、リリヤさん、学園に戻ってもいいのですよ？　本当に、今後も私と一緒に旅を続けてくれるんですか？」

議題は、アッシュさんとリリヤさんの進路についてだ。クーデターも終わり、アッシュさんの指名手配が解除された以上、二人が私についてくる理由はない。

「当然じゃないか。僕たちは、シャーロットに恩を返せていない。君をアストレカ大陸の実家に送り届けるまで、僕とリリヤは君と旅を続けるよ。そもそも、七歳の女の子一人だけで転移魔法探索やランダルキア大陸横断の旅に出るのは自殺行為だからね」

律儀な人だ。この旅にどれだけの危険を伴うのか、彼だって理解している。それでも、一緒に来る選択をしてくれるのか。

「私もシャーロットのおかげで、『鬼神変化』のことを理解できたもん。それに、もう誰にも『冒険者殺し』って言われない。全部、シャーロットのおかげなんだよ。この恩を返すまで、どこまでもついていくよ‼」

クーデターが終わってから、アッシュさんとリリヤさんは、Cランクになれたことをギルド受付のロッツさんに報告した。ロッツさんはリリヤさんのことを覚えていたようで『リリヤって……「冒険者殺し」のリリヤのことだったのか』と驚いていたらしい。

でも、アッシュさんが『強い呪いがリリヤにかけられていて、シャーロットがその呪いを完全に浄化してくれました』と伝えたことで、不名誉な渾名を返上することができたんだ。私自身が『聖女』扱いされていることもあって、ロッツさんだけでなく、周囲にいた冒険者たちも彼の発言に納得し、リリヤさんを祝ってくれたんだって。

……アッシュさん、リリヤさん、ありがとう。正直、いくら強くても、一人で旅を続けていくことに、私は不安を感じていた。アストレカ大陸の実家に帰るまでに発生する様々な問題、それらを全部一人で解決し進まないといけないのだから。どれだけスキルや魔法があったとしても、どうしても不安……いや恐怖を感じてしまう。

「お二人とも、ありがとうございます。でも、学園の方はどうされるんですか？」

私が工場を視察しているとき、二人はアルバート先生にこれまでの状況を伝えるべく、学園に行っていた。私と旅を続けるとなると、長期間欠席となってしまう。最悪、退学扱いになるかもしれない。

「大丈夫。僕がシャーロットの事情を、アルバート先生と学園長に打ち明けたことで『休学扱い』にしてくれた。しかも、学園を卒業するまでに必要な教科書なんかを、僕にくれたんだ。旅の道中、独学になってしまうけど、いただいた教科書で魔法や魔導具の知識、ハーモニック大陸の歴史を学んでいき、シャーロットを無事にアストレカ大陸へ送り届けたら、僕は学園の卒業試験を受ける。それに合格したら卒業、不合格でも学園に通って、再度卒業試験を受ければいいと言われたんだ。今回だけの特別措置だってさ」

おお、なんという素敵な対応だ‼　私との旅は、おそらく五年以上かかるはずだ。その頃には、卒業年齢に達してしまうと思っての配慮だろう。

「それに、アルバート先生に預けていた両親の形見となる武器も返してもらった。学園に関しては、全ての問題が片付いたよ」

「わかりました。長い旅になると思いますが、よろしくお願いします」

「うん、よろしくね」

「シャーロット、よろしく‼」

アッシュさんもリリヤさんも、笑顔で応えてくれた。これからの旅も面白くなりそうだ。

「それで……なんだけど、シャーロットの褒賞に関しては、まだ準備が必要だろうから、旅に出る前に僕の孤児院に行きたいんだけどいいかな？　カレーライスをみんなに食べてもらいたいんだ。あのバトルアックスが、オークションで高額取り引きされたから、お金も十分にある。どうかな？」

あ、先に言われてしまった。私も、その件について言おうと思っていたところだ。

「いいですね。早速、買い出しに行きますか？」

「うん、行こう。朝の八時だし、今日中に子供たちにカレーライスを用意できそうだ」

早速、私たちは市場へと買い出しに向かう。カレーライスに必要とされる具材は、そう多くないので、一時間ほどで全てを揃えることができた。買った具材をマジックバッグに入れ、そのまま目的地となる孤児院に向かったのだけど、入口近くに到着したところで、意外な人物二人と鉢合わせしてしまった。そのせいで、重苦しい雰囲気が漂っている。

「アッシュ……シャーロット」

グレンだけが呆然としながらも、アッシュさんと私の名前を呟く。

「グレン……クロエ」

「アッシュ、この人たちは誰なの？」

リリヤさん、あなたはアッシュさんと二人で、魔刀『吹雪』を携えて学園を訪れた際、グレンとは会っていますよ。

〇〇〇

リリヤさんが喋ってからは、長い沈黙が続いている。突然の再会で、どちらもなんて言葉をかけるべきか逡巡しているのだろうか？　グレンとクロエ、新型魔導具『ソナー』を盗んだことで、牢獄に収監されているはず。もう出所したの？　新聞の情報によると、二人は既に学園を退学扱いとなっているから、当然ながら学園服を着ておらず、ヨレヨレの普段着を着ている。一応二人とも、武器や魔導具を装備しているけど、服自体が冒険者用ではないからか、全体的にアンバランスだ。

「二人とも、牢獄に収監されていたはずじゃあ……」

アッシュさんも私と同じことを考えていたようだ。

「アルバート先生と学園長が、騎士団にかけ合ってくれた。それに……俺たちは成人していないし、初犯ということも考慮されて、今日出所できたんだ」

この国では、初犯かつ成人年齢（十五歳）を満たしていない子供の場合、刑期が通常よりも短縮されるのか。しかも、事件が学園内での出来事で、既に二人は退学処分されていることも考慮されて、こんなに早く出所できたわけね。

「あ、この人たちがグレンとクロエなんだ」

リリヤさん一人だけが、場の空気を読めていない。当のグレンとクロエは、彼女の存在を無視して、互いの顔を見つめ合ってから頷いた。

「アッシュ、すまなかった‼」

「アッシュ、ごめんなさい‼」

「え⁉」

再会して、すぐに謝罪か。アッシュさんも戸惑っているけど、まずは二人の話を聞くべきだろう。どんな反省の言葉が、二人から紡がれるのかな？

「俺たちは平凡だったのに、お前だけがドンドン強くなっていく姿を見て嫉妬していたんだ。十歳のとき、骨董屋で見かけた呪いの指輪を見て、つい出来心でやってしまった。指輪の呪いが解除された後、またお前と比較される日々が続くのかと思うと、嫌になってしまった。だから……お前がいなくなればと思って、あれらの事件を起こした。今では本当に後悔している。……すまなかった」

グレンが深々と頭を下げている。その顔からは、アッシュさんに対して仕出かしたことへの後悔と謝罪の意思が滲み出ている。

「私もグレンと同じ理由よ。私たちの心の弱さが、全ての発端なの。もう二度と、こんな馬鹿なことはしない。魔刀『吹雪』や魔導具『ソナー』のことで、あなたにはとんでもない迷惑をかけてしまった。これからは心を入れ替えて、生きていくわ」

ふむ、どうやら本当に反省しているようだ。二人を許す許さないは、アッシュさん次第だけど、どうする？

「二人とも、顔を上げてくれ。二人が僕のことで、そこまで大きな悩みを抱えていたなんて知らなかった。この件に関しては、君たちを許すよ。指名手配の間、僕自身も多くの経験を積めたからね」

あれだけのことをされても、二人を許しますか。『心が広い』というか、『お人好し』というか、こんなアッシュさんだからこそ、リリヤさんも惹かれたのかな。そのリリヤさんは、自分のことを無視されているからか、私たちから少し距離を置いている。彼女の機嫌が少しずつ下降しているのだけど、そんなことを言える雰囲気ではない。

「いいのか？　俺はお前を……」

グレンもクロエも反省しているのだけど、さっきからしきりに私をチラチラと気にかけている。今の私は変異していないため、人間の姿だ。その姿に戸惑っているか、私を恐怖の対象として見ているかのどちらかだろう。

「グレン、その先は言わないでいい。二人とも、既にシャーロットから罰を受けているだろ？　僕の知らない間に、彼女が君たちのスキルか魔法を弄ったのかな？」

これだけ挙動不審になっていれば、アッシュさんも気づくよね。私から暴露しよう。

「当時、反省している様子がなかったので、ちょっとした天罰を与えました」

アッシュさんは『仕方ないな』という表情を私に見せると、すぐにグレンとクロエの方を向く。

「グレン、クロエ、シャーロットの施したものは、呪いと同じだ。絶対に戻らない」

構造編集されたものは、二度と元に戻ることがない。アッシュさん自身、呪いの指輪で経験している。

「ああ……わかってる。でも、このおかしくなったスキルと魔法のおかげで、俺もクロエも自分の人生を振り返ることができたんだ。アッシュ……俺たちは、冒険者として生きていくよ。まだ、スキルに慣れていないけど、二人で協力しながら生きていくことにした。当面は、王都を拠点に活動していく」

冒険者か……あの編集されたスキルで生き抜くのは、かなり辛いかもね。それが二人の選択ならば、私からは何も言わない。

「そうか。僕はシャーロットに命を助けられた。でも、その恩をまだ返していない。彼女には目標があって、達成するにはこの王都を出ないといけない。七歳の子供一人で冒険を続けていくのは、自殺行為だ。だから……僕は彼女の旅に同行することにした。近日中に、王都を出ていくと思う。学園に関しては、休学扱いにしてもらったよ」

「「え⁉」」

アッシュさんの爆弾発言に、二人も驚いている。せっかく仲直りできたのに、数日以内にお別れになるのだから無理ないか。

「アッシュ、差し支えなければ、シャーロットの目標を教えてくれるか？」

グレンも、私の目的が気になるようだ。

「シャーロットは、見てわかるように人間族だ。彼女の目標、それは故郷でもあるアストレカ大陸に帰還することだよ」

「アストレカ大陸だって⁉」

アッシュさんは、人間である私がアストレカ大陸からハーモニック大陸に転移するまでの事情を、二人に話した。よもや、私にそんな特殊な事情があると思わなかったのか、二人の表情がどんどん深刻になっていく。

「シャーロットは、そんな事情を抱え込んでいたのか。長い旅になりそうだな」

「グレン、それなら今言っておいた方が……」

グレンとクロエは、アッシュさんと当分会えないとわかったからか、顔付きが変化した。何か覚悟を決めたような目をしている。

「俺は牢獄で、どうやって自分の罪を償えるか考えていた。アッシュ、シャーロットを送り届け、無事ここに戻ってきたら、俺と勝負してくれないか？　お前は天才とかではなく、努力で強くなっていった。俺も、お前以上に努力し、身も心も強くなる‼　元はと言えば、俺たちの心が弱かったから、今回の事態を引き起こしたんだ。頼む‼　正当な手段で強くなった俺を見てほしい‼」

グレンの目は真剣だ。その表情から、嘘偽りでないことがわかる。

「アッシュ、私からもお願い‼　帰ってきたら、私とも戦ってくれないか？」

まさかの償い方法だね。グレン……さんとクロエ……さんからは『弱い自分に、打ち克ちたい』という強い意志がヒシヒシと伝わってくる。

「あはは、グレンとクロエらしい罪の償い方だな。ああ、わかったよ。僕も旅を続けながら、強くなっていく。目標を達成したら、勝負しよう‼」

「アッシュ……ありがとう。絶対に負けないからな‼」

「私も負けないわよ‼」

おお、アッシュさんとグレンさんが、互いに握手したよ。そして、クロエさんとも握手した。

「グレン、クロエ、シャーロットが考案したカレーライスを今から孤児院で作るんだ。一緒に食べよう」

「今、王都で流行っている料理だよな。俺も手伝おう」

「それじゃあ、私は野菜を切ろう。みんなで協力すれば、すぐできるわ‼」

うんうん、三人の関係は、完全に復活したね。ただ、さ……アッシュさん、完全にリリヤさんのことを忘れているでしょ？　一人不貞腐れて、少し離れた場所で、小石を蹴っているよ。

6話　孤児院と双六ゲーム

アッシュさんは不貞腐れているリリヤさんに謝罪した後、グレンさんとクロエさんに彼女を紹介した。二人とも、リリヤさんがアッシュさんの『奴隷』と聞いてひどく驚き、彼女の待遇について心配したけど、リリヤさんの言葉で、それが杞憂であるとわかった。

「私にとっては、グレンもクロエも恩人なの。だって、二人のおかげでアッシュと出会えたもん‼」

この言葉のおかげで、二人はアッシュさんとリリヤさんの関係に気づいたようだ。その後、私とも打ち解け仲良く話せるようになり、友達同士となった私たち五人は、カレーライスを子供たちに振る舞うべく、孤児院の敷地へと足を踏み入れた。初めて訪れる場所だからか、私もリリヤさんも、ついキョロキョロと周囲を見渡してしまう。

「アッシュ、この孤児院って新しいよね？　いつ建築されたの？」

リリヤさんの意見に同意だ。建物の外観を観察すると、新築のように感じる。

「王都には、全部で四つの孤児院がある。どの建物も、築四十年以上だったんだけど、ネーベリック襲撃事件の影響であちこち崩れてしまった。しかも、大勢の子供たちが新たに孤児となったせいで、どの孤児院も生活環境が著しく悪化した」

それってまずいよね。生活環境が悪化した場合、病気も発生しやすくなる。孤児となった子供たちもストレスを抱え込み、精神的な病を発症する場合もある。

「それを援助してくれたのが、前国王エルギス様なんだよ。あの方は、孤児が急増していることを知り、いち早く行動に移してくれた。まず、王都全土に廃材を利用した百棟の仮設住宅を建設し、孤児たちを招き入れた。一時的にそこで生活してもらっている間に、全ての孤児院を解体し、新築することにしたのさ」

廃材を利用した仮設住宅……耐久性が気になるところだけど、当時そんなことを考えている余裕はないか。

「アッシュ、仮設住宅に入れたのはいいとして、子供だけで生活できるの？　自分の家を壊されている大人だっているでしょ？」

　リリヤさんと、全く同じ意見だ。

「子供だけの生活は、当然危ない。だから、エルギス様は、家を壊された大人たちと子供たちを一緒に住まわせたんだ。危機的状態だったから、反対意見などなかった。孤児院が建築されるまでの半年間、共同生活が続いたのだけど、孤児となった子供たちを養子に迎え入れる大人たちが現れたことで、孤児の数も少しずつ減少したんだ」

　孤児になった子もいれば、子を亡くした大人もいる。一緒に生活させることで、失ったものを一時的に補完させたのか。情が湧く人だっているから、引き続き養子として引き取ってもおかしくない。

「孤児院の工事が完了後、エルギス様は条件付きで、そのまま仮設住宅での居住を可能にしてくれた。孤児院再建や廃材処理などを優先したこともあって、大人たちの住居問題が後回しとなり、家の数が圧倒的に足りなかったからね。その政策のおかげで、孤児院への負担も大きく軽減したわけさ」

　エルギス様、国王としての責務をきちんと果たしていたのか。彼はクロイス女王に『国王としての責務は重い』と言っていたけど、国民たちに善政を敷いていたからこそ出る言葉なんだね。裏では世界征服を企み、生贄として数百人の人間や獣人たちをデッドスクリームに捧げる悪魔だったけど。

「俺も、エルギス様には感謝してるよ。あの行動の早さがあったからこそ、俺たちも大きなストレスを感じることなく生活できたんだから。でも、まさかエルギス様ご自身が、ネーベリックを洗脳し、王城に誘き寄せていたなんて……な。正直、ショックだ」

グレンさんと同じように、エルギス様を支持していた人々は多かったと聞いている。その分、彼の裏の顔を知ったせいで、ショックを受けた人も多い。

「でも、あの方も気の毒な人よね。全てのキッカケは、ご両親にあったのだから」

クロエさんの言いたいこともわかる。きっと、エルギス様が悪政を敷いていたのなら、違う言葉が出ていただろう。

と、ここで――

「あ、アッシュ兄と、グレン兄がいる‼」

「クロエ姉さんもいるわ‼」

「あ、聖女様もいるぞ‼」

孤児院の玄関入口から、一斉に私と同じくらいの子供たちが現れた。子供たちは明るく元気で、悲愴感を漂わせている子は一人もいない。

「アッシュ兄、なんでグレン兄と一緒にいるの？」

「そうだよ。グレン兄とクロエ姉に騙されたんだろ？」

五歳くらいの子供たちが、一斉にアッシュさんへ質問攻めだ。

「みんな、落ち着いて。僕たちは、ちょっとした誤解で大喧嘩していただけなんだ。今はもう仲直りしているよ。僕たち三人を見てもわかるだろ？」

「俺もクロエも、アッシュにきちんと謝った。な、クロエ？」

「ええ、アッシュに許してもらったわ」

十人くらいの子供たちの視線が、アッシュさん、グレンさん、クロエさんに集中している。ここで目を逸らすと、かえって疑われるから、三人とも真剣だ。

「よかった。新聞にい～っぱい書かれていたから、三人とも死んじゃうんじゃないかと思った」

初めに話しかけてきた男の子が信じてくれたおかげか、連鎖的に広まった。これで、信じてもらえたかな？　あ、今度は五十歳くらいの白髪まじりの女性が建物から出てきた。物腰が柔らかそうな温和な人に見える。この人が院長先生かな？

「何か騒がしいと思ったら、あなたたちが原因だったのね？　その様子だと、仲直りしたようね」

「はい。グレンとクロエは、反省していますし、謝罪の言葉も貰えました」

アッシュさんはクロエさんを、自分とグレンさんの間に移動させ、三人で肩を寄せ合った。喧嘩をしていたら、こんなことはできないよね。

「グレンとクロエが罪を犯したと聞いたとき、正直信じられなかったわ。グレン……クロエ……もう大丈夫なの？　全てが解決したの？」

「院長先生、この度はご迷惑をおかけして、誠に申し訳ございません。俺とクロエは、多くの人たちに助けられました。学園は退学となりましたが、冒険者として二人で生計を立てていこうと思っています」

院長先生と呼ばれた女性は、深々と頭を下げたグレンさんをじっと冷静に見つめている。何かを推し量っているかのように見える。

「先生、孤児院に泥を塗る行為をしてしまい、誠に申し訳ございません」

クロエさんも同じく、頭を下げた。

「顔をお上げなさい」

今度は、二人の目をじっと見つめている。

「覚悟を決めたいい目をしています。それがあなたたちの決断ならば、私は止めません。でも、時折この孤児院には顔を見せなさいね」

院長先生は軽く微笑み、グレンさんとクロエさんを許してくれた。二人はそれを理解したのか、表情が明るくなった。

「「ありがとうございます‼」」

あ、院長先生が私とリリヤさんに視線を向けた。ここは、しっかりと自己紹介しておこう。

「人間族のシャーロット・エルバランと申します」

「院長のエミル・ドウィックスです。聖女様のお名前は、新聞で拝見しております。我が国の民を救っていただき、ありがとうございます」

「私の称号に『聖女』はありません。聖女様ではなく、名前で呼んでいただけると助かります」

冒険者ギルドや露店でも同じことを言っているのだけど、みんなはそれでも私のことを、聖女様と呼ぶんだよね。

「正直に話す貴方だからこそ、皆も『聖女』と呼ぶのでしょうね。お隣にいる女性は、アッシュの……恋人さんかしら？」

「ふぇ‼　あ……リリヤ・マッケンジーです。今は、アッシュの仲間です」

リリヤさん、お顔が真っ赤ですよ。

「ふふ、なるほど『今は』仲間なのね。アッシュも、いい仲間を持ったわね」

本当は、仲間兼奴隷なんだけど、子供たちもいるから言えない。

「あ……うん。そうだ‼　オークションでバトルアックスを売却したら、思った以上の高値で売れたんです。そのお金で、カレーライスの具材を購入したので、みんなで食べましょう。シャーロットが考案したものなので、レシピや調理も問題ありません」

アッシュさん、話題を変えちゃったよ。本人も顔が赤いから満更でもないよね。リリヤさんのことを、異性として意識しているんだ。

「「「「カレーライス⁉」」」」

みんな、目を輝かせているけど、もしかして食べたことあるの？

「嬉しいわ‼　二日前、子供たち全員が貧民街にいる知り合いの家に招待されて、カレーライスをご馳走になったのよ。それ以来、全員が私にカレーライスを催促して困っていたの」

貧民街の人たち、ここの子供たちを誘っていたのか。カレーライスなら安価で作れるから、みんなで少しずつお金を出し合えば、大きな負担にはならない。きっと、私やアッシュさんが用事でいなかった時間帯に来たのかな。

「材料を多めに購入していますから、おかわりもできますよ。早速、調理しましょう」

よほど嬉しかったのか、子供たちがアッシュさんの言葉に喜びの声を上げた。私たちは、子供たちに「早く早く」と引っ張られ、孤児院の中へと入ることになった。

○○○

現在、孤児院にいる子供たちと協力して、カレーライスに必要な具材を調理している。

ニンニンやジャガガなどの野菜の切り分け作業は危険なので、アッシュさん、グレンさん、クロエさん、リリヤさんの四人に任せた。タリネの洗浄作業に関しては、やり方を教えた後、六～八歳くらいの子供たち四人に任せる。

その後、院長先生がタリネの炊き方をみんなに教え、アッシュさんたちが分担して野菜を炒め、水で煮ていき、ペイルの実をごく少量入れ、とろみがほどほどに出てきたところで完成となる。

子供たちも、初めて料理を作ったからなのか、完成後のカレーライスを見て満足げだ。テーブルに人数分のカレーライスを置き、みんなが席についた。私は、グレンさんの左隣の席に座っている。

「さあ、みんなで調理したカレーライスを食べましょう」

エミル院長の合図で、子供たちが一斉にスプーンでカレーを頬張った。みんながその一口で笑顔になり、そこから黙々と凄いスピードで食べはじめる。

「速い……グレンさん、みんな……ちゃんと噛んで食べているのかな？」

「ここまで黙々と食べ続けるなんて……ニンニンを嫌っている奴もいるのに」

野菜嫌いな子供も、カレーライスに入っているときだけ食べることがある。ここでもそうなのね。

孤児院での昼食会は、大成功に終わった。子供たち全員がおかわりを要求し、お腹いっぱい食べた後、みんなが材料を調達した私、アッシュさん、リリヤさんにお礼を言ってくれた。こういった子供たちの満面の笑みを見ると、ほのぼのするね。

子供たちは後片付けも手伝ってくれたのだけど、そこで力尽きたのか、みんなが眠そうにしていたので、お昼寝タイムとなった。子供たちが寝ている間に、私たち五人はエミル院長の部屋に行き、アッシュさんの今後のことについて伝えた。ただ、エミル院長に伝えたのは『私と偽聖女イザベルとのイザコザ』と『私を故郷へと連れ帰る』の二点だけだ。

「なるほど……事情はわかりました。シャーロットも大変な目に遭っていたのね。ここからあなたの故郷でもあるアストレカ大陸へ帰還するには、ランダルキア大陸を経由するしかないわ。死ぬ危険性も高く、かなり過酷な旅になりますよ？」

エルディア王国の座標を知らない以上、転移魔法を手に入れても、結局徒歩で帰還するしかない。私はともかく、アッシュさんとリリヤさんにとっては、身体的な意味でも過酷な旅となるだろう。

「ええ、覚悟しています」

アッシュさんの言葉に、迷いはない。エミル院長が席を立ち、本棚からA3サイズの本一冊を取り出し、机に広げた。これは、世界地図だ。大陸の形としては——

ハーモニック大陸↓地球の南アメリカ大陸

ランダルキア大陸↓地球のユーラシア大陸
アストレカ大陸↓地球のアフリカ大陸

――に似ている。ランダルキア大陸の最東端の南にハーモニック大陸があり、最西端から南にアストレカ大陸がある。

「見てわかるように、ランダルキア大陸の最西端から最東端までの距離は、ハーモニック大陸の最北端から最南端までの距離よりも長い。しかも、この大陸は地域によって、気候もかなり異なります。灼熱、極寒、温暖……移動ルートにもよりますが、あなたたち三人は全てを経験する可能性があります。まず、この大陸で情報をしっかりと収集し、念入りに準備を進めておきなさい」

ランダルキア大陸、いずれ行くことになる大地だ。そこに住まうという竜人族のことも知っておく必要性がある。

「はい‼　目的を達成させるまで、五年以上の年月がかかると思います。どんなに時間がかかろうとも、必ずここに戻ってきます」

アッシュさんの目は、いつになく真剣だ。

「既に……覚悟を決めているのね」

てっきり、猛反対されるかと思ったのだけど、アッシュさんの佇まいを見て、本気だと察してくれたのかな？

「とはいえ、あなたたちは十二歳と七歳の子供。どう考えても自殺行為なのだけど、反対しても余計ダメでしょうね。今の状態でランダルキアへ渡ったら、気候の違いもあって、身体が持たないわ。とにかくこの大陸で、旅の過酷さを学びなさい。多くの冒険者たちから知識を学び、経験を積み、強くなりなさい。アッシュ、わかりましたか？」

エミル院長、一見叱っているかのようなきつい口調だけど、母親が子供を見るみたいに温かな目をしている。アッシュさんのことを真に思っているからこそ、忠告してくれているのか。

「はい、ありがとうございます‼」

エミル院長から許可を貰えた。あとは、子供たちにどう説明するかだ。アッシュさんは、全員からかなり慕われている。揉めないといいのだけど……

〇〇〇

現在、私たちは起きた子供たちと遊んでいる。

院長先生は昼寝から目覚めた子供たちに、私とアッシュさんの事情を伝えた。すると、みんなが一斉に泣き出したのだけど、一人の七歳の男の子、黒髪のルーファス君が――

「みんな、泣いちゃダメだよ‼　シャーロットは、僕たちの国を救うために動いてくれたんだ。彼女を家族のいる大陸へ帰してあげよう。僕たちでは無理だけど、アッシュ兄は強いから、絶対アストレカ大陸にも行けるよ。僕たちは、アッシュ兄の帰りを信じて待とう」

と、言ってくれた。七歳の子供が、胸の熱くなる言葉を言うなんて……ルーファス君、ありがとう。あなたのおかげで、他の子供たちが納得してくれた。

「ルーファス、偉いわね。今日、アッシュたちはここでお泊まりすることになりました。お昼から行う予定だった勉強会を中止とします。アッシュたちと目一杯遊びましょう」

子供たちはエミル院長の言葉を聞き、一気に元気になったのだけど、天候が昼から大雨になってしまい、外で遊べないことを伝えると、全員のテンションがみるみるうちに下がっていった。どうやら、みんなで楽しく遊べる子供用室内玩具があまり開発されていないらしい。孤児院にある玩具も遊び尽くされているため、飽きられてしまったようだ。

「う〜ん、こんな大人数がいるときは、双六ゲームとかがあったら面白いのに」

ここにいる人数は合計で十八人、四セットくらいあったら、人数を振り分けて遊べるのに残念だ。

「双六ゲーム？　シャーロット、それって子供用の遊びなの？」

アッシュさんが、このゲームに興味を持ってくれた。せっかくだから、説明してあげよう。

「はい。遊ぶためには、縦五十センチ横一メートルくらいの紙と、あとはサイコロと小さな人形が必要です。……これがサイコロですね」

転がりやすくするため、木魔法でサイコロを作った。

「正方形の物体、面には1~6の数字が彫られているのか。紙は、どう使うのかな?」

「どんな形になってもいいので、端っこをスタート地点として、小さな四角いマスを続けていくつも描いていきます。このサイコロを振り、出た数字ごとにスタート地点から、マスの中にいる人形を進めていき、最も遠い位置にあるゴール地点に早く到着した者が勝ちです。ただし、止まるマスには、一つの指令が書かれています。その指令を実行しないと先に進めません」

あ、地球の市販品のものは、指令がマスに書かれているけど、ここでは自分たちで作らないといけないのか。子供たちを楽しませるのなら……

「指令に関しては、自分たちで考えます。紙に書いた指令書を箱の中にいっぱい入れ、ゲーム参加者だけが、箱から指令書を一枚ずつ引いていきます。だから、どんな指令が下されるのか、参加者も見学者も全くわかりません」

それを聞いた子供たちが、目を輝かせた。

「なにそれ、面白そう‼ 私たちで作ろうよ‼」

「僕たちで、指令を書いていこう」

「紙はくっつけて、大きくしようぜ」

「私は、マスを描いていくわ」

見たことも聞いたこともない遊びに、想像力をかき立てられたのか、子供たち全員が乗り気で、既に作業を始めている。ちょこっと言っただけで、ここまで一致団結するとは。子供たちの行動力には、目を見張るものがある。

「アッシュ、これはもう止められないぞ」

「グレン、僕たちも手伝おう。僕とシャーロットとリリヤは、双六のマスの大きさに合わせた子供たち全員の木の人形を木魔法で制作していくから、グレンとクロエは、指令書を作る子供たちの方を頼む」

「わかった。クロエ、行こう」

多分、私以外の全員が、この双六の真の怖さを理解していない。ゲーム参加者だけが、恐怖を味わうことになる。誰が、このゲームに挑戦するのだろうか？

7話　双六ゲーム

シャーロット考案『双六ゲーム』が完成した。縦五十センチメートル、横一メートル、スタート地点からゴール地点まで、小さなマスがビッシリと描かれている。

僕――アッシュとリリヤ、シャーロットで、みんなの人形を作り上げ、子供たちが指令書を完成させた。一人四つの指令を書いているから、約七十枚の紙が箱の中に入っている。僕の心は、達成感でいっぱいだ。全員が協力することで、新たな子供たちの遊びができ上がったのだから。

みんなで話し合った結果、ゲーム参加者は一回五人、指令書には一～五のいずれかの番号で、『一が四に○○をする』といった指令が記載されているため、最初に参加者全員がくじ引きで一～五の番号を引くこととなる。

栄えある第一回双六ゲームの参加者は、提案者のシャーロット（一番）、僕（二番）、グレン（三番）、ルーファス（四番）、ミオ（五番）の五名だ。

ルーファスは七歳の男の子だけど、みんなを指揮する能力が高い。将来は学園に入り、冒険者になりたいと、いつも言っている。多くの女の子から支持されており、孤児院のリーダー的存在だ。

そして六歳のミオ、彼女はやや引っ込み思案のところがあり、いつも誰かの陰に隠れてコソコソしている。ピンク色の髪が目を引く可愛い顔立ちをしているから、もう少し自信を持つことができれば、男女問わずモテると思う。

この五人での双六、果たしてどんな展開になるのだろうか？

『一巡目』
シャーロット　五番からしっぺされる
僕　自分のヘマを告白しろ
グレン　今日の夜、二番とともに全員分の食器を洗浄する
ルーファス　一番が三番に五分間マッサージする
ミオ　二番から銅貨五枚を貰える

うん、この程度の指令なら、みんなが楽にこなせる。

「おいアッシュ、まずいぞ‼」

右隣にいるグレンの顔色が悪い。なぜ、小声で話しかけてくるんだ？

「まずいって、何が？」

「シャーロットのことだよ。今回はいいけど、もし『**一番が三番をしっぺする**』ような指令を誰かが引いたら……」

あ、そうか‼　シャーロットが誰かにしっぺする場合、手加減を間違えたら、相手の手が……そう考えた瞬間、背筋がゾッとした。

「確かにまずい。シャーロットも……わかっているとは思うけど」

もしかしたら、シャーロットも内心ハラハラしているかもしれない。

「グレン、ゲームが始まった以上、途中棄権はダメだ。そういった指令を引かないことを神に祈るしかない」

本来であれば、楽しく遊べるはずだけど、シャーロット一人が加わるだけで、緊張感が増大してしまった。僕とグレンは互いに頷き合い、二巡目に突入する。

『二巡目』

シャーロットへの指令は、『**二マス戻り、泣くまでゲームに復帰できない**』だった。この指令、誰が考えたんだ？　突然泣けと言われても、無理だと思う。シャーロットも、さすがに戸惑っている。僕とグレンにとっては、好都合な指令だ。

「次は僕だね」

サイコロの目は三か。箱の中に手を入れ、折り畳まれた紙を一枚引く。これをめくるときだけ、異様に緊張する。指令内容は……『**一番にデコピンされる**』。

「へえ、デコピンか……って、一番ってシャーロットじゃないか‼」

グレンと相談しあった矢先に、こんな指令に当たるとは⁉

「アッシュ兄がデコピンされるのか〜〜。シャーロット、アッシュ兄を泣かすぐらい思いっきりやれ〜〜」

ルーファス、やめてくれ‼　僕の頭が、衝撃波で吹っ飛ぶ‼

「シャーロット姉……仲間だからって、手加減なんてしたらダメだ……よ。指令を受けた以上、アッシュ兄を……ぶちのめして」

ミオも勇気を奮い立たせて、シャーロットを挑発してるけど、ダメだから‼　シャーロット、わかっているよな？

「う……うん、任せて‼　やり方次第で、七歳児のデコピンでも激痛を伴わせることもできるの。アッシュさんを泣かしてみせる」

シャーロット、そんな不安そうな顔で、こっちに来ないでくれ。ああ……彼女が僕の目の前に来て、デコピン態勢に入った。

『シャーロット、頼むから手加減して‼　本気でデコピンされたら、触れた部分はノーダメージでも、頭の内部が衝撃で木っ端微塵になるから‼』

『任せてください。ダンジョンでスキル「手加減」を習得しましたので、今その成果を見せてあげましょう』

シャーロットが僕のテレパスに応じてくれたけど、かなり不安だ。自分の胸がドキドキしている。たかが遊びで、なんでこんな死線を味わわないといけないんだ？　念のため『身体強化』スキルを全開にして、自分の身を守ろう。

「いくよ～～えいっ‼」

僕の額に、『ビシ』という音が鳴った。痛みはない。でも、唐突な浮遊感に襲われ、気がつけば、僕の視界はなぜか反転し、床を見ていた。

「ヘブブロロヘバヘバブフロボヘ～～～～～」

僕の視界が何度も何度も回転し、六回転ほどしたところで、『ドーーン』と壁に激突した。シャーロット、さっきの言葉はなんだったの？　手加減を覚えたんじゃないの？

まずい、全員が僕を凝視し、押し黙っている。こ……子供たちを不安にさせるわけにはいかない。僕の視界がゆらゆらと揺らめいているけど、ここは『身体強化』スキルを全開にして、立ち上がるんだ。

「あ……あははは、どうだったかな、僕の演技は？」

「アッシュ兄……今の演技なの？」

「あははは、ミオ、当たり前じゃないか～。たかがデコピンで、あんな風に転がるわけないじゃないか～」

「演技、凄く上手い。シャーロット姉も本気で心配して、涙が出てるもん。あ、ゲームに復帰できるね」

　心配してくれたのは嬉しいのだけど……なんか複雑だな。みんなに気づかれないよう、左手で額を覆い、回復魔法『ヒール』を唱えておこう。手の内側だけ光っているから、周囲には気づかれないと思う。グレンが不安そうにしているから、注意するよう促しておこう。

「グレン、気をつけろ。現状のシャーロットでは、手加減してもああなる」

「やっぱり……演技じゃなく、本気で転がったのか？」

「ああ、さっきの言葉は、ただのやせ我慢だよ」

グレンは軽く頷（うなず）いた。

「なんだ演技か～、アッシュ兄、演技がうますぎるよ。本当に吹っ飛んだと思った」

ルーファスも他の子供たちも、なんとか僕の演技を信じてくれたようだ。ただ、クロエとリリヤだけは、オロオロと不安そうに僕とグレンを見ている。一応、シャーロットにもテレパスで注意しておこう。

「あはは、そうだろう、そうだろう」

『もっと手加減してくれ。でないと、身体が持たない』

『すみません』

さっきのデコピンを、ルーファスやミオにやっていたら、確実に大怪我（おおけが）を負っている。僕とグレンで、二人を守りきらないといけない。命懸（いのちが）けの双六（すごろく）ゲームになってきたぞ。

〇〇〇

あれ以降、二巡目と三巡目に関しては、シャーロットに関わる指令がなかったこともあって、みんなで笑える和やかな空間が作り出された。そして四巡目、グレンが指令を引いたとき、それは起きる。

「サイコロの目は五。指令の内容は……**『孤児院にいる者たち全員からしっぺされる』**だって⁉」

ついに、グレンが引いてしまったか。全員ということは、シャーロットも含まれる。グレンが咄嗟に僕を見た。僕からは何も言えなかったので、口パクで『我慢しろ』と伝えておいた。

「やったぜ‼　グレン兄があの指令を引いたぞ‼」

「グレン兄なら、力いっぱいしっぺできる‼」

「悪いことをしたんだもの。私たちがしっぺで、その罪を浄化させてあげようよ‼」

誰が考えたのかわからないけど、子供たちは無茶苦茶な理屈をこねて、グレンに『しっぺ』したいようだ。

「みんな、本気でやっても構わないわよ。グレンは正座をして、左腕を出しなさい。そして、この指令を自らへのお仕置きだと思い、我慢するのです」

「は……はい」

エミル院長からの許可もあって、全員が本気で、グレンの左腕にしっぺを遂行していく。

院長、僕、クロエ、リリヤによる攻撃がかなり効いたらしく、グレンは赤くなった左腕をプルプル震わせている。そして、最後の一人、シャーロットがグレンの左腕に触れた。

「グレンさん、覚悟はいいですか？」

　このしっぺ地獄、シャーロットこそが本命だ。

「シャーロット～～、グレン兄を泣かせ～～～」

「そうだ、そうだ～～」

　何も知らない子供たちが、ひどいことを言っている。シャーロットの場合、それは冗談にならない。本当に、起こり得るんだよ。

「シャ……シャーロット、お……お手柔らかに頼む」

「それでは、いきます!!」

　グレン、耐えろ!!　シャーロットの右手が振り下ろされた!!

『パン』という音がすると、グレンの身体が衝撃波により、『ズン』という音と同時に床へと沈んだ。まず、左腕が衝撃波により床についた後、それに連動して、顔、次に右腕が沈む。今のグレンの体勢は、尻を天井に突き上げ、顔は前屈みに床へと沈み、両腕がピンと伸びた状態で地についている。お仕置きとはいえ、あまりにも情けない姿だ。みんなの声が、その光景を見てピタリとやむ。

「おい、グレン、大丈夫か？」

僕がグレンに声をかけた瞬間、彼の身体がガバッと起き上がった。

「あ……はは……大丈夫に決まってるだろ？　シャーロットが最後だったから、ちょっと演技をしたんだ」

グレンの両目が大きく見開かれ、唇がニンマリと弧を描いているせいで、頬の肉がプクッと膨らみ、おかしな顔へと変化している。一見、無傷を装っているものの、彼の身体はプルプルと震えている。

「グレン兄、その顔、最高だよ〜〜〜」

「ほんと、面白〜〜〜い」

子供たちが次々に笑い出し、その場の空気が温かなものへと変化した。グレン、君って奴は……色々あったものの、やっぱり最高の友達だよ。シャーロットも、僕のときよりも手加減が上手くなっているけど、このままでは僕たちの身体も持たない。一刻も早く、ゴールを目指さないと‼

『五巡目』

僕の指令内容は、『**一番とともに、裏庭の雑草をなくせ。それまで、ゲームに参加できない**』というものだ。これには、内心ガッツポーズをした。シャーロットも入っているから、事実上リタイアだ……と思っていた五分前の自分を殴りたい。

シャーロットが土魔法で、裏庭の土全体をボコッと引き上げ、雑草を取りやすくしたのだ。そのため、作業は十五分ほどで終了し、引き上げた土も戻したことで、裏庭が綺麗に整地されてしまった。子供たちも作業終了と言われて、一斉に整地された裏庭を見て驚いていたけど、僕とグレンだけは頬を引きつらせていた。

『七巡目』

この十五分で二巡進み、ミオの人形が、指令内容のおかげもあって、ゴールまで残り二マスの位置にいる。つまり、僕もグレンもあと一回指令を達成すれば、ほぼ間違いなくゲーム終了となる。僕のサイコロの目は四、ゴールまでまだ遠い。

「えーと、指令内容は『**気にかけている女の子の名前を告白しろ**』って、なんだこの指令は⁉」

「やった‼　アッシュ兄が僕の書いた指令を引いてくれた‼」

ルーファスが、この内容を書いたのか⁉

「え～と、言わないといけないのかな？」

「「「当然‼」」」

シャーロットと子供たちに言い切られてしまった……

現時点で、気にかけている女の子といったら、一人しかいない。けど、口にするのは簡単なはずなのに、なぜか言いにくいし、胸もドキドキする。この感覚はなんだろうか？

とにかく、勇気を振り絞るしかない。

「……リリヤだよ‼」

今すぐ、この場を離れたい気分だ。子供たちも、『リリヤ姉が恋人候補だ』と騒いでいる。

「ほおおぉぉぉ〜〜〜、アッシュ〜ありがとう〜〜〜」

当のリリヤは、顔を真っ赤にするくらいに喜んでいる。彼女の嬉しそうな顔を見られたのなら、正直に言って正解だったのかな。

「さあ、次はグレンだぞ‼」

「ああ」

グレン、これが最後の指令なんだ。頼むぞ‼　僕の思いを受け取ってくれたのか、彼は僕の方へ向き、軽く頷いてくれた。

「俺のサイコロの目は六、指令内容は『**三番が二番にキス**』……はあああ〜〜‼　二番と三番……俺とアッシュじゃないか〜〜〜‼」

「嘘……私の……引かれちゃった」

これを考えたのは、ミオか⁉　よりにもよって、なんて指令を書くんだ‼

「院長先生……この指令……」

グレンがエミル院長に実行すべきか聞いているけど……頼む、この指令だけは却下してほしい!!　僕の願いよ、届け!!

「指令を必ず遂行と断言した以上、やるべきです」

なあ〜〜〜!!　院長先生、男同士は子供たちの教育上まずいだろ!?　クロエとリリヤは、顔を真っ赤にして僕たちを見ている。誰も止めないのか!?　やばい、やばい、したくない、したくない、したくない。

『アッシュさん、落ち着いて。その指令には、穴があります。院長先生も、それに気づいて許可したのです』

今のはシャーロットのテレパス？　穴だって？　**『三番が二番にキス』**……あ、そうか!!

「グレン、ちょっとこっちに来てくれ」

僕は壁際にグレンを引き寄せ、これからやるべきことを伝えた。

「そうか、その手なら大丈夫だな……ちょっと気持ち悪いけど」

「互いの口でやるよりマシだろ」

僕たちは互いに頷き、子供たちのいる場所へと戻った。僕たちの覚悟が伝わったのか、みんなの視線が僕たちに集まり、静かになる。クロエとリリヤは何をしているんだ？　両手で顔を覆っているけど、隙間から僕たちを覗いているよな？　とにかく、先に進もう。

僕は立ったまま、そっとグレンを見た。彼は僕の前に右膝を地につけ、僕を見上げる態勢をとってから、そっと僕の左手を優しく掴む。

「アッシュ、これまでの私の愚行を許してくれ。その証として、君の左手に愛の口づけをしたい。返事を聞かせてもらえないか？」

物凄く気持ち悪いことを言われているのだけど、ここは我慢だ。

「僕も、君との仲をもっと深めたい。許すよ」

「アッシュ……ありがとう」

グレンの唇が、僕の左手の甲にそっと触れる。こいつの唇、意外と柔らかいな⁉

「あわわわわ、クロエ、クロエ‼　私、何か危ないものに目覚めそうだよ」

「リリヤもか？　私も、これ以上あの二人を見てはいけないと思っているのだが、この先をもっと見たいとも思っている」

「そうだよね、そうだよね、私もなの‼」

やめてくれ。これ以上のことをしたくない。指令をなんとか達成できたけど、僕とグレンだけ、何か大切なものを失った気がする。

この後、ミオがゴール地点に到達したことで、ゲーム終了となった。しかし、第二回双六ゲームがすぐさま開催された。当然、僕もグレンも、次の参加を断った。というか、二度と双六ゲームに参加したくない。

ただ、子供たちには好評のようで、これを商品として売り込んではどうかという案も出てきた。

夕食後も、子供たちは双六(すごろく)ゲームを商品化させるべく、互いの意見を言い合い、白熱した議論が繰り広げられた。

子供たちがここまで熱心に議論したことはなかったので、エミル院長は知り合いの商人に、改良された双六(すごろく)ゲームを見せ、本当に商品化が可能かどうかを相談することにした。

そしてその旨(むね)を子供たちに伝えたところ、全員が大喜びし、さらに改良が施されることになる。

――翌朝。

僕、リリヤ、シャーロットは貧民街に帰ることになったのだけど、子供たち全員が僕たちの目の前で泣いている。グレンとクロエは、昨日の夜にきちんと別れの挨拶(あいさつ)をしてあるから、子供たちの邪魔(じゃま)にならないよう、後方に下がってくれている。

「アッシュ兄、絶対帰ってきてね」

「リリヤ姉、アッシュ兄のこと、よろしくお願いします」

「ここに帰ってくるまでに、恋人同士になっててね」

「シャーロット、頑張(がんば)ってね」

子供たちから、『恋人同士になってね』という願いがチラホラ聞こえてくるんだけど、僕はリリヤのことを好きなのだろうか？　この感情が恋愛的なものかは、まだわからない。でも、リリヤを大切にしたいという思いは、僕の中にある。

「シャーロット、あの双六ゲームの商標登録、私たちの名前で出願してもいいのですか？」

「はい、いいですよ。エミル院長の名前で出願してください」

シャーロットも欲がないな。あの玩具を販売すれば、絶対儲かるだろうに。

「ありがとう。早速、知り合いの商人に相談してみるわ。四つの孤児院で、利益を均等に配分するわね。三人とも、かなり厳しい旅になるだろうけど、諦めず頑張りなさい」

「「「はい、行ってきます!!」」」

僕たちは、グレン、クロエ、院長先生、子供たちに盛大に見送られながら、貧民街へと戻った。

8話　新たな旅立ち

孤児院の双六ゲーム大会から、三日が経過した。その間、私はアトカさんやビルクさんとともに、風魔法『ウィンドシールド』を利用して、国内に存在する魔導兵器製作工場へ赴き、工場自体や保管されている魔導兵器を全て温泉兵器へと構造編集しておいた。

ただ、私でも把握しきれていない魔導兵器が、必ず存在するはずだ。それらと温泉兵器の外観は全く同じであるため『兵器を分解する』か『発射する』かしないと、二つを区別できない。だから、魔導兵器と確認されたものは、完全に分解して、何かに再利用する。温泉兵器については、外観のカラーリングを変更することとなった。これで、新たに発見されたものも安易に使われることはないだろう。

私の仕事は兵器の構造編集までだから、このあたりのことは、ビルクさん指揮のもと、今後実施されていくだろう。地雷撤去に関しても、ビルクさんは既に動いており、近日中に彼が地雷地帯へ赴く予定となっている。

なお、これはアトカさんから聞いたことだが、王城にいるレドルカとプードルさん、獣猿族や鳥人族たちが、剛屑丼を非常に気に入り、調理場にいるコーラルさんに毎日おねだりしているらしい。

コーラルさんも、私の調理した味をさらに引き上げるべく、調味料などを吟味し、改良中の剛屑丼をレドルカたちに味見させているようだ。この話の後、私はアトカさんから『商人カード』を貰った。

圧力鍋の特許に関しては、同じ物品が出願中となっているのか、また似たものが既に登録されているのか、現在審査中らしい。

魔導兵器や温泉兵器については、この三日間で私ができる限りのことをした。王都でやり残した仕事は、もう存在しない。これで心置きなく、カッシーナへと旅立てる。

そして、今日の昼過ぎ、王城の使者が私のもとへやって来て、明日の昼二時、王城『謁見の間』にて、私とトキワさんの表彰式を実施することを伝えてくれた。

別れ際、使者の方は転移石盗難事件になんの進展も見られないことを私に教え、悔しそうに表情を歪め、私にこれまでのお礼と謝罪を言ってくれた。その顔は、彼の言葉が真実であることを物語っている。

〇〇〇

私とトキワさんは、王城『謁見の間』入口手前の廊下に佇んでいる。今日、クロイス女王から正式にこれまでの業績を表彰され、褒賞を手渡されることになっている。アッシュさんとリリヤさんは、ここにいない。アッシュさん曰く――

「商人たちが物資を詰めて、カッシーナへと向かう場合、馬車が必須なんだ。でも、こういった遠距離移動の際は、魔物や盗賊に襲われる危険性が非常に高い。そのため、商人の護衛依頼が、冒険者ギルドの掲示板に貼り出されているはずだ。僕たちはCランクだけど、経験が浅い。こういう依頼は複数の冒険者を雇うものだ。だから、乗合馬車で行くよりも、こういった護衛依頼を引き受けた方が、他の冒険者たちからナルカトナ遺跡のことも聞けるし、経験も積める」

　ということで、私が表彰式に出席している間、二人はカッシーナ行きの護衛依頼があるかを確認するため、冒険者ギルドに行っている。それにしても、ここに到着してから五分ほど経つけど、扉がまだ開かない。

「トキワさん、表彰式が終わったら、早速ダンジョンに向かうんですか？」

　トキワさんは、忍び装束に似た格好だ。かくいう私も、ダークエルフの村で貰った冒険者服なんだけど。そもそも、こういった表彰式に見合う服なんて持ち合わせていない。

「そうしようと思っていたんだが、俺に指名依頼が入った」

　指名依頼？　確か、依頼者側が冒険者を指名し、直接会って依頼内容を話すタイプだ。

「その依頼を受けるんですか？」

「ああ、面白そうだから受ける。次は、対人戦が主体かもな」

　対人戦……私たちには経験がない。

「私たち三人は予定通り、ナルカトナ遺跡へ向かいます」

「様子見にしとけよ。絶対に、遺跡には入るな」

　ハーモニック大陸の中でも、最難関といわれる遺跡ダンジョン。そこは、私のステータスが一切通用しないという。

「はい。情報を収集し、遺跡を見るだけにします」

トキワさんがここまで警告してくるほどだから、相当な難易度なんだ。ただ、知り得た情報だけでは、実感が湧かない。やはり、現地に行って、雰囲気だけでも知っておこう。

「お、扉が開いたか。それじゃあ、行くか」

謁見の間へと続く大きな扉が、少しずつ開いていく。完全に開ききると、部屋の両端にクロイス女王を補佐していく貴族たちが揃っており、私たちをじっと見ている。

私の強さや、クーデターの裏側を知っているのは反乱軍のみ。でも、軍の屋台骨となる資金を提供してくれた貴族たちも、この中にいるだろう。その人たちはクロイス女王を通して、私の裏事情を理解している。

そういえば、クロイス女王の座る玉座後方の壁には、以前バトルアックスが二つ設置されていたけど、似合わないからか撤去されている。しかも、デッドスクリーム戦で謁見の間全体がかなり傷ついたはずなのに、この短期間で綺麗に修繕されている。

私とトキワさんは堂々と歩いていき、所定位置となる場所で止まり、片膝をつき、前方にいるクロイス女王に敬意を払った。今回、私はズボンを穿いているので問題ない。

こういった表彰式で、女性側が表彰される場合、どんな礼儀を示せばいいのか、私もお父様から教わっていない。トキワさんに聞いたところ、『俺のマネをするのが無難だろ』と言ってくれたため、その通りにしている。

クロイス女王は幼さが残るものの、王に相応しい服を着用し、悠然と玉座に座り、私たちを見ている。そして、私たちが所定の位置について間もなく、彼女が語り出す。

「トキワ・ミカイツ、其方は我らの怨敵ネーベリックを討ち滅ぼしてくれました。その功績により、冒険者ランクをAからSに引き上げます。国に大きく貢献した証として、白金貨百枚（一千万円相当）と鬼綬褒章、鬼綬メダルを進呈します」

Sランクに引き上げか。トキワさんの現在の魔力量は527、『鬼神変化』時の魔力量は950、既にSランクの強さを有している。ネーベリックの件がなくとも、誰も文句を言わないだろう。その後に言った『鬼綬褒章』と『鬼綬メダル』って何かな?

一人の男性初老貴族がトレイを持って、こちらにやって来た。トレイの上には、白金貨百枚が納められた袋、日本の紅綬褒章に似たものと、一枚のメダルが載せられており、メダル中央には、魔鬼族の男性の姿が彫られている。

トキワさんはお礼の言葉を述べると、トレイごと受け取り、床に置き、所定位置に戻った。

「人間族の聖女シャーロット・エルバラン、あなたは偽聖女の策略により、アストレカ大陸からハーモニック大陸に転移しました。この国へ転移以降、あなたは多くの人命を救っただけでなく、スキル、魔法、料理など多分野において、国に貢献してくれました。ここに、白金貨百枚と、鬼綬褒章、鬼綬メダルを進呈します」

私もトキワさんに見倣い、同じ所作をとる。報酬額はトキワさんと同じか。出立金としては、充分な額だ。これからの旅に非常に役立つね。褒章とメダルにはなんの意味があるのだろうか？

あと、私がこの大陸へ転移することになった経緯も、クロイス女王は国民たちに話すと言っていた。その方が話題性もあって、吟遊詩人たちも物語を面白く語れるらしい。その程度で、四種族の差別緩和が図られるのなら、利用される私としても本望だよ。この様子からすると、貴族たちは既に知っているようだ。

「トキワは褒章とメダルの意味を理解していますが、シャーロットは知りませんので、私が説明しましょう。この二つは、我が国に大きく貢献し、王族に認められた者にしか授与されません。つまり、ジストニス王国の王族が、あなたたちの後ろ楯になっていることを示す証なのです。二つのうちのどちらかを見せれば、国内国外問わず、王族、貴族、商人に信頼されるでしょうし、交渉も有利に運べるでしょう」

なるほど‼　凄い代物だったんだね‼

「クロイス女王、一つご質問をしてもよろしいでしょうか？」

「構いません。トキワ、何でしょうか？」

「魔剛障壁の解除は、いつ頃になりますか？」

トキワさんの質問で、周囲が少し騒ついた。クロイス女王は、この質問を平然と受け止めている。

「現在、各国との国境付近に、異常が見られないか確認中です。このまま何も異常がなければ、二週間後に解除する予定となっています」

トキワさん、指名依頼の件で他国に行くのかな？

「わかりました。冒険者ギルドから俺に、指名依頼が入りました。しばらくの間、俺は他国に行かせてもらいます。依頼者との約束で、国名に関してはお答えすることができません」

「何か事情があるのですね。他国でも、先程の褒章やメダルを見せれば、事を円滑に運べるでしょう。それでは、表彰式をこれにて終了します。シャーロットとトキワには、まだお話しすることが残っていますので、私とともに執務室に移動しましょう」

国名を明かせないとは、裏に相当な事情が潜んでいるのか。私とトキワさんがクロイス女王とともに謁見の間を出ると、中にいる貴族たちも自分の持ち場へと移動しはじめる。クロイス女王の執務室は二階にあり、私たち三人が入ると、既にアトカさんとイミアさんが中で待機していた。

「ふわあ～疲れました～。まだ、女王というものに慣れませんね～」

扉を閉めた途端、クロイス女王がダラけ出したよ。さっきまでの威光が微塵も感じられない。この執務室、女王専用だけあって、かなり豪華だし広い。ソファーも大きいから、寛げ……

「このソファー、フカフカで気持ちいい～」

思ってるそばから、クロイス女王がソファーへダイブした。

「クロイス、気を抜きすぎだ。まず、シャーロットに謝罪しろ」

ほら、アトカさんからお叱りを受けた。クロイス女王は、あっという間に『寛ぎモード』から『女王モード』に変化し、私の前に立つ。

「シャーロット、申し訳ありません。正直に話しますと、表彰式に関しては、いつでも行えたのです。ですが、魔導兵器やビルクの件など、シャーロットにしかできないものを残したまま、旅立ってほしくなかったのです。そこで、あえて何も言わず、ずっと延期していました」

やっぱり、その件ですか。このレベルの表彰式程度なら、すぐにでも実施できたはずだ。

「クロイス女王、私に自主性があるかを試していたんですか？」

「すみません‼　あなたが旅立つにあたって、どうしてもそのことが気がかりだったのです！」

これでもかというくらい、深々とお辞儀している。私も聖女と言われている以上、自分で自分の責任を果たさないといけない。他者に言われて動くのではなく、自分で気づいて動かないと、人は成長しない。だから、ビルクさんや魔導兵器関連に関しては、言われる前に自分から行動を起こしたのだ。

「まったく、自分で仕出かしたことは、最後までやり抜きますよ。特に、魔導兵器と地雷地帯に関しては、かなり危険でしたからね。とりあえず、私のできる限りのことをやりました。残りは、ビルクさんやアトカさんに任せます」

「シャーロット、七歳という年齢にそぐわないあなたの考え方が、私にとっても不安だったのです。教える必要があるのか、それとも言わずとも動けるのか、わかりませんから」

だから、私の年齢のことを考慮して、『試した』ということか。う〜ん、ガーランド様から、『もう少し子供らしく振る舞いなさい』と注意されていたことを忘れていた。自分の身体と精神年齢の差違、そのせいでクロイス女王を不安にさせてしまったのかな？

「アトカやイミアから諭されたのですが、シャーロットの状況を考えると、どうしても大人びた考えになるのかもしれませんね」

「もう少し、子供らしく振る舞えるよう努力します」

ここにいる全員が、微妙な顔をしている。『もう無理なのでは？』と思っているに違いない。おっと、忘れないうちに、私からもスキル販売者のことを伝えておこう。ここからは、ちょっとシリアスな話になる。

「皆さん、私もトキワさんも旅に出るので、ここでとある重要事項をお伝えしたいのですが？」

「重要事項？」

クロイス女王も、多分忘れているだろう。

「はい。これを話してしまうと、クロイス女王の仕事が捗らないと思い、今まで黙っていました」

あ、部屋の雰囲気が、急速に変化していく。私の真剣さを感じ取ったのか、全員が姿勢を正し、話を聞く態勢に入る。

「シャーロット、覚悟を決めました。さあ、話してください‼」

私が話すべき内容、それはスキル販売者と黒幕についてだ。ガーランド様を欺けるほどの実力者、スキル販売者の単独犯ではなく、必ず裏に誰か潜んでいるはずだ。私は、アストレカ大陸に帰還する方法を模索しながら、スキル販売者を捕縛しないといけない。これらの内容を皆に伝えると――

「おいおいマジかよ。神でもあるガーランド様ですら、その姿を捕捉できないのか？」

普段冷静であるアトカさんも、さすがに焦りの色が見える。

「現段階では、正体不明です。もしかしたら、今回の騒ぎを聞きつけ、私かトキワさんに接触してくる可能性が大きいです。相手の強さは未知数。ガーランド様ですら把握していない魔法やスキルを所持していますので、要注意です」

皆が押し黙っている中、トキワさんだけが私に語りかけてきた。

「シャーロット、スキル販売者の目的はなんだ？」

「それもわかりません。ただ、エルギス様に『洗脳』スキルを渡しただけで、それ以外は何もしていませんので、おかしなスキルを販売して、その者がどう扱っていくのかを観察して面白がっているだけかもしれません。だから、トキワさんは得体の知れない相手と遭遇しても、自分から勝負を挑まないでください。最悪、一撃で消されます」

トキワさんは戦闘狂だから、本当に勝負を挑みそうで怖い。

「安心しろ。さすがの俺も、神でも捕捉できない相手とは戦わない。感謝するぜ、明日にでも王都を出立する予定だったからな」

「まったく、この大陸で何が起きているのよ？　やっと平和を取り戻したと思ったのに」

イミアさん、それは私も思いました。

「スキル販売者を捕縛しないと、真の平和が訪れない。シャーロット、この任務はあなたにしかできません。アッシュとリリヤも、あなたの旅に同行すると聞きました。もし、本国の貴族や他国の王族貴族関係で問題が発生した場合、私を頼りなさい。世界の危機が訪れているのです。あなたの旅の邪魔は、誰にもさせません」

クロイス女王の忠告を、きちんと耳に入れておこう。問題を力ずくで排除するのは簡単だけど、それでは根本的な解決にならない。せっかく褒章やメダルを貰ったのだから、私も彼女の力を利用させてもらおう。

「ありがとうございます」

「表彰式では言いませんでしたが、シャーロットには温泉兵器一式を望むだけプレゼントします。元々、シャーロットが編集したものですから、プレゼントとは言えないかもしれませんね。それと……イミア、あれを持ってきてください」

「はい」

クロイス女王の指示で、イミアさんが執務室に配備されている立派な机の方へ向かった。机の上には、三つの箱が並んでおり、綺麗にラッピングされている。彼女はそれらを持ち、私のそばにあるテーブルに並べた。

「こちらのピンクの箱はシャーロット、残り二つをアッシュとリリヤに渡してください。私、クロイス・ジストニス個人としてのお礼です」

箱の中身が気になる。

「私の箱を開けてもいいですか？」

「ええ、構いませんよ」

箱を開けると、中身は可愛らしい冒険服で、綺麗に折り畳まれていた。この服、私の着ている服とどこか違う。

「その服の素材は、ルナティメットスパイダーという魔物が吐き出す糸からできており、強靭な物理防御と魔法防御を備えています。硬度はミスリルと同等、私たち王族がダンジョンに入る際に着用する衣服なんです」

「それって、超貴重品なのでは？」

「この魔物の糸は、Aランク以上のダンジョンでないと入手できません。そのため数も少なく、一般には滅多に出回りません。非常に高価な品物です。これらの衣服の新品が、王族専用のクローゼットに保管されていたので、三人に似合うものを見繕い、サイズ調整しておきました。シャーロットの冒険服もかなり傷んでいますし、アッシュも装備を一新しておくべきです。リリヤに関しては、シャーロット作のミスリル製の服もありますが、予備として持っておくべきでしょう」

「クロイス様、お気遣いありがとうございます‼」

クーデターもあったせいか、私の服はボロボロだった。この新しい服なら、魔法で瞬時に燃やされる心配もない。リリヤさんの簡易着物に関しては、トキワさんやスミレさんから忠告されたこともあって、クロイス女王たちにも本当のことを言っていない。あれはホワイトメタル製だから、全てにおいて劣っているけど、この防具自体も超強力だ。

「アッシュとリリヤの箱には、服以外にも、最高級のマジックバッグが入っています。時間停止機能もついていますので役立ちますよ」

「マジックバッグまで⁉　ありがとうございます‼　二人とも、喜びますよ‼」

これからの旅において、私だけがマジックバッグを持っている状態では別行動できない。

この配慮は嬉しいよ‼

「シャーロットは、温泉兵器一式を何セット望みますか？」

「それなら……戦車と温泉弾以外を三十セットほど貰えますか？」

「三……三十も？」

私の望む個数が多すぎたためか、クロイス女王も驚き固まっている。

「故障する可能性もありますからね。予備として、三十セットほど持っていけば、まず大丈夫でしょう。それに旅の道中、友人に譲渡することもあり得ます」

「友人に譲渡……ですか。まあ、宣伝にもなりますし、私としては構いませんが、バッグに入りますか？」

マジックバッグに荷物を入れると、収納率がステータスに表示される。二つのバトルアックスを入れても、収納率が一パーセント未満だったので、三十セット程度ならば余裕で入る。

「問題ありませんよ。ところで、私に話す案件はこれで終わりですか？」

「いえ、あと一つだけ残っています。シャーロット自身も自分の力を完全に制御できていないことは、把握しています。ですから、『行く先々で迷惑をかけないように』という私からの忠告です。これは、トキワにも言えることです。『鬼神変化』に関しては、シャーロットから聞いています。変身時、注意してください」

私は地下のダンジョンで暴れたとき、地上の住民たちに大迷惑をかけてしまったことがある。今後、地上での戦いがメインになるから注意しないといけない。

「その言葉……コウヤ師匠にも言われたよ」

そりゃあ～言われるよね。

「シャーロット、私の方でも、スキル販売者に関して調査しておきます。今後、あなたを直接的に支援してくれるのは、アッシュとリリヤしかいません。三人で相談し合いながら、旅を進めていくのですよ」

「はい‼」

私は、クロイス女王、アトカさん、イミアさんの三人から、これまでのお礼を言われ、今後の旅への叱咤激励を受け、お別れすることとなった。その後、レドルカたちケルビウム大森林にいる人々とも挨拶を交わし、これから旅に出ることを伝えると、この人たちからも、クロイス女王以上にお礼と激励を貰った。

また、王城入口付近でビルクさんと合流し、地下の保管庫で、要望した温泉兵器三十セットを貰い受けたのだけど、ちゃっかりトキワさんも戦車と温泉弾以外の温泉兵器を十セットほど貰っていた。全ての作業を終え、私たちは王城の敷地を正門から出た。

「シャーロット、これは俺の勘だが、またどこかで出会える気がする」

「案外、他国のどこかで出会えるかもしれませんね」

「はは、そうだな。アッシュとリリヤには『強くなれ』とだけ伝えておいてくれ」

「わかりました」

トキワ・ミカイツさん、戦闘狂で面白い人だった。彼の言う通り、どこかで再会するかもね。私にとって、ここからが新たな旅立ちとなる。これまでは、レドルカ、ザンギフさんやロカさん、アトカさんやイミアさんといった大人たちが、私をフォローしてくれていた。でも、これからは三人だけの旅となる。互いに、フォローし合わないといけない。大切な仲間でもあるアッシュさんとリリヤさんを傷つけないためにも、自分の力を制御していこう。

9話　新たな旅の同行者

トキワさんと別れた後、私は貧民街へと戻ってきた。貧民街の入口付近で、アッシュさんとリリヤさんと合流できたため、私たちは私の部屋へと入り、互いの情報を交換すべく、まずは私がトキワさんからの助言を、二人に伝えた。

「強くなれ……か。トキワさんらしい助言だよ。彼から貰ったアダマンタイト製の刀で毎日素振りしているけど、刀に振り回されて、すぐに体力が尽きてしまうんだ。魔刀『吹雪』はこの刀より軽いから、これで慣らしているところだよ。まだまだ、訓練しないとダメだ」

「でも、アッシュは凄いよ。ほんの少しずつだけど、素振りできる回数が増えてきてるもん」

リリヤさんは、アッシュさんの素振りを毎日観察している。彼には、称号『努力家』がある。その効果もあって、アダマンタイトの重さに適応しつつあるんだ。

「身体が少しずつ慣れてきている証拠ですね。クロイス女王からは旅の軍資金として、白金貨百枚、鬼綬褒章、鬼綬メダルも貰いましたから、これからの旅も円滑に進められそうです」

三つの褒美の件を伝えると、アッシュさんの顔が、急に真剣なものへと変化する。

「シャーロット、それらのアイテムは、冒険者にとって喉から手が出るほど欲しいものばかりなんだ。誰かに知られてしまうと、君自身や周囲の人たちが、なんらかの事件に巻き込まれる。悪党連中にとっては、君が人間だろうと聖女だろうと関係ない。だから、今後必要なとき以外、他人に見せてはいけない」

アッシュさんの忠告も、もっともだ。私の不用意な行動が原因で、友人を死なせる危険もある。これらは使用するときまで、マジックバッグに保管しておこう。

「わかりました、気をつけます。それと、こちらの箱はクロイス女王個人から、お二人へのプレゼントだそうです」

執務室で貰った二つの箱を二人に渡すと、アッシュさんもリリヤさんも、すぐに箱の中身を確認した。

「「冒険服⁉」」

「その冒険服は特殊な素材でできており、ミスリルと同等の硬度を持ち、物理だけでなく、魔法防御も相当高いそうです」

二人の服に関しては、私も初めて見る。アッシュさんの服は元々、王族用に仕立てられたものだからか、デザインもよく、凄くカッコいい。リリヤさんの方は、デザインが私の貰った服と少し異なっているものの、私と同じく、上着は一着のみ、下着に関しては、スカートと短パン、長ズボンの三種が用意されている。しかも、どの組み合わせでも可愛く似合っている。私の製作した簡易着物よりも、こっちの方がデザイン的に断然いい。さすが、プロが作っただけある。

「あれ？　こっちの小さい箱は何だろう？」

「アッシュもあるの？　あ、私と同じくらいの箱だね」

二人が同時に小箱を開けると、そこには私のものとはデザインの異なるマジックバッグが入っていた。アッシュさんとリリヤさんのバッグは、肩掛けカバンやズボンのベルトにも装着可能なタイプだ。

「アッシュ、これ時間停止機能付きで最高級のものだよ‼」

「服といい、バッグといい、こんな高価なものをプレゼントしてくれるなんて……」

価値としては、服だけでも金貨三百枚（三百万円相当）ほどだから、二人が驚くのもわかる。

「三人の旅を円滑に進めるのに、これらの装備を有効に使ってください、と言っていました」

「助かるよ。指名手配された後、僕も反乱軍の人から、小さいマジックバッグを貰(もら)ったんだけど、色んな人が使ったせいもあって、ボロボロだったんだ。それに服だって、上質なものを持ってないしね」

マジックバッグに関しては危険だ。歩いている途中で壊れてしまうと、収納されていたものが全て外に出てきてしまう。そうなったら、最悪全て盗まれる。

「私も貰(もら)えるなんて……嬉しい‼」

「アッシュさん、リリヤさん、盗難防止のため、私たちの持っているマジックバッグを強化しておきましょう。外側をホワイトメタルで覆います。そして、土の属性を付与(ふよ)しておけば、色も茶色に変化しますから、見た目は普通のバッグと大差ありません」

三つ全て盗まれたら、最悪だ。特に、メダルの入っている私のバッグは、絶対に盗まれるわけにはいかない。見た目を安物のバッグのようにしておけば危険度も低くなるし、強化していることでバッグの紐(ひも)を切断することも不可能となる。

「その方がいいよね。でも、私もアッシュもホワイトメタルを製作できないから、シャーロットにお願いしてもいいかな？」

一応、リリヤさんの武器や服をダンジョン内で製作した後、二人にも製作方法を教えているのだけど、構造を理解してもらえなかったため断念（だんねん）していた。その後、トキワさんとスミレさんからの忠告に従い、二人はホワイトメタルの製法だけ、学ぶことをやめたんだ。

「リリヤさん、任せてください‼　ところで、護衛依頼の方はいかがでしたか？」

これで、私の方はほぼ伝え終えた。そろそろ、アッシュさんたちの情報を知りたい。

「そっちはバッチリさ‼　僕とリリヤで確認した限り、対象ランクC～Dのカッシーナ行きの護衛依頼が、三つあった。そのうちの一つが、二日後の朝八時に出発するから、この依頼を受けることにしたよ」

二日後か。旅の準備に関しては既に完了しているけど、貧民街の人たちにお別れを言いたいことも考慮すると、ちょうどいい日程だ。

「出発は、二日後の朝七時ですかね？」

「そうだね。集合場所には早めに到着した方がいい」

「私たち三人の旅がいよいよ始まるのか～。ここでの生活、特に温泉と離れるのが辛（つら）いかな」

ふふふ、抜かりありませんよ。

「リリヤさん、安心してください。クロイス女王に頼んで、戦車と温泉弾以外の温泉兵器一式三十セット分を貰いました。野宿のときは、自分たちで簡易温泉施設を建設すればいいし、街の中の場合でも、宿屋の主人にお願いして、木魔法で湯船を作って温泉兵器を投入すれば、毎日温泉三昧です」

「ほおおぉぉ～～、温泉三昧、いい響き‼　やるよ‼　王城で手伝ったから、魔法のコツも掴んだもん‼　『強さ』と『温泉』のためなら、私一人でも施設を作るよ‼」

リリヤさんの意気込みが凄い。

「リリヤ……そこまで温泉に。シャーロットも、温泉兵器を三十セットも貰ってくるとは……」

アッシュさんも、私たちの意気込みに呆れている。お肌の管理は女にとって、とても大切なことなんです。温泉兵器だって、私が編集したものだから、どれだけ貰ってもいいのです‼

――コンコン。

あれ？　誰か来た？

「はい、どなたですか？」

「聖女様、私は人間族のユルグと申します。お話ししたいことがあるのですが」

人間族のユルグさん、王城地下の魔導兵器製作工場で働かされていた奴隷の一人だったよね。アッシュさんもリリヤさんも頷いてくれたので扉を開けると、そこには二人の人間族がいた。五十歳くらいの白髪まじりの男性一人と、五歳くらいの女の子だ。この子はオドオドしていて、男性の左足にしがみついている。ずっと地下生活であったためか、二人の肌は白い。

クーデター後に貧民街に入ってきた約八十人の元奴隷たちは、健康面が心配だったので、私が『構造解析』スキルを使って診察し、彼らの身体から全ての病気を取り除いている。今後、地上で生活を続けるだろうから、じきに肌の色も変化するはずだ。

全員が私の回復魔法により健康を取り戻したことで、私自身も彼らから厚い支持を受けている。

「聖女様、あなた方はカッシーナに向かうと聞いたのですが？」

「はい。二日後の朝、私たち三人はカッシーナに向けて王都を出立します」

なんだろうか？　私より少し背の低い女の子が、私のことをじっと見ている。

「聖女様、お願いがあります‼　ここにいる五歳の女の子ククミカを、カッシーナと王都を挟むロッキード山、その中腹にある『人間の隠れ里』に連れていってもらえませんか？」

私たちは、ユルグさんからのお願いに息を呑んだ。二人の顔は、至って真剣だ。特に、五歳の女の子からは、怖がっているけど強い意志を感じる。彼女の顔色はいいけど、あまり手入れされなかったのか、ボサッとした茶髪のセミロング、身体全体も少し細く感じる。

「アッシュさん、王都とカッシーナの間に、人間族の住む隠れ里があるんですか？」

「いや、聞いたこともないよ」

これは、何か特別な事情がありそうだ。

「ユルグさん、ククミカちゃんの事情を伺ってもよろしいですか？」

「もちろんでございます。ククミカは――」

ユルグさんによると、地下工場で働かされていた人間たちは、元々は王都の貧民街や周辺の街に隠れ住んでいたらしい。ただ、魔導具や魔法『幻夢』などを扱えないため、自前でツノを製作し、頭に取りつけて魔鬼族に変装していた。しかし、結局は人間であることがばれ、奴隷となり、王城地下で二年間ずっと働かされていた。

エルギス様がデッドスクリームを召喚したのは二年前、彼らが奴隷として連れてこられたのも二年前。おそらくデッドスクリームから要求された生贄で、奴隷の数が急激に減ったから、魔導兵器製作工場の奴隷労働者となる四種族たちを探したんだ。

その後、ユルグさんはククミカのことを説明してくれたけど、どうやら彼女だけは他の人たちと異なり、工場へ連れてこられた経緯が特殊のようだ。

彼女は、一年前まで魔鬼族に知られていない『隠れ里』で生活していた。当時、母親が魔物の特殊な毒に身体を蝕まれ、回復魔法でも治療できなかった。完治させるには、特殊な状態異常回復薬が必要なのだけど、構成材料の一つである『ヨミアゲハ草』が里内になかったため、大人たちが急ぎ採取に向かった。

ククミカは、母親をずっと看病していたけど、材料が見つからず不安に思い、自分で勝手に里の外に出て、迷子になってしまう。途中、魔物に追いかけられ、そのとき、魔鬼族の冒険者たちに助けられた。だけど、人間の姿だったせいで、山の中をウロウロしている理由を尋ねられた。もちろん、隠れ里のことは答えられるわけもなく不審がられる。

幸い、冒険者たちは善人であったため、彼女を保護し、王都に連れ帰った。

ただ、このままでは他の魔鬼族に捕まり、ひどい目に遭うかもしれないと考えた彼らは、信頼のできる奴隷商人にククミカを預けた。

その奴隷商人は、幼い彼女のことを真剣に考え、人間族たちが強制労働させられている地下工場へ行くことを勧めた。迫害されるよりはマシだろうという判断だ。

ククミカは、そこで毎日掃除を行い、ユルグさんたちと生活を営むことになる。ここで、やっと自分と同じ種族と出会えたククミカは、彼らに自分の心の内を明かしたわけか。

ここまでの内容は、ユルグさんがククミカに言われたことをまとめて、推測も加えたものらしいけど、彼女を構造解析して概ね合っていることを確認した。『隠れ里』も、ロッキード山中腹に間違いなく存在する。

「聖女様、どうかククミカを母親のいる隠れ里に連れていってもらえませんか?」

彼女も、自分の母親が元気に生きているのか気になるよね。本来であれば、こういった依頼はベテラン冒険者に任せるもの。でも、ククミカは人間族。現時点では魔鬼族に任せられない。同じ人間族である私と行動をともにした方が、安心だ。それに、私たち三人はCランクになったばかりで、王都でも有名になりつつある。成人していない子供とはいえ、ユルグさんたちも一定の信頼を置いてくれているのだろう。

「私としては別に構わないのですが、他の皆様はどうなさるのですか？」

ユルグさんたちも人間族なんだから、隠れ里に行きたいと思うけど？

「我々は大丈夫です。聖女様が人間族とわかり、四種族への差別も薄まりつつあります。今後、このままの姿で王都を出歩いても問題ないでしょう。我々は、この王都で生活していきます」

平民の平均月収くらいで工場で働けることも確約されているし、王都で暮らしても問題ないか。

「聖女様‼　ククミカね、お母さんのところに行きたいの‼　ククミカを隠れ里『ヒダタカ』まで連れていって‼　お金……これだけしかないけど……」

ククミカがポケットから出したのは、銅貨六枚だ。彼女にとっては、大金のはず。

「アッシュさん、リリヤさん、彼女の願いを叶(かな)えてもいいですか？」

「シャーロット、僕たちは、君の旅の同行者にすぎない。旅のリーダーは君だ。君の自由にするといい。僕個人としては、シャーロットと同じで、彼女の願いを叶(かな)えてあげたい……かな」

アッシュさんは優しい笑顔で、ククミカの同行を快諾してくれた。リリヤさんはどうかな？

「私も、ククミカちゃんの願いを叶えてあげたい。行こうよ……人間の隠れ里『ヒダタカ』に!!　あ、でも……魔鬼族の私とアッシュが行ってもいいのかな？」

あ、そこは気になるよね。

「大丈夫だよ!!　二人とも、いい人たちだもん!!　私がみんなを説得する!!」

ククミカから、挙動不審さが消えた。私たちを信頼してくれたようだ。

「それなら決まりですね。ククミカちゃん、ヒダタカに到着したら報酬の銅貨六枚を貰うね。だから、大事にポケットにしまっておいて」

「うん!!　聖女様、ありがとう!!」

ククミカが、笑顔になってくれた。旅の同行者が一人増えたね。

「聖女様、ありがとうございます!!　ククミカ、よかったな」

「うん！」

ユルグさんから頭を撫でられたククミカは、彼に笑顔を見せた。

その後、私たちは二日後の朝に王都を出立することを、貧民街中の人たちに伝えた。

そのとき、ククミカの事情を知る地下工場の人たちは、私が彼女を隠れ里まで連れてい

くことを知り、改めて私に「ククミカを母親に会わせてあげてください」と強く懇願した。地下の魔導兵器製作工場において、五歳くらいの子供はククミカ一人しかいなかったため、彼女は彼らのマスコットキャラとなっていたようだ。

　出立の日は二日後であったため、翌日貧民街の人たちが盛大なパーティーを催(もよお)してくれた。アトカさんがこれまでのお礼として、外部から多くの食糧(しょくりょう)を調達し、ここへは時間停止機能付きのマジックバッグで持ち運んでくれた。

　このバッグごとくれたので、現在の貧民街の食糧は非常に豊富だ。このパーティーだけで枯渇(こかつ)することはない。

　そして、ミスリル関係のこともあり、先の未来が明るい。『貧民街』と言われなくなる日が、遠からず訪れるだろう。女王が後ろ盾になっているのだから、皆の顔も明るく笑顔だ。私たち四人は、みんなと和気藹々(わきあいあい)と食事をし、ここで起きた出来事を話しながら、時が過ぎていく。

　――そして、王都を旅立つ時間となった。

　多くの人が私たちの出立を見送るため、貧民街の入口付近にまで来てくれている。

「皆さん、私はここで過ごした時間を忘れません。ククミカを送り届け、私自身も必ず故郷に帰ってみせます‼」

ここにいる人たちだけは、私の全てを知っている。ここにいる人たちは、誰よりも信頼できる‼　多くの人々が、私とククミカに手を振り、私たちも同じく手を振りながら、貧民街を後にした。

10話　ロッキード山の異変

護衛依頼を受けている以上、一度カッシーナまで行き、依頼を完遂させる。その後、ククミカの体力を回復させてから、王都側のロッキード山中腹にあるとされる『隠れ里ヒダタカ』を目指す。

昨日、私たちは彼女の同行許可を求めるため、依頼主の商人ウルラマさんのもとへ訪れている。五十歳くらいの魔鬼族で、商売人に共通した芯の強い目付きをした男性だ。彼は私たちの急な提案にもかかわらず、笑顔で了承してくれた。

こちらからの勝手な申し出なので、私がお詫びとして、厩舎にいる馬たちの健康状態を確認し、回復魔法『リジェネレーション』で病気や古傷などを全て完治させた。すると、馬たちの状態を確認したウルラマさんは、私の両手を握り、少し涙ぐみながら「聖女様、ありがとう、ありがとう」と、お礼を言ってくれた。

今回の依頼、ウルラマさん率いる商人メンバーは馭者を含めて四人、馬車の数が二台。商品のほとんどが商人メンバーのマジックバッグの中に入っている。ただ、馬車の中には、盗賊たちに襲われたときのため、ダミーとしての商品も一部積み込まれている。

護衛する冒険者たちは私たちを入れて、二パーティー（二人構成と三人構成）となっており、当日になって、私たちは二人の冒険者たちと出会った。

いずれも魔鬼族の男性で、年齢は二十歳前後、剣士で魔法も扱える。冒険者ランクは二人ともC。赤髪の人がケアザさん、紫髪の人がハルザスさん。二人とも私のことを知っており、人間であっても差別することはなかった。ケアザさんは言葉遣いは悪いけど優しいお兄さん、ハルザスさんは紳士的で包容力のあるお兄さんという印象かな。

私たちもCランクだけど、経験不足のため、実質Dランクと言っていい。そのことを二人に伝え、『護衛する上での注意事項を私たちに教えてください‼』と三人で頭を下げた。そうしたところ、二人は私たちの心構えに好感を持ってくれたらしく、出発時刻になるまで、盗賊や魔物に襲われたときの対処方法をしっかりと教えてくれた。

○○○

王都からカッシーナまでの道は綺麗に整備されているため、まず迷うことはない。途中遭遇する魔物は、D～Fランクのラッシュドボアやサンドウルフ、マッドドールなどとされており、さほど脅威でもない。しかし、護衛依頼である以上、私たちもケアザさんやハルザスさんも、真剣に任務に取り組んでいる。

　依頼主のいる前衛の馬車にはケアザさんとハルザスさん、後衛の馬車に私たちが配置され、魔物の気配を探っている。私は馭者さんの隣、アッシュさんは馬車の中で後方を確認している。リリヤさんは、馬車の中でククミカとお話し中だ。馬車の中にあるダミー用の積荷をクッション代わりに利用しているため、全員が快適な旅を送れている。現在位置は王都から南十キロほど離れた平野にいるのだけど、全く魔物が出てこない。

「リリヤ姉、魔物が出ないね」

　ククミカも私たちと打ち解け、今では私たちのことを兄、姉を付けて呼んでくれる。この子の素の性格は天真爛漫で、見ていて凄くホワ～ッとした気分になる。大人たちから人気なのもわかる。

「ククミカ、そういうことを言っちゃいけません。もし魔物が現れても、馬車の外に出ちゃダメだよ。シャーロットの魔法『ライトシールド』で、馬車の周囲が完全に覆われるの。この中こそが、安全地帯なんだよ」

　ククミカ、フラグが立っちゃうから、魔物のことはそれ以上言わないでね。

「シャーロット姉の魔法って強いの？」

「シャーロットは聖女だから、魔法が破られることはないよ」

「あのね……王都での噂だけど、大っきいバトルアックスを軽々と振り回せるくらい、シャーロット姉って強いの？」

その噂の出所、絶対ベルクさんの店の周囲にいた野次馬の誰かだ。微妙に真実と違う……。リリヤさんも、返答に困っている。

「え～と、それはただの噂だよ。シャーロットはまだ小さいから、バトルアックスなんて持てないでしょ？」

「そうだよね？　なんで、そんな噂があるのかな？」

リリヤさんとククミカは、世間話を楽しんでいるようだ。バトルアックスか、多分噂通り振り回せると思うけど、そんな暴れん坊行為は絶対にやらない。

うん？　……あれは‼

「リリヤさん、左手からラッシュドボアが一体来ます。距離は約九百メートルです」

私の言葉に、リリヤさんが反射的に前に出てきて、木製の屋根の上に乗った。

「シャーロット……遠すぎてわからないよ。新しく習得したスキル『視力拡大』レベル1でも判別できない」

う～ん、早く言いすぎたかな？

「反射的に出てきたけど、距離九百メートルなら、馬の速度もあるし、こっちには来られないと思うよ？」

あ、ラッシュドボアが諦めて方向転換した。ボアの肉は美味しいと聞いているから……

「シャーロット、ダメ。目立つ行為は禁止だよ」

私の行動が、リリヤさんに読まれてしまった。だだっ広い平野で遠くにいるボアを仕留めて、風魔法で持ってきたら、どう考えても目立つか。

「そうでしたね。平野部では視界も広いですから、魔物を見つけたとしてもそう簡単に接敵することはなさそうです」

護衛一日目、平野部を走っていたこともあり、魔物との接敵はなかった。ここまでは楽しい旅路だったこともあり、皆もご機嫌だった。

そして翌日の十一時頃に、私たち一行はロッキード山の麓に到着した。

まだ、ところどころに木々があるだけで見通しもいい。これから峠を越えていくわけだけど、馬たちの体調に万全を期するため、一度休憩をとることにした。早い昼食をとった後、ウルラマさんがこれからの道程を話す。

「皆、ここまでの旅路は順調です。問題は、ここからですよ。最近ロッキード山にて、ウッドドールやマッドドールといった魔物の目撃情報が多数報告されています。護衛の皆さん、聖女シャーロットの護りがあるとはいえ、決して油断しないようお願いします」

私たち護衛者は、一斉に頷いた。ウッドドールは木の人形でEランク、マッドドールは泥の人形でDランク、脅威度は当然Dランクのマッドドールの方が高い。泥の身体のため、物理攻撃が効きにくい。火魔法が弱点なのだけど……

「護衛の皆さん、森の中で火と雷の魔法は厳禁です。倒すのであれば、氷魔法が有効かと。これ以降、整備されているとはいえ、多少足場も悪くなります。馬の状態も考え、少し速度を落とします」

ベテラン商人さんだけあって、地形と魔物との相性を熟知している。氷魔法で相手を凍らせ、剣で斬るのなら、森への被害も少ないので、最善だと思う。多少無理して峠を突っ切る方法もあるけど、生命線ともいえる馬たちが潰れたら元も子もない。

「皆さん、魔物が現れたら、私が補助魔法でサポートします。馬車の全てをライトシールドで覆いますから、馬車のことは気にせず戦ってください」

戦いの最中、全員の攻撃、敏捷、防御を上昇させたいところだけど、やりすぎは禁物だ。状況を観察しながら、補助魔法を使用していこう。魔法攻撃の威力を向上させる魔法『スペルイムプルーブ』も新たに覚えておいたけど、山の木々をひどく傷つけることになるから、これは使えない。

皆が私の言葉に頷き、私たち一行は、ロッキード山の峠に足を踏み入れた。ここ以降、戦闘態勢に入るとき、ケアザさんか、ハルザスさんが私たちに合図を送ることになっている。私自身も、警戒を緩めないでおこう。

魔物が跋扈している山の中だからか、道もやや荒れている。ただ、速度を落としているから、馬たちの負担も軽減されているだろう。馬たちが怪我をした場合、即座に私に知らせる手筈になっている。

○○○

馬たちも、スキル『全言語理解』で自分たちの言葉を理解してくれる私がいるからか、安心して足を進めている。それにしても、周囲から不穏な気配と多数の視線を感じる。これは、何か起こりそうだね。

「シャーロット、リリヤ、警戒を緩めるな。多分、魔物が襲ってくる」

「うん。誰かに見られているよね」

アッシュさんもリリヤさんも気づいている。ククミカも初めての戦闘だからか、相当緊張している。戦闘中、馬車から出るなとは言っているけど、彼女にも気を配っておこう。

あ、前方の馬車にいるケアザさんが『止まれ』の合図を出した。ここは少しスペースが空いている。アッシュさんもリリヤさんも、ここで戦闘することを理解した。馭者の操作により、馬たちも減速していく。峠に入る前、戦闘する場合の合図や『ライトシールド』を使用するタイミングを聞いている。止まったら、戦闘開始だ!!

「ライトシールド」

その瞬間、馬車を中心に楕円形の光のシールドが現れた。光属性の防御魔法『ライトシールド』、魔法や敵の侵入を防ぐ効果がある。他のシールドと異なるのは、術者の意志次第で、仲間自身や仲間の攻撃魔法の出入りを自由に調整できることだ。

このシールドが出現したと同時に、私を除く護衛者全員が一斉に外に飛び出した。そこからワンテンポ遅れて、左右から十二体の木の人形たちが襲いかかってきた。Eランクのウッドドールだ。体長約二メートルの人型をしており、クネクネと全身を動かしている。

「シャ……シャーロット姉」

ククミカは涙目になって震えている。そっと優しく彼女の手を握り、語りかけよう。

「大丈夫。ククミカと商人さんたちは絶対にシールドの外に出ないでね。私も今から屋根に上って応戦するよ。商人さん、ククミカをお願いします」

馬たちは、私の強さを話しているためか、全く怯えていない。もしかしたら、本能的にシールドの強さを理解しているのかもね。私は急いで、リリヤさんのいる屋根へと上り、全体を見渡した。アッシュさん、ケアザさん、ハルザスさんは既に魔物と交戦している。リリヤさんも、屋根から初期装備の弓矢で攻撃している。ホワイトコンパウンドボウは威力も強いし、なによりも目立つ。ウルラマさんから詮索されてしまうので、使用を控えている。

「けけけけ……子供……美味そう……食う」

私の真上には、ウッドドールがシールドの上に乗り、必死に両腕を鞭のようにしならせて攻撃している。ウルラマさんから得た情報によると、魔物ドール族はランクが上がるほど、魔法に特化していく種族のため、通常の魔物より知力も高い。拙い言葉遣いだけど、Eランクのウッドドールでも魔人語を理解し話せる。

「邪魔、指弾」

ウッドドールの頭が弾け飛び、そのままズルズルと崩れ落ちた。戦況は……あはは、さすがCランクの冒険者、ウッドドールが残り三体しかいない。あ、前衛の三人が一体ずつ倒した。

「あっという間だったね。これで終わりかな？」

「とりあえず、周囲から魔物の気配は感じませんね」

五分ほどで討伐完了か。

「アッシュ、やるじゃねえか。剣術の腕前は、十分Cランクの力量だ」

「ケアザさん、ありがとうございます」

前衛を観察しようと思ったところでの戦闘終了。アッシュさんたち三人の活躍を全く見られなかった。

「さあさあ皆さん、余韻は馬車内で味わいましょう。どうやら、我々の思っている以上に、深刻な事態が山の中で起きているようです。急いで、この区域を脱出しますよ」

ウルラマさんからの指示で、私たちはすぐに馬車に入り、馬を走らせた。先程よりも、速度が速い。構造解析してわかったけど、魔物ドール族は『魔力感知』や『気配察知』に長けている。今の戦闘で勘付かれた可能性もある。

「みんな、強〜〜い。アッシュ兄、凄いよ‼　剣でバシバシ、あのお人形さんたちをやっつけてるもん」

「あはは、ありがとう。僕よりも、ケアザさんやハルザスさんの判断力と行動力の方が凄いよ。出発前に聞いてはいたけど、彼らはいち早く魔物の気配を察知して、戦闘する場所を瞬時に見極めている。僕たちだけだったら、もう少し手こずっていると思う」

実際、前衛の三人が飛び出したことで、ウッドドールの動きが瞬間的に鈍ったからね。皆、そのタイミングを見逃さなかった。だから、先手を打てたんだ。それにしても、十二体のウッドドールが出現したこと自体が驚きだ。この山の中で、何かが起きている。

——二時間後。

私たちはロッキード山山頂付近にある休憩所にて、身体を休めていた。私がライトシールドで広範囲を覆っているので、魔物に襲われる心配はない。最初の戦闘以降、ウッドドールやラッシュドボアなどの魔物と三度戦っており、私たちは全くの無傷だけど、皆の雰囲気が少し神妙だった。

「ウルラマさんよ、こいつはちょっとおかしいぞ」

「ケアザさんの言いたいこともわかっています。私が聞いていた以上に、魔物の出現頻度が高い。シャーロットが馬たちを回復させていますので、終了次第、麓まで一気に駆け抜けましょう」

私はリジェネレーションで馬たちの身体を回復させつつ、この話のやりとりを馬たちに話している。

「けどよ、ここからは下り坂だ。馬たちの身体が持つか？」

「シャーロットから聞いたことですが、補助魔法は馬たちにも適用可能だそうです。防御と敏捷を強化すれば……」

「馬にか⁉　そうか……動物にも適用できるのか」

適用できるけど、それでも馬たちが心配だ。

『大丈夫？』

『シャーロットのおかげで、古傷も治った。脚を強化してくれれば問題ない』

『脚は敏捷で強化されるし、身体全体は防御で強化される。きついけど頑張って』

『任せろ』

え……これは⁉　急に、魔物たちの気配が……しかも、距離が近い‼

「皆さん‼」

「わかってるよ‼　ちっ、ハルザス、アッシュ、リリヤ、戦闘態勢に入れ‼」

「なんだ、この気配‼　突然すぎる⁉」

ケアザさんもハルザスさんも、さすがに慌てている。いくらなんでも、この出現の仕方はおかしい。しかも、数が多い。

「ククミカ、馬車の中に入るんだ。すぐにでも逃げられる態勢にしないと危険だ‼」

「アッシュ兄……これ……逃げられ……ないよ」

ククミカの顔が真っ青だ。この光景を見れば、誰だってそうなるか。

「え……これは⁉」

Dランクの魔物マッドドールたちが全方位から続々と現れ、完全に囲まれてしまった。

どうしよう……逃げ場がない。

11話　ドール族の急襲

ライトシールドで護られているとはいえ、逃げ道を完全に塞がれてしまった。全方位からシールドを破るべく、『バンバン』と拳を叩きつける音や、『ドーンドーン』と風の初級魔法『ウィンドカッター』や土の初級魔法『ロックボール』などの衝突音が聞こえてくる。

「ふええええ〜怖いよ〜」

ククミカも異様な数のマッドドールを見て、身体を震わせ、アッシュさんにしがみついている。さて、どう攻略しようか？　形状から見て泥人形のようだから、武器に氷属性を付与すれば倒せるだろうけど、数が多すぎる。

やはり、氷属性の中級魔法で攻めるのが得策だろう。

ケアザさんもハルザスさんも、氷の中級魔法を習得していない。全ての魔鬼族が、魔法を五年間も封印されていたとはいえ、年齢的に習得していてもいいはずなんだけど？　剣士としての修行を優先させたのかな？　ここは、私が動くしかない。

超低温による氷の広範囲攻撃『アイスストーム』や『ダイヤモンドダスト』を使えば、この場を切り抜けられる。でも、七歳の私が上級魔法『ダイヤモンドダスト』を扱うのは好ましくない。それに、魔力操作に失敗したら、全員が氷漬けとなって、間接的に凍死してしまう。

皆に、そういった不安要素を与えたくないことも考慮すると、中級魔法『アイスストーム』の行使がベストかな。

「皆さん、私が中級魔法『アイスストーム』を使用し、周囲の敵を足止めします」

現状の私は、中級魔法を習得していない。でも、アストレカ大陸にいる間、精霊様に、現状開発されている魔法の多くと使用時の注意点を習ってきた。私なりに、教えてもらった内容を本にまとめた際、エルバラン公爵家本邸の資料室に保管されている魔法関係の本と比較して、精霊様のものと大陸に伝わっている魔法技術の差異も理解している。

『環境適応』スキルで強くなって以降、教わった中級以上の魔法をいくつか習得したいと思ったけど、王都内では使用できないし、ダンジョン内でも予測不能な間接作用で、周囲の冒険者たちを殺しちゃう危険性もあったから、一度も練習していない。ぶっつけ本番になるけど、今ここで中級魔法を習得するしかない。

幸い、ダンジョン内で初級魔法の応用を冒険者たちに見せ、クーデターでは闇の最上級魔法『ダークフレア』を王城上空で発現させ、綺麗な円形を保ったまま安定させた経験もある。魔法操作の感覚も、かなり慣れてきている。あとは、私のイメージ次第だ。

「シャーロット、中級魔法を使えるのか？」

質問者はハルザスさんか。皆に、安心感を与えてあげよう。

「王都にいる間、中級魔法をいくつか習得しました。ただ、覚えたてのため、一気に敵を殲滅できません。一定時間凍らせるのが、精一杯だと思います」

年齢的に考えても、この言い方で納得してくれるはずだ。実際、私の魔法攻撃力はゼロだから、敵に対して直接的にダメージを与えることはできないけど、相手を氷漬けにして、足止めするくらいは可能だ。

「上等だ。ウルラマさん、あなたたちは急いで馬車に乗って、出発の準備を整えるんだ。シャーロットがアイスストームで敵を氷漬けにした後、俺たちが進路上の奴らを討伐していく」

ハルザスさんの言葉に、皆の緊張感が少し和らいだ。

「ハルザスさん、かなりの数ですが倒せますか？」

「ウルラマさん、安心しろ。奴らの弱点は、『火』か『超低温』だ。アイスストームの魔法で発生する超低温の氷と風が奴らを覆い尽くし、あの泥自体さえも氷漬けにする。数こそ多いが、所詮はDランク、俺たちの剣で易々と斬り裂けるよ‼」

「わ……わかりました‼　皆、準備しなさい」

商人さんたちが、一斉に馬車へと向かった。アッシュさんもリリヤさんも、戦闘態勢に入っている。よし、私も準備できた。戦闘開始だ‼　ある程度加減して、周囲を氷漬けにしてやる‼　幸い、全員がライトシールド内にいる。シールド外で魔法を放てば、被害を受けない。

「皆さん、アイスストームを少しでも広範囲に行き渡らせるため、真上から円形のライトシールドに落とします」

「さすが聖女……シールドの形態を利用して、全方位にいる奴らを叩くのか」

ハルザスさん、正解です。

「いきます‼　アイスストーム‼」

ここで利用するのは、ダウンバースト現象だ。まず、アイスストームを私の遥(はる)か上空で発生させる。ロッキード山全部が凍(こお)らないよう、私を中心とする五十メートルの円周上に、ウィンドシールドも張っておこう。これで、お馬鹿なやらかしも起こらないはずだ。

次に、アイスストーム発生地点から真下にいる私のところまで、風魔法を使用して猛スピードの下降気流を作り出す。あとは、アイスストームをその気流に乗せるだけで、魔法の落下速度がどんどん速くなり、地上に到達したとき、通常よりも広範囲にまで届くという流れだ。魔法操作がうまくいけば、半径五十メートルまでの森林が凍(こお)って、樹氷(じゅひょう)状態になると思う。

真上から白く覆われた霧状(きりじょう)のアイスストームが、ライトシールドの中心部に落ちてくる。そして、シールドに『ドーーーーン』という衝撃音が鳴り響き、粒状(つぶじょう)の氷が全方位に拡散(かくさん)されていく。私たちのいる一帯は、白い霧(きり)に覆われた。

そして、霧が晴れると――

「うわあ〜凄(すご)〜い。みんなが凍(こお)ってる〜綺麗(きれい)〜〜」

ククミカの言う通り、視認(しにん)できる範囲全てのマッドドールが氷漬けとなっている。よし、これなら逃げられる‼

「よっしゃ‼　ハルザスと俺が進路を塞(ふさ)ぐマッドドールを叩(たた)く。アッシュとリリヤは、周囲にいるマッドドールをできるだけ倒せ‼　氷漬けになっているから、武器への属性付与はいらん‼　合図を出したら、馬車の中に入れ‼　いくぞ‼」

ケアザさんの掛け声とともに、四人が一斉に動き出した。リリヤさんは魔物たちを確実に倒すため、武器をホワイトメタルの短剣に切り替えた。

「ククミカ、私たちも馬車の中に入るよ」

「うん‼」

私は馬車に入ると、全ての馬たちの防御と敏捷(びんしょう)を強化させた。二つの魔法『プロテクション』と『クイック』には、魔力を多めに注ぎ込んだため、魔法の効力も峠の出口まで保つはずだ。

四人の動きを観察すると、ケアザさんとハルザスさんは、進路を塞(ふさ)ぐマッドドールを次々と斬り裂いている。でもよく見ると、今にも氷を破壊して動き出しそうなマッドドールから、重点的に斬っている。二人の観察眼は凄(すご)いよ。それに比べると、アッシュさんとリリヤさんは倒すことに必死で、そこまで頭が回っていない。やっぱり、経験の差というのは大きい。

「よし、これだけ倒せば十分だ。全員馬車の中に入れ‼」

ケアザさんの合図とともに、アッシュさんとリリヤさんが私とククミカのいる馬車の中に入り、二台の馬車が一斉に走り出した。アイスストームの効力が強いからか、マッド

ドールたちはまだ動けそうにない。これなら、行ける‼

そう思った矢先、突然上空から魔物の気配を感じた。またなの⁉　気配が二つあって、しかもなんらかの魔法を発動させようとしている。当然、標的は二台の馬車だ。急いで駁者台に出て上空を確認すると、二十メートルほどのところに、二つの何かがいた。

「「ウィンドインパクト」」

まずい、風魔法の衝撃弾を放ってきた‼　ライトシールドを張る時間はない‼　しかも、ケアザさんたちもアッシュさんたちも、上空の敵に気づいていない‼

「あ‼」

私につられて、隣で駁者をしている四十歳くらいの男性商人エポラグさんが上を見て気づいた。

「ライトウォール‼」

私は咄嗟に、前方の馬車の真上に光の壁を出現させた。でもこれでは、私たちのいる馬車まで対応できそうにない。直撃まであと数秒、直撃場所は荷台の中間地点か。私は急いで馬車の中に戻り、軽い衝撃波で三人を外に突き出した。

「「え……シャーロット⁉」」

「シャーロット姉⁉」

三人とも、私の行為に目を見開いている。私も外に出ようとしたところで、真上から衝撃波が襲ってきた。一つの凄まじい衝撃音が周囲に鳴り響く。

「なんだ、今の衝撃音‼　くそ……上空に敵がいやがったのか‼」

「ケアザ、後方の荷台半分が崩壊してるぞ‼」

「あ、なんだって⁉」

二台の馬車が動きを止めてしまった。私のいた馬車には車輪が四つついていたけど、壊れたのは後ろ半分か。想定通りだ。馬とエポラグさんも無事だし、ウルラマさんたちのすぐ近くにいる。

私を襲ってきた魔法に関しては、『ダークコーティング』で無効化された。でも、このままでは私も転がってしまうので、咄嗟に風魔法『フライ』で、少しだけ身体を宙に浮かせたことで、転がりを回避した。

ところが、アッシュさんがククミカちゃんを庇ったことで、彼女は無傷だけど、アッシュさんは軽傷を負った。リリヤさんも軽い怪我をしている。

『ドーーーン』

『ドーーーン』

もう、敵が上空から降りてきたの⁉

私とウルラマさんたちとの距離は、二十メートルほどある。その間に、体長二メートルほどの焦茶色の人形たちが二体現れた。

マッドドールは泥で覆われていたため、人形の形が判別しにくかったけど、この魔物はハッキリと判別できる。マネキンドールに近い形態だ。

一体は私を凝視し、残る一体は前方にいるウルラマさんたちの方を見ている。この微かに臭う錆びのような臭い、多分『鉄』だ。臭いのもとは、二体の魔物たちか。あの魔物の外殻は、鉄製かもしれない。

「Cランクのマテリアルドールだと⁉」

ケアザさんから漏れ出た言葉、名称はマテリアルドール、Cランクなのか。

「皆さん、私たちのことは構わず、そのままカッシーナの方へ逃げてください‼」

「な……できるわけね……うおっ‼」

二体のマテリアルドールがお構いなく襲ってきた‼　しかも、左右の森林からマッドドールたちもチラホラ出てきた。

「護衛依頼を……優先してください‼　まだ……アイスストームの効果が続いていますので、後方に逃げれば……私たちも生き延びられます‼」

マテリアルドールの腕が伸びて、鞭のように飛んでくる攻撃を回避しつつ、私はケアザさんとハルザスさんを見つめた。お願い、私たちに構わず逃げて‼

「くそっ‼　お前ら、森の中に逃げ込め‼　マテリアルドールも、大きな攻撃や魔法を放てねえはずだ。絶対、生き延びろよ。カッシーナに到着したら、すぐにでも大勢の冒険者を引き連れて、お前らを助け出してやる‼」

「ケアザの言う通りだ‼　生きることを諦めるな‼」

ケアザさんとハルザスさんは、私たちに激励を送った後、二台の馬車とともに猛スピードで駆け抜けていく。それに追随し、マテリアルドールの一体も馬車を追いかけた。

「皆さん、立てますか？」

「ああ、大丈夫‼　こんなところで死ねるか‼」

「私たちはククミカちゃんを『ヒダタカ』に送り届ける‼」

アッシュさんもリリヤさんも体勢を立て直し、マッドドール相手に必死に応戦している。

私は、厄介なマテリアルドールを倒そう。二台の馬車は、もういない。これで心置きなく、周囲の敵を殲滅できる‼

「マテリアルドール、よくもやってくれたね‼」

「氷、邪魔‼　お前ら、焼いて食う。死ね……ファイヤーストーム」

こいつ、無詠唱で広範囲系の中級魔法を使えるの⁉　でも、あなたの思惑通りにはさせないよ。

「火事になるから、その魔法自体を貰うね」

マテリアルドールが広範囲に放ったファイヤーストームを、ユニークスキル『魔法支配』で、完全に自分のものにしてからかき消す‼

「我の火が……」

奴が狼狽えている間に、懐に飛び込む。そして、私は軽くジャンプしてから、胸付近に触れた。

「終わりだよ……『共振破壊』!!」

大きな爆発音が周囲に鳴り響き、マテリアルドールは中にある魔石ともども粉々となる。マッドドールたちもそれに驚いたのか、一斉に森の中へと逃げ込んだ。

「ふう〜、とりあえず危機は去りましたね。ククミカ、ごめんね。話す時間がなかったから、突き飛ばしちゃった」

ククミカは放心していたけど、表情がどんどん輝き出した。

「シャーロット姉〜〜強〜〜〜〜い。あの強そうな人形を一撃で倒した〜〜〜〜」

あ、私が一番強かったら、アッシュさんとリリヤさんの立つ瀬がない。

「ふふふ、聖女だからできる必殺技だよ。この技は日に三回しか使えないから、ピンチのときにしか使わないことにしているの」

「それでも凄いよ〜〜〜」

一応、信じてくれたようだ。さて、これからどうしようか？　普段なら魔石を回収したいところだけど、マッドドールやマテリアルドールが再び襲ってくるかもしれない。

「シャーロット、ありがとう。衝撃波で突き飛ばされたとき、『何を』と思ったけど、上空のことを完全に疎かにしていたよ」

「うん、私も全然気づけなかった。逃げることだけで精一杯だった」

　あのとき動けたのは私だけだ。通常と違い、気配が突然現れた。気づくことの方が困難だと思う。

「アッシュさん、リリヤさん、あのときケアザさんたちも気づけなかったんです。これに関しては、仕方ありませんよ。次から、全方位に気を配りましょう」

　それにしても、さっきの出来事、明らかにおかしい。私の『気配察知』や『魔力感知』は、レベル10だ。それでも、直前まで気づけなかった。魔物たちが、突然そこに現れたかのような印象を受ける。この山で、何が起きているのだろうか？

「そうだね。いつまでも落ち込んでいてはダメだ。これからのことを考えよう」

「アッシュ、ここって山頂に近いよね？　ケアザさんたちと分断されたし、ここから『ヒダタカ』に向かおうよ」

「そうだな。ヒダタカの場所は王都側の中腹付近と聞いているし、今から向かおう。ククミカも、それでいいかな？」

「うん、いいよ‼　私、この道を覚えてる。こっちの方向に、里があるはずだよ」

　道沿いに歩いていくのが一番わかりやすいけど、即狙われる危険性もある。ケアザさんが言ってくれたように、森の中に入ろう。私の場合、スキル『マップマッピング』もあるから、まず迷わないだろう。予定が大幅に狂ったけど、『ヒダタカ』を目指そう。

12話　霊樹の加護

魔物ドール族との戦闘を極力回避するため、私たちは山頂付近の街道から森林に入り、王都側の中腹にあるとされる『隠れ里ヒダタカ』を目指している。

襲撃から二時間が経過し、四度ほどウッドドールやマッドドールと遭遇したけど、ここでの戦闘では、特に動揺することなく、大きな怪我を負うこともなかった。冒険者として経験の浅い私たちが、森林の中をさほど苦もなく前進できるのは、新たに習得したスキルのおかげでもある。

私が魔力波について講義したことで、アッシュさんは魔法『真贋』とスキル『マップマッピング』レベル2、リリヤさんは魔法『真贋』とスキル『マップマッピング』レベル1を習得できた。二人のスキルレベルが低いこともあり、通常の表示方法は2D、マップの効果範囲は自分を中心とする半径十～十五メートルほどとなっている。

少し時間をかければ、視界に捉えきれない小部屋や道、木々程度を2Dや3Dで表示させることも可能だ。

そこから『魔力感知』スキルと連動させることで、魔物の位置をいち早く察知し、その場所を赤い点として地図に表示することもできる。これなら、森の中であろうとも、そうそう奇襲されることはない。

欠点としては、スキルを身につけて日が浅いため、二人の解析速度が遅く、その分歩行速度も緩やかになってしまうことかな。まあ、ククミカのことを考慮すると、これくらいがちょうどいいんだけどね。

このスキルのおかげで奇襲対策ができるけど、油断はできない。街道沿いで起きた魔物急襲に関しては、私でも直前まで感知できなかった。あのときだけ、魔物の出現方法が大きく異なっている。その理由も不明であるため、警戒を解けない。

○○○

現在、私のライトシールド内で、オヤツを食べて英気を養っているところだ。ここまで二度の休憩を挟んでいるとはいえ、五歳のククミカにとってはかなり厳しい道のりのはずだ。でも、故郷に帰りたいという思いが強いからか、彼女は疲労の色を見せているものの、少しも弱音を吐いていない。

「シャーロット姉、コロッケ、サクサクのホフホフで最高だよ‼　疲れが吹き飛ぶ‼」

ふふふ、そう言ってもらえると、調理した甲斐があるね。

現在の貧民街のメイン料理は、主に屑肉となっている。この肉も工夫次第で味が変化するんだけど、毎日こればかり食べていると、皆も飽きてしまう。そこで、ジャガガと屑肉をすり潰したものを、パン粉と卵とトロス粉（小麦粉）で包み、植物油で揚げた料理、『コロッケ』を新たに考案した。

旅に出る前日、女性陣に作り方を教え、パーティーでコロッケを初披露したとき、大人子供関係なく、全員がコロッケに群がり、あっという間に売り切れとなった。評価も上々、皆がこの料理を気に入ってくれたようだ。

パーティー中に聞いたことだけど、『食材を油で炒める』という調理方法は、昔からあるらしい。しかし、『食材を油で揚げる』という発想自体が、ジストニス王国内にはない。つまり、私は新たな調理方法を確立したことになる。

次の目的地カッシーナに到着したら、即座にレシピ登録するべきだと、多くの人たちから勧められた。コロッケにかかる費用も非常に安価であるため、貧民街だけでなく、王都の定番料理になると皆が断言してくれた。

それはさておき、私とリリヤさんは、旅路のオヤツにちょうどいいかなと思い、前もってコロッケを作っておいたのだ。ただ、数多く作れなかったこともあり、ケアザさんたちには言わなかった。アッシュさんもククミカも、美味しそうにコロッケを頬張っており、私もリリヤさんも、その光景を微笑んで見ていた。

「ククミカ、もう山の中腹に到達しているはずだけど、隠れ里の正確な位置を教えてくれないか？」

アッシュさんの質問に、彼女の表情がどんどん暗くなっていく。この質問については、私も彼女に尋ねたいと思っていたところだ。

「アッシュ兄……ごめんなさい。里へ続く正規ルートを忘れちゃったの」

まさかの答えが返ってきた。ククミカは、あの街道のことを知っていた。だから、山頂付近からでも隠れ里へ辿り着けるかなと思っていたんだけど。

「正規ルート？　それってどういうことかな？」

私も、そこが気になる。

「あのね、『隠れ里ヒダタカ』は、霊樹様の結界で護られているの」

霊樹？　初めて聞く名前だ。

「霊樹様は、隠れ里の守り神なの。えーと、昔大っきな戦争があって、人間や獣人さんたちが魔鬼族さんに悪さをいっぱいいっぱいいっぱいしたの。それでね……魔鬼族さんが怒って、悪い人間たちをいっぱいやっつけて、この地に住まわせないようにしたの。行き場を失い、生き残った人間たちは、山奥に隠れ住んだの」

大きな戦争……二百年前のことを指しているのかな？

「そして、その一部の人間たちが、ロッキード山中腹にある神々しい霊樹様を見つけたの。それでね……『もう悪さをいたしません。私たち人間を、この地に住まわせてもらえないでしょうか？』ってお願いしたら、霊樹様がその願いを叶えてくれて、結界を張ってくれたの。内から外へ出るときは簡単に出られるけど、外から内に入るには、誰であろうとも定められたルートを通らないと里に入れないの。ククミカ……そのルートを覚えてない。ごめんなさい……ごめんなさい……」

ここに来る道中、ククミカは必死に何かを考えながら、ひたすら歩いてきた。正規ルートを思い出そうとしていたんだね。リリヤさんが、泣き出すククミカを必死に慰めている。

「正規ルートを辿らないと、里には入れない。『霊樹』の力で、幻惑系の結界が里の周囲に張られているわけか。ククミカ、現在地は結界の中で合ってる？」

アッシュさんは、泣き出すククミカを見ても動揺していない。それどころか、彼女のために、隠れ里に行くための手段を必死に考えている。

「うん……霊樹様の結界は凄く広いの。多分、もう結界の中だと思う」

「僕もリリヤも、大規模な幻惑を破る魔法を持ち合わせていない。シャーロット、頼めるかな？」

「アッシュさん、お任せを‼」

とはいえ、魔法『真贋』は、幻夢で変異した人を見破れるけど、大型の幻惑結界を破る

力はない。こういうときこそ、『構造解析』スキルの出番だ。さあ、ククミカを解析だ‼

……ふむふむ、里へ進むための正規ルートの記憶は、彼女の心の奥底にあったけど、文章で表示されているせいで、ここからの行き方が全くわからない。ただ、正規ルートというのは一つではなく、合計四つあるようだ。しかも、たとえルートを知っていても、ある条件がないと、絶対に辿(たど)り着けない仕組みとなっている。

「申し訳ありませんが、私の力でも行けません。でも……」

「え、シャーロットの力でも無理なの⁉」

アッシュさん、最後まで言わせてよ。

「ふえぇぇぇ～、ごめんなさ～い、私がもっとしっかりしていれば、うわあ～～～ん」

最後まで言い切らないうちに、ククミカに泣かれてしまった。きちんと三人に説明しよう。

「三人とも、落ち着いてください。私の力では無理ですが、里に行くための方法はあります」

「「「え⁉」」」

三人が、一斉に私を見たよ。ククミカも、ピタッと泣きやんだ。

「順に説明します。最後まで聞いてください。隠れ里に行くには、二つの条件を達成しないといけません。一つ目が正規ルートを覚えること。二つ目が『霊樹の加護』を持っていること」

「「霊樹の加護？」」

私も、初めて聞く名称だ。『霊樹』という名称だから、木の精霊様が管理しているのだろうか？　今は話を進めよう。

「霊樹様に認められた者だけが正規ルートを通ることで、里への入口に到達できます。おそらく、隠れ里の人間全員がこの加護を持っているのでしょう」

ククミカも三歳になったとき、両親と一緒に霊樹様のもとへ赴き、加護を貰っている。

「シャーロット姉、私は故郷に帰れるの？」

「ククミカ、大丈夫。里に帰る手段はあるよ。私の力では無理だけど、ククミカ自身が、既にその力を有しているの」

「「「え!?」」」

私の一言に、三人は驚きの声を上げた。

「シャーロット姉、私にそんな力はないよ？」

力があると断言されたためか、ククミカも戸惑っている。無理もないか。

「ふふ、ククミカが忘れているだけだよ」

方法は間違いなくある。ただし、それは正規ルートを忘れてしまったときの緊急手段だ。

「アッシュさん、リリヤさん、今からククミカに里へ帰る手段を教えます。ただ、この方法を使用した場合、周辺の魔物たちも状況の変化に気づくと思います。最悪、私たちだけでなく、魔物も里内に侵入するかもしれません」

『ククミカのせいで、隠れ里が消滅した』という悲惨な未来を避けたい。私が何を言いたいのか、二人はすぐに理解し、リリヤさんがアッシュさんに声援を送る。

「ククミカを護衛しつつ、襲ってくる魔物たちを殲滅すればいいんだね‼　アッシュ、頑張ろう‼」

「ああ。僕たちのせいで、里に魔物を入れさせるわけにはいかない‼」

「ククミカも、頑張る‼」

三人に、やる気が戻ったようだ。

『霊樹の加護』を持つ者が、結界内で正規ルートを忘れた場合、『里に帰りたい』と霊樹様に強く祈れば、里への道を最短ルートで教えてくれる。

ただし、この緊急手段には、大きな欠点がある。最短ルートで行かせるため、お祈りした者とその仲間たちの進む方向のみ、結界が一時的に解除されてしまうのだ。それを皆に説明すると——

「僕たちの周囲だけ、結界が一時的に解除される。なるほど、魔物がそれを見逃すはずがない。リリヤ、気を引き締めていこう」

「うん‼　ククミカ、私たちが必ず守るから、霊樹様にお祈りしてみて」

「うん、やってみる‼」

ククミカが両手を合わせ、霊樹様に祈りはじめると、彼女の身体が少しずつ輝き出した。

「あ……わかる、わかるよ‼　こっちに行けば、里に辿り着けるよ‼」

「よし、出発だ‼」

アッシュさんの掛け声とともに、私たちはククミカの案内で足を進めていく。それと同時に、周囲の気配が変化したのを感じ取る。

「アッシュ、シャーロット……これって襲ってくるよね？」

「ああ。シャーロット、君はククミカを護衛してほしい。僕とリリヤで応戦する」

「わかりました。ククミカを必ず守りますので、こちらのことは気にせず、戦ってください」

アッシュさんとリリヤさんが臨戦態勢に入り、私もククミカのそばへ移動し歩いていると……右側方からトレント、後方からマッドドール、左側方からフォレストウルフが一体ずつ襲いかかってきた。

「シャーロットは左側方、リリヤは後方、僕が右側方を叩く‼」

「「了解‼」」

アッシュさんの指示は的確だった。リリヤさんは弓術を得意としているため、接近戦は不利だ。左右に比べて、後方のマッドドールとは少し距離があるから、リリヤさんに任せたのだろう。左右の敵については、私とアッシュさんの位置関係からだ。一度戦ったことのある魔物だから、苦戦することなく、討伐できた。死骸をこのまま放置すると、他の魔物たちが寄ってくるかもしれないので、即座に私のマジックバッグに入れ、足を止めることなく、私たちは突き進む。

そして——四回目の戦闘のとき、ある変化が訪れた。左前方にある木の上から一人の視線を感じるようになったのだ。アッシュさんもリリヤさんも、この視線に気づいている。

即座に、私は視線の主でもある相手に対し、『構造解析』を使用した。すると、相手は私たちを見て、かなり戸惑っているようだ。二人は魔鬼族、二人は人間、しかも子供の一人は『霊樹の加護』持ちなのだから、相手側から見れば当然だよね。

「ククミカ、止まって。里の人が気づいてくれたよ。今、木の上から私たちを観察してる」

「え、ホント⁉ 私、ククミカだよ〜〜〜‼ 木の上の人〜〜下りてきて〜〜」

「ククミカだって⁉」

彼女の呼びかけに大きく動揺し、一人の男性が木の上から下り、こちらに来てくれた。名前はカゲロウ、年齢は三十四歳。少し長い黒髪を一本のゴム紐で縛っている。この人の服装、トキワさんと似ている。迷彩柄の忍び装束、服の色自体も森林と同化しているせいか、全く目立たない。

「あ〜〜〜、カゲロウおじさんだ〜〜〜‼」

　ククミカが、カゲロウさんに抱きついた瞬間、彼女の放つ加護の光が消えた。仲間と合流できたから、霊樹様も必要ないと判断したのかな。

「ゴーストじゃない⁉　ククミカ、生きていたのか⁉」

「うん……生きてたよ……おじさんと再会できた……これで里のみんなに会える……お母さんのところへ行ける……うわあぁぁぁ〜〜〜」

　声が響くから、周囲にライトシールドとサイレントを使用しておこう。ククミカも知り合いと再会できたからか、歓喜（かんき）の涙を流している。それに対し、カゲロウさんはこの状況に戸惑（とまど）っている。彼からすれば、一年ぶりの再会となる。ククミカの年齢を考慮すれば、生きている方が不思議だもんね。

「私はカゲロウ、状況をイマイチ把握（はあく）できないが、そこにいる魔鬼族の男女がククミカと少女をここまで連れてきてくれた……で合っているのだろうか？」

　うん、普通そう考えるよね。だから、ククミカの経緯をカゲロウさんに伝えよう。カゲロウさんに私たちのことを信頼してもらい、先に進もう。

13話　隠れ里ヒダタカ

カゲロウさんは、アッシュさんをリーダーだと思い、ククミカの事情を説明してほしいと目で訴(うった)えている。ここは彼に任せよう。

「僕はアッシュ・パートンと言います。隣にいるのがリリヤ・マッケンジー。僕たちと人間の彼女、シャーロット・エルバランは、王都の冒険者なんです。ククミカの護衛依頼で、彼女を隠れ里ヒダタカに連れて行くことになりました」

「護衛依頼？　それじゃあ、ククミカは今まで王都にいたのか？」

「はい。まずは、ククミカが戻ってきた経緯と王都の状況についてご説明します――」

トキワさんが怨敵(おんてき)ネーベリックを討伐したこと。

クロイス姫がクーデターを起こし、新たな女王として即位したこと。

私は聖女で、ハーモニック大陸に転移した経緯（強さ除く）。

クロイス女王と私の活躍により、四種族の差別が少し緩和されたこと。

ククミカが、王城地下の魔導兵器製作工場で働かされていたこと。

ククミカが落ち着くのを待ってから、アッシュさんはこの五点をカゲロウさんに説明した。この内容は、国民に向けられたものであって、一部真実ではない。

「アッシュ、貴重な情報を提供してくれて感謝する。ネーベリックの討伐、クーデター勃発、シャーロットの転移……俺たちの知らぬ間に、それほどの大事件が起こっていたとは。ククミカも、そんな状況下でよく生き残ってくれた」

その言い方だと、ここ二ヶ月ほど、王都に訪れていないのかな？　もしかしたら、魔物たちの出現頻度が高い理由と、何か関わりがあるのだろうか？

「王都に所属する魔鬼族の冒険者が、ククミカを助けてくれていたとは……俺たちは食糧調達をする際、魔鬼族に変装している。魔法による変装ではなく、魔物の角を利用して、額に付ける単純なものだ。ククミカが行方不明になってすぐ、変装した状態で、カッシーナや王都に立ち寄り、多くの場所を捜索したんだが……まさか、地下施設で他の人間たちと一緒に働かされていたとは……」

そんな簡単な変装で、魔鬼族の目を誤魔化せるんだ。まあ魔鬼族たちも、人間が堂々と王都を闊歩しているとは思わないか。

「おじさん、魔鬼族は悪い人もいるけど、いい人もいるよ。私を助けてくれた冒険者さんや、地下施設にいる見張りの兵隊さん、それに貧民街にいる人たち、みんながククミカと遊んでくれたの」

こんな天真爛漫で癒し系美幼女をいじめる人なんていないよ。

「そうか……とにかくククミカが、生きていてよかった。ナリトアも喜ぶぞ」

「おじさん、お母さんは元気になったの⁉」

「ああ。ロッキード山山頂付近に、『ヨミアゲハ草』の群生地を見つけてな。すぐに特効薬を調薬したことで、ナリトアの病気も完治した。しかし、肝心のククミカが里から消えたことで、大騒ぎになってしまい、ナリトアもこの一年ずっと塞ぎ込んでいる。身体も痩せてしまった」

自分の娘が行方不明となれば、誰だって塞ぎ込むよ。早くククミカと再会させたい。

「おじさん……ごめんなさい。お母さんの病気を早く治したいと思って、一人で外に出て迷子になって……」

ククミカが泣きそうになると、カゲロウさんが彼女の頭をそっと撫でた。

「親を思っての行動か。そういうところは……死んだアイツとソックリだ。ナリトアにとって、この世で一番大切なものは……もうククミカ一人しかいない。これからは、絶対に一人で行動するな」

「……はい」

ここに長く留まれば、魔物が集まるかもしれない。

「カゲロウさん、この山自体がどこかおかしいです。私たちを里の中に入れてもらえませんか？」

私がそう依頼すると、彼は私たちを見た。

「本来であれば断るところだが、ククミカの恩人でもある君たちをここで放置したら、私が彼女に嫌われてしまう。……里へ案内しよう。私の後についてきなさい。ククミカは疲れているだろうし、私がおんぶしよう」

やった、里に行ける‼　一応、信頼してくれたのかな？

〇〇〇

ククミカはカゲロウさんにおんぶされると、気が抜けたからなのか、すぐに寝てしまった。私たちはカゲロウさんの後をついていっているのだけど、途中、なんの目印もないところで、右や左に曲(ま)がっている。どうやって正規ルートを見極めているのかが不思議だ。あ、カゲロウさんが私たちを見た。

「三人とも、私が迷いなく足を進めているのが不思議か？」

彼の問いに答えてくれたのは、アッシュさんだ。

「はい。ククミカはかなり迷いながら進んでいました」

彼女の解析内容を見ても、正規ルートを指し示す内容が凄(すご)く曖昧(あいまい)だった。

「ククミカには、正規ルートへ進む方法を二度しか言っていない。完全に理解しろという方が無理だ」

納得しました。本人が理解していないのなら、解析内容も曖昧なはずだ。

「申し訳ないが、現時点で詳細なことを言えん。里に到着次第、君たち三人には、『霊樹の試練』を受けてもらう」

「「「霊樹の試練？？？」」」

到着早々、何かを試されるの？　カゲロウさんの顔色を窺う限り、そんな厳しい試練ではないのかな？

「ははは、なに簡単なことさ。霊樹様のもとへ行き、加護を貰えれば合格、里の一員となれる。君たち自身が邪な心を持っていない限り、加護を貰えるはずだ。逆に貰えなかった場合、里に関する記憶が全て消去され、ロッキード山の王都側の麓に戻される」

げ、邪な心⁉　あわよくば、『霊樹』を構造解析してみようと思っていたけど、これって邪な心になるよね？　私……大丈夫かな？　不安になって、アッシュさんを見ると……

「シャーロット、スキルを使わない方がいい」

「うん、使った瞬間、記憶を消されると思う」

アッシュさんもリリヤさんも、そう思いますか？

「わかりました、使用を控えます」

私だけ記憶を消されるのは嫌だ。

「君たちは面白いことを言う。シャーロットは、称号がなくとも『聖女』なのだろう？　邪な心を持つはずがない」

やばい、無心になって試練を受けよう。聖女が霊樹様に弾かれてしまったら、瞬く間に信用を失ってしまう。

……里への入口には、十五分ほどで到着した。どうやら里全体を三メートルほどの木製らしき柵で覆っているようだ。入口となる場所には、門があり、今はかたく閉ざされている。門の近くには、警備をする人間族の若い男性二人がいた。カゲロウさんを見ると、顔を綻ばせていたけど、私たちを見るやいなや、武器となる鉄の槍の穂先をアッシュさんとリリヤさんに向けた。

「魔鬼族がどうしてここに⁉　カゲロウさん……あ、おんぶしているのは……まさか……ククミカですか⁉」

十八歳くらいの若い男性が、彼女に気づいてくれた。

「ああ、間違いなくククミカだ。こちらの三人組の冒険者が護衛依頼で、ククミカを連れてきてくれたんだ。見たところ、邪心はなさそうだ。至急、里長とナリトアに連絡してくれ」

「「はい‼」」

警備の二人が門を開けた後、声をかけてきた男性が慌てて奥へと走っていく。その男性から視線を外し、周囲を見渡すと……

「うわ～、アッシュ、家の造りが王都と全然違う。周囲の木々と、凄く合ってる」

「素朴というかなんというか、王都と違って落ち着いた雰囲気のある家並みだ」

二人は、この家の造りを初めて見るからなのか、目を輝かせている。今すぐにでも、どこかの家に入りたいのか、身体をウズウズさせている。

ここから見える家々、江戸時代を彷彿させるような日本の家並みだ。建築様式が、王都のものと全く異なっている。山の中腹に、こんな場所があったとはね。二百年間、この隠れ里に住む人間族は霊樹様の結界で、魔鬼族から護られ、独自の文化を築いてきたのか。

しばらく待たないといけないし、里の存在について疑問に思っていることがあるから、質問してみよう。

「カゲロウさん、王都やカッシーナにいる魔鬼族たち全員が、ここを知らないのですか？」

「カッシーナ側の冒険者の一部だけが、この隠れ里を知っている。その者たちは、霊樹からも信頼されていて、月に三回程度、カッシーナや王都に関する情報や食材を里へ持ってきてくれる。ただ……ここ一ヶ月、山の異変のこともあり、誰も来ていない」

「山の異変……私たちも山頂付近の街道で、四十体近くの魔物ドール族の集団に襲われました」

「四十体!?　く……日に日に、ドール族の数が増えている。やはり……」

カゲロウさんが何かを呟こうとしていたとき、一人の女性が里内からこちらに急ぎ足でやって来るのがわかった。その顔からは、高揚感、喪失感、焦燥感、多くの感情が入り混じっているかのような切羽詰まった印象を感じられる。

「ククミカ〜〜〜」

薄い茶色で綺麗な長い髪を風になびかせながら、三十歳くらいの綺麗な女性が、カゲロウさんのそばにやって来た。服装が、私たちと全然違う。日本の着物とどこか似ていて、里の雰囲気にバッチリ合っている。ただ、頬がこけ、顔色も少し悪い。多分、この人がナリトアさんだろう。

ククミカがおんぶされて寝ているとき、私たちは母親ナリトアさんの健康状況をカゲロウさんから聞いている。ククミカがいなくなったことで、彼女は一時期錯乱状態に陥ったものの、里の人たちの協力もあって、精神崩壊という最悪の事態を回避することができた。しかし、娘が行方不明となったことで、彼女の心は不安定になってしまい、食欲不振、幻惑、精神不安などで、かなり身体が細くなってしまったそうだ。

「兄様、ククミカは⁉」

カゲロウさんは、ナリトアさんのお兄さんなんだ。ククミカも、カゲロウおじさんと言っていたけど、本当に伯父さんだったのか。

「俺がおんぶしている。ククミカ、起きろ。お前のお母さんが目の前にいるぞ」

「ふぇ……お母さん？」

ククミカがゆっくりと開け、じ～っとナリトアさんを見ている。

「……お母さん⁉　お母さんだ‼」

自分の請い求める母親が目の前にいたからか、ククミカは目を見開き、大粒の涙が溢れる。

「ククミカ……無事だったのね。よ……かった……会いた……かった」

ナリトアさんも、死んだと思っていた娘を目の前にして、膝から崩れ落ちて泣き出してしまった。二人にとって、一年ぶりの再会となる。

「お母さん‼　お母さん‼　やっと会えた……やっと会えたよ～～～‼」

地面に降ろされたククミカは、しゃがんだナリトアさんに抱きついた。感動的なシーンだからか、私ももらい泣きしちゃう。気づけば、アッシュさんやリリヤさんだけでなく、周囲にいる里の人たちも泣いている。

私たちが感動に浸っていると、一人の老人がこちらにやって来た。年齢は八十歳くらいかな？　歳のせいか、背中がやや曲がっており、右手に杖を持っている。

「儂はこの隠れ里の長テッカマル、君たち三人がククミカを救ってくれたのかの？」

私たちが互いに自己紹介した後、アッシュさんが私とリリヤさんの少し前に出て、話を進めていく。

「僕たちはククミカの依頼で、ここに送り届けただけです。ククミカをはじめ、地下施設で働かされていた人間や獣人たちを助け出したのは、クロイス姫率いる反乱軍なんです」

アッシュさんが周囲にいる人たちに、ククミカのこれまでの経緯と、クーデターやクロイス女王誕生後における四種族の差別緩和のことを伝えると、皆が魔鬼族の対応に驚き、なにやら話し込んでしまった。その中には、いつの間にか泣きやんでいるククミカも入っている。どうやら、私たちのことをフォローしてくれているようだ。

「いやはや、しばらく行かんうちに、王都の状況がかなり変化しておるな。クロイス様が動いてくれるのなら、我々が変装せずに王都を歩ける日も近いかもしれんの。さて、カゲロウから聞いておると思うが、君たちにはこれから『霊樹の試練』を受けてもらう」

ついにきた、霊樹の試練‼　無心だ……無心……無心でいよう。仮に加護を貰(もら)えても、『構造解析』スキルを使用してはいけない。

「ここを訪れた者たちは、例外なく挑戦してもらうことになっておる。今、魔物に襲われている里の者を助けてくれた二人の人間族の客人が来られている。彼らがちょうど試練を受けに行っているところじゃ。カゲロウ、三人を案内してあげなさい」

「わかりました。アッシュ、リリヤ、シャーロット、来なさい」

胸がドキドキしてきたよ‼

霊樹様というものが、一体どんな樹なのか、いよいよ拝見できる‼

14話　霊樹の試練と二人の客人

私たちがカゲロウさんの案内で、霊樹様のもとに行こうとしたとき、ククミカと彼女の母親ナリトアさんが、私たちに声をかけてきた。

「皆さん、ククミカの母、ナリトアと申します。ククミカをここまで連れてきていただき、誠にありがとうございます。霊樹様の加護を貰えたら、みなさんも里の一員です。里に滞在する間、私どもの家に宿泊してください」

「アッシュ兄、リリヤ姉、シャーロット姉、私の家に泊まって‼」

私たちとしては嬉しい申し出なんだけど、一年振りの再会なんだから、親子二人だけで楽しむべきだよね。でも、ククミカのウルッと泣きそうな顔を見ると断りづらいな〜。二人も、私と同じことを思っているのか戸惑っている。

「お気遣い無用ですよ。家には、私とククミカの二人しかいません。これまでのお話を聞きたいですし、ぜひ来てくださいな」

「そうだよ‼　家に来て、お風呂に入って一緒に寝ようよ‼」

あ、顔に出ていたか。結局、ナリトアさんとククミカに押し切られ、私たちは彼女たちの家に宿泊することになった。二人とも、私たちが霊樹様から加護を貰えると思っているようだ。余計にプレッシャーがかかる。

里の中を歩きながら、周囲を見回す。切り開かれた場所には、江戸時代風の平屋の建物が何棟も建てられており、私としてはどこか懐かしさを感じてしまう。この建築様式は、侍ゾンビのいる城エリアと酷似している。そこをモデルにしているのだろうか？

子供たちはやる気に満ちた顔で、長方形の小さな木の台で、木製のコマを回してぶつけ合っている。こんな山中でも、王都にない独自の文化を築けているのが凄い。里自体も、かなり広そうだ。霊樹様はどこにいるのかな？　それらしい立派な木が、全然見当たらない。

「あの整備された小道の奥に、霊樹様が祀られている」

カゲロウさんの指差す方向には森があり、木々を縫うように整備された小道がある。道の入口には、高さ三メートルほどの赤く塗られた鳥居が鎮座している。

「カゲロウさん、霊樹様は他の木々よりも立派なんですよね？」

アッシュさんが、私の思ったことを代弁してくれた。

「当然だ。周囲の木々よりも大きく、高く、なにより気品がある」

「木なのに、気品があるのですか？　でも、それらしき木が見えませんよ」

アッシュさんが言うように、私もリリヤさんも森の方を見てるけど、それらしい立派な木を全く確認できない。

「詳しくは、霊樹様の前で話そう。里の規則として、あの鳥居を潜ってから霊樹様のもとへ行ってもらう。お、先の客人がちょうど戻ってきたようだ。二人とも、無事に加護を貰えたようだな」

小道から現れた三人の人物、一人は三十代くらいの男性で、服装から見て里の人だ。残る二人の男女も人間だけど、服装が明らかに里の人たちと異なる。この人たちが、客人なのか。

十四歳くらいの小柄な女性、髪は薄い青のセミロング、顔も綺麗というより、可愛い部類に入るかな。魔法を主体としているのか、鎧などを装備せず、水属性を宿した軽快な服を着用している。下は、キュロットスカートなのかな？　服もスカートも綺麗なデザインで、女性と見事に調和している。

残る一人の男性の方は、二十五歳くらいかな？　ロングの白髪で、顔がどこか怖い。なんというか、目も鋭く、睨まれると凍りついてしまいそうな印象を受ける。彼も鎧を装備していない。材質はわからないけど、カジュアルスーツのような服を着ている。執事とも、どこか違う。

「あ、私たち以外にも、客人がいたんだ。あの女の子の髪の色、ドレイクに似ているわよ」

「ユアラ、私は白、彼女は銀だ。全く違う」

「あなた……相変わらず固いわね。それにしても、珍しい組み合わせね」

「ああ。この国で、人間一人と魔鬼族二人の組み合わせは稀だ。人間の女の子も、奴隷ではない」

女性がユアラさん、男性がドレイクさんか。

「初めまして、シャーロット・エルバランです」

私に続いて、アッシュさんとリリヤさんが挨拶すると、ユアラさんとドレイクさんも自己紹介してくれた。

「ユアラ、家名なし、よろしく‼　あ、今年で十六になるから、子供扱いしないでね」

すみません、身長も低いから十三、四歳だと思っていました。

「ドレイク、我も家名はない。ユアラは自分の背丈が低いことを気にしている。背丈の話題には触れないでほしい」

「一言、多いわよ‼」

ユアラさんが、ドレイクさんに鋭いツッコミを入れている。この二人、いいコンビだ。

ドレイクさんも見た目と違って、物腰の柔らかい男性だ。私たちとしても、好感を持てる二人組だよ。ただ――

「あの……あなた方はアッシュさんやリリヤさんを見ても、何とも思わないのですか？」

「え？　ああ、ジストニス特有の人種差別ってやつね。私たちは、フランジュ帝国出身だから、そういった偏見を持っていないの。というか、人間などの四種族をいまだに差別しているのは、この国くらいよ？」

ユアラさんから、意外な返答がきた‼　というか、驚いているのは私だけじゃん‼

「アッシュさんも知っていたんですか？」

「あはは……学園の授業で習ったからね。二百年前の戦争で、ルドウィーク王国が滅亡し、ジストニス王国が大きな被害を受けた。当時、帰れなかった四種族のほとんどが、ジストニス王国の王都へと連行され、迫害されるようになる。これが、事の始まりなんだ。周辺諸国にはほとんど流れなかったこともあり、年数が経つごとに、戦争の記憶が人々の中から風化していき、国外では差別意識も強くない。それに対し、国内では奴隷として、四種族を頻繁に見かけるから、今でも戦争の記憶が語り継がれているんだよ」

あれ？　現在、国外での差別意識が強くないのなら、なんで隠れ里のみんなは、この国を出ないのだろうか？　カゲロウさんを見ると、私の疑問を察してくれたのか、すぐに返事をくれた。

「簡単なことだ。二百年前、我々の先祖は、霊樹様と契約を結んだ。『霊樹様が隠れ里を護る。その代わり、我々が悪しき者から霊樹様を護る』というものだ。里の長が、霊樹様と契約を結んでいる。今の長がなんらかの理由で亡くなると、契約が自動的に誰かに引き継がれ、その者が次の長となる。そして、この契約の代償として、長となった人物は、隠れ里から出られなくなってしまう。長一人を見捨てて、他国になど行けんよ」

その話を聞くと、ますます霊樹様を構造解析したくなるんですけど!?

「それに、今の我々にとって、霊樹様はご神木だ。だから、罰当たりな行為はしない。ここにいる我々だけではなく、他の四種族の中にも、隠れ住む土地そのものに強い愛着を持ち、離れたくない者は大勢いるはずだ」

「いるいる‼ 私の知り合いのドワーフやエルフたちも、同じことを言っていたわ」

ユアラさん、四種族の知り合いが、ジストニス王国内にいるんだ。

「それよりお前たち、試練を受けにきたのだろう? 暗くならないうちに行ったほうがいい」

あ、そうだった‼ 話に夢中になって、試練のことを忘れていた。

「ドレイクさん、ありがとうございます。アッシュさん、リリヤさん、行きましょう」

「ああ、行こう」

「うん」

日暮れも近いからか、周囲が暗くなってきている。私たちも試練を終わらせよう。

私たちは、カゲロウさんを先頭に小道を進んでいる。周囲は木々に囲まれており、どれが霊樹様なのか全くわからない。あ、三十メートルほど前方の道が開けている。あそこに、大きな空間があるのだろうか？　私たちがその場所に到着すると……

「さあ、到着だ。アッシュ、リリヤ、シャーロット、広場中央の巨大な木が、ご神木の霊樹様だ」

道が開けた瞬間、直径五十メートルほどの広い空間に出た。

その中央には、周囲の木々とは比べものにならないほど神々しい一本の巨大な木が鎮座していた。見ただけで、ただの木ではないことがわかる。他の木々よりも圧倒的に高く、幹回りも大きい。

そして、木から凄まじいほどの魔力を感じ、木自体が光っている。カゲロウさんの言っていた通り、気品を感じる。

「三人とも、霊樹様に触れるんだ。邪な心がなければ、加護を授かるだろう。その後、霊樹様について教えよう」

私たちは、おそるおそる広場中央へと向かっていく。

「さっきまで、前方には……魔力の気配を何も感じなかったのに」

アッシュさんと同意見だ。私も、この神々しい魔力を感知できなかった。

「これが……霊樹……凄い。あの光を見ると……私の中にある嫌なものが、洗い流されていくようだよ。アッシュ、シャーロット、霊樹様に触るよ？」

リリヤさんの言っている意味、私もわかる。あの神々しい光を見ても、全く不快感がない。むしろ、心の中にある全ての負の感情が洗われていくような爽快感を覚える。

「ああ、触ろう。シャーロットもいいよね？」

「はい」

私たちは、ゆっくり霊樹様のもとへ向かい、そっと幹に触れた。

「あれ？　アッシュ、シャーロット、なんだか身体が軽くない？」

リリヤさんに言われて、自分の身体を見ると、霊樹様の光が木に触れている右手を伝って、私たちを優しく包み込んでいく。これは、体力や魔力が回復している‼

『シャーロット、私を構造解析した瞬間、あなたの中にある里の記憶を消します。スキルを使用しないのであれば、加護を授けます』

この気配は、木の精霊様だ‼　テレパスで、私に呼びかけている‼

『絶対に構造解析しません‼　加護を貰ってもやりません‼』

『わかりました。あなたを信じましょう。もし約束を破った場合、この地に二度と入れませんからね』

『約束を必ず守ります‼』

《称号「霊樹の加護」とユニークスキル「里への道」を取得しました》

称号『霊樹の加護』
隠れ里の一員として認められた者に贈られる。副次効果として、ユニークスキル『里への道』を取得する。

ユニークスキル『里への道』
ロッキード山にある隠れ里に、迷いなく進めることができる。

「「「あ⁉」」」

三人同時に声を上げたということは、同じものを取得したんだ。

「アッシュ、シャーロット、『霊樹の加護』と『里への道』を取得したけど、二人はどうだった？」

「リリヤと同じものを取得したよ」

「私もです。これで里の一員なのでしょうか？」

私たちが戸惑（とまど）っていると、後方から拍手（はくしゅ）された。振り返ると、拍手の主はカゲロウさんだった。

「おめでとう。これで三人とも、隠れ里の一員だ。今後、君たちの活躍次第では、霊樹様からさらなる贈り物を授かるだろう。さて、君たちも疑問に思っているだろうから説明しよう」

あ、里の一員になれたことで、霊樹様のことを説明してくれるのかな？

「霊樹様を中心に、幻惑結界が円形に展開されている。隠れ里は結界の内側、やはり円を描くように築かれている。君たちも、ここまでの道のりと里の形状を見て理解していると思う」

うん、それはわかる。結界の内部は、中心地点に霊樹様、多くの立派な木々が、その霊樹様を守護するかのように囲んでいる。里自体は、そういった木々の外側に円形状に築かれている。

「君たちも霊樹様を見てわかるように、この満ち溢れる魔力や神々しさは、通常であれば、すぐに発見されてしまう。そのための幻惑結界なんだが、それ以外にもう一つ結界がある。この結界は、邪悪なものを一切寄せつけず、霊樹様ご自身の姿と魔力を隠蔽する機能を持っている」

あ、なるほど‼　二重の結界か‼　この広場自体も、結界で覆われているのか。

「これは霊樹様から教わった情報だ。千年以上前、多くの種族たちが世界各地にある霊樹様の膨大な魔力を利用しようと企み、最終的には世界大戦にまで発展したらしい。この戦争を機に、霊樹様は結界を敷き、誰の目にも留まらないようにした」

へえ～、千年前の魔素爆弾が使用された戦争には、霊樹様も関わっていたんだ。これだけの魔力を持っていたら、人は利用しちゃうよね。

「二百年前、我々の先祖が、ロッキード山に足を踏み入れた。先祖たちは、逃亡生活で疲れ果て、邪悪な意志などを全く持っていなかったこともあり、霊樹様から語りかけてきたというわけだ」

そういう事情があったのね。

「千年前の大戦争……現存する資料が少なく、その経緯は現在でも明らかになっていない。王都からほど近い場所に、情報が眠っていたのか」

アッシュさん、超貴重な情報を教えられたせいか呆然としている。

「アッシュさん、他人に話したらダメですよ？　多分、霊樹様のことを話したら、ここでの記憶を消されると思います」

「え……話さないよ‼」

ただ、今後人種差別もなくなるだろうから、クロイス女王だけには、隠れ里の存在を知らせておくべきかな。もちろん、カゲロウさんや霊樹様と相談して、許可が下りたらの話だけど。

「さあ三人とも、ククミカとナリトアの住む家に向かおう」

私としては、霊樹様の存在が気になるところだけど、約束を守らないとね。里で何か役立てることを行えば、霊樹様からさらなるプレゼントもあるとか？　せっかく里の一員になれたことだし、もしみんなに何か不満があるのなら、解消させたい。

広場を離れると、さっきまで感じていた神々しい魔力の気配が、完全に消えてしまった。これが、もう一つの結界の効果か。もしかしたら、邪悪な意志を持つ人は侵入できないのかもしれない。ユアラさんたちと出会った場所に戻ると、二人とも私たちを待ってくれていた。

「三人とも、無事加護を貰えたようね。これまでに、仲間内で一人だけ消えることもあったらしいから、ちょっとヒヤヒヤしていたの」

私はその言葉を聞いて、胸がドキッとした。私だけ、消える可能性があったからね。アッシュさんもリリヤさんも顔に出していないけど、多分動揺していると思う。

「霊樹はご神木だ。霊樹に対し、なんらかのスキルや魔法を使ったり、殴る蹴るなどの暴行行為に及んだ者は、即刻排除される。お前たちならば、大丈夫だと思っていた」

あはは……ドレイクさん、その通りだとすると、私だけでなく、アッシュさんやリリヤさんも消える可能性があったのね。カゲロウさんから、ヒントを貰っていてよかった。

「ユアラさんたちも、ここにしばらく滞在するんですか？」

「ええ、この山全体で、何かきな臭い動きもあるし、少しの間厄介になるわ。私とドレイクは、長の家に宿泊するのよ」

「私たちは、ククミカとナリトアさんの家ですね。家の造りが王都と全然違うので、ここでの料理が楽しみです」

きな臭いことか。私たち同様、ユアラさんたちもここに到達するまでに、魔物たちに襲われたのだろう。魔物ドール族を中心として、多くの魔物たちが活発に動いている。木の精霊様も、その動きを察知しているはずだ。もう夕暮れだし、周囲もかなり暗い。本格的に動くのは明日からだね。

15話　異変の正体

現在、ククミカの家で、夕食をご馳走になっている。彼女の家の内部は、日本の古民家に似ている。箪笥、テーブル、椅子などの家具類は全て木製で、腐らないよう防腐処理も施されている。

そして、私たちが食べている料理、これが絶品だ‼　見た目も味も、山梨県の名物料理『ほうとう』にそっくりなのだ。私はこの味を忘れないよう、味をじっくりと噛み締めながら、箸を進めていく。

「お母さんの料理、一年振りだ～。えへへ……美味しい……美味しいよ」

ククミカにとって、里への帰還、母との再会、母の手料理、それら全てが一年振りとなる。私の場合、まだ帰還できていないけど、彼女の心情を理解できる。ナリトアさんも、涙を流しつつ食べているククミカを見て、目から涙が溢れている。

「みんな、いっぱい食べてね」

アッシュさんもリリヤさんも、この料理を気に入ったのか、夢中で食べている。使用されている調味料の中でも、『味噌』は、二人にとって初めての味だろう。私にとっては、前世以来の忘れかけていた懐かしい味だ。ついつい、私自身も夢中になって食べてしまう。

これ、料理名は何ていうのかな？

「ナリトアさん、この料理に名前はあるんですか？」

「里の名物料理『ほうとう』というの。里独自の調味料『味噌』を使用することで、この味を出せるのよ」

ほうとう、味噌⁉　前々から思っていたけど、私のような転生者がいるからか、地球と同じ食材名や生物名が、この惑星にもチラホラ存在している。いつか、イザベルやビルクさん以外の転生者にも会ってみたい。

「味噌……それがこの料理の鍵なんですね。味噌を使った他の料理も食べてみたいです」

「色々あるわよ。味噌汁、ボーボ鳥の肉味噌炒め、色どり野菜の味噌炒めなど、ここに滞在する間、いっぱい作ってあげるわ」

ナリトアさんの表情が明るい。ククミカが母の心の隙間を埋めたことで、彼女の身体は復調の兆しを見せている。五人分の食事を作る際、まだ体力的に問題があるけど、私たちがフォローすればいい。

「ありがとうございます。この味噌なら、私の考案したヤキタリネギリにも合いそうです」

私は、マジックバッグの中にあるヤキタリネギリをナリトアさんに差し出した。

「……香ばしくて美味しいわ。単に、炊いたタリネを焼いただけじゃない。何か鼻孔をくすぐるタレを塗ってあるのね。これは……確かに味噌と合うわ」

ナリトアさんの評価も高い。これならいけるかな？

「普通のタリネギリも、バッグに入っています。里独自のタレがあるのでしたら、試しに塗って焼いてみてはどうでしょうか？」

調理の結果、里独自のタレと味噌をかけあわせたヤキタリネギリは……最高に美味しかった。ナリトアさん、ククミカ、アッシュさん、リリヤさん、全員が大絶賛するほどの味へと進化したのだ‼　味噌を貰いたいところだけど、残念ながら里内でしか作られておらず、量も少ないことから断念せざるをえなかった。

夕食後、ククミカとナリトアさん、私とリリヤさん、最後にアッシュさんの順番で、お風呂に入ることになったのだけど、料理と宿泊のお礼に、ククミカとナリトアさんには、温泉ライフルによる温泉風呂をプレゼントした。

　王都と異なり、里には下水設備がない。そのため、トイレで出す糞尿や魔導具で出したお湯が使用後どこに向かっているのか聞いたところ、なんと廃棄専用のマジックバッグへと繋がっているらしい。糞尿に関しては堆肥に再利用、水に関しては川へ流しているそうだ。マジックバッグの限界を超えないよう、一日一回、この作業を行っているという。

　ナリトアさんも温泉を気に入ってくれたので、温泉ライフル一丁を彼女にプレゼントした。これには、ククミカも大喜びだった。そして、ナリトアさんに王都で起きた出来事を色々と話している途中、ククミカが寝落ちしてしまったため、私たちも同じ部屋で就寝することとなる。

『シャ……気を……て……私……騙さ……』

うん？　何か声が聞こえる？　時間は真夜中の三時か。

『シャーロット……聞こえる？』

『あ……はい、聞こえます』

　この声は、霊樹様だ。ナリトアさんたちは熟睡している。声に出さない方がいい。

『二日ほど前から、魔物が里の中に一体入り込んでいるわ。内通者として、里の情報を外の魔物に漏らしている』

内通者⁉　魔物が入り込んだら、皆も気づくと思うけど？

『マッドドールが私の結界を潜り抜け、里の人間に変身しているの。それに、山の異変が原因で、私の力も抑え込まれている。このままでは、あと七日ほどで結界の効力も失ってしまう』

そういうことなら、私の出番だよね。

『わかりました。「構造解析」スキルで偽物を暴き出し、異変の原因を探ります』

『こうぞ……ええ、そうね。あなたにしかできないことだからお願いするわね』

あ、いちいち『構造解析』で調査するよりも、霊樹様に聞けばいいや。人間に変身していることまで知っているのなら、里の誰に変身しているかもわかってるよね。

『ところで、マッドドールは誰に変身しているのですか？』

『え⁉　いや……え〜と、魔力と気配の変化を感知しただけだから、誰に変身しているのか……』

あれ？　霊樹様の声が、突然途切れた。何かの干渉を受けたのかな？　人間に化けた魔物の内通者……か。マッドドールは、他のDランクの魔物と違って、知力も高いし、魔人語を理解できる。でも、話し方が辿々しいはずだから、すぐにわかるような気もするけど？　それに、霊樹様と話したとき、奇妙な違和感を覚えた。とにかく、明日から本格的に異変の調査に取りかかろう。

〇〇〇

翌朝、朝食を食べた後、私たち三人は、ナリトアさんとククミカを残し、家を出た。周囲にいる里の人たちに挨拶(あいさつ)し、近くにあったベンチに座ってから、アッシュさんとリリヤさんに昨日の夜の出来事を話す。『気配察知』や『魔力感知』で周囲を警戒しておこう。この内容は、里の皆に聞かれてはいけない。

「内通者だって⁉」

「魔物が人に化けているの？」

二人も私と同じく、驚きを隠せないでいる。

「一体のマッドドールがなんらかの方法で結界を潜り抜け、人間の姿で里に潜んでいます。霊樹様に、誰に化けているのか問いただそうとしたら、声が急に途絶(とだ)えました」

山の異変で、霊樹様もなんらかの悪影響を受けている。このまま放っておくと、大変なことになる。

「アッシュ、覚えたての魔法『真贋』を活(い)かすときだよ‼　里を守ろう‼」

「リリヤ、ちょっと待ってくれ。少し引っかかることがあるんだ」

アッシュさんが何やら考え込んでいる。

「アッシュさん、私の話の中で、何かおかしなところがありましたか？」

「う～ん、シャーロット自身の話に、おかしなところはないよ。ただ、二日前にわかっていたのなら、契約者でもある長に伝えるべきだと思うんだけど？」

ああ、真っ先に思い浮かぶ疑問だ。

「アッシュの言っている意味もわかるけど、単に混乱を避けるために、私たちの到着を待ったと考える方が妥当かも。長に言うと、最悪里の人たち全員に知れ渡って、みんなが混乱すると思う。私たちは魔法『真贋』を持っているから、万全を期するために待ったんじゃないかな？」

私も、リリヤさんと同じ意見だ。

「それならカゲロウさんだけに知らせて、意見を求めてはどうでしょうか？」

「そうだね。僕はまだ気になる点もあるけど、里の誰かには言った方がいい。カゲロウさんだけに伝えてみよう」

意見がまとまったところで、私たちはナリトアさんの家からほど近い場所にあるカゲロウさんの家へ向かった。一人暮らしと聞いているけど、ナリトアさんの家と同じくらいの広さだ。玄関扉をノックすると、カゲロウさんが出てきて、家の中に入れてもらった。

内部のインテリアも、ナリトアさんのものと似ているが、異なるものもある。それは客室に使用されている家具だ。部屋中央に掘りごたつ式のテーブルがセットされている。この形式なら、私たちも気兼ねなく座れる。

カゲロウさんは熱い焙じ茶をテーブルに置いた後、私たちの対面に座ってくれた。全員が焙じ茶を一口だけ飲み落ち着いたところで、私は内通者の件を話し出す。

「内通者⁉」

「はい。昨晩、霊樹様から連絡がありました。一体のマッドドールが里の人間に変身し、里の情報を外部の魔物たちに教えているようです。それに、霊樹様も山の異変で力を抑え込まれ、あと七日で結界の力を保てなくなると仰っていました」

さて、カゲロウさんはどう考えるだろうか？　右手で口元を触り、なにやら熟考している。

「霊樹様にまで影響を与え、魔物が里内に侵入してくるとは……やはりアレの予兆か」

アレ？

「カゲロウさん、何かご存知なのですか？」

私は思いきって尋ねてみた。

「『魔物大発生』だ。三人とも、この言葉の意味を知っているか？」

その言葉、精霊様から聞いたことがある。負の念がある一点に蓄積されていくと、瘴気が発生する。その瘴気がさらに蓄積することで、『瘴気溜まり』が発生する。直接見たことがないけど、沼のようなものらしい。この瘴気溜まりから、魔物が大量に湧き出してくるのだ。これを破壊しない限り、魔物大発生は永久に続くと言われている。破壊方法は簡単だ。回復魔法、浄化魔法、光属性の攻撃魔法、このいずれかで消失させればいい。

「僕は学園で習いましたので、詳しく知っています」

「私は精霊様から習いました」

「私の場合……友人から教えてもらいました」

リリヤさんは、奴隷商人のモレルさんから教わったのだろう。

「それならば、原理については省こう。魔物大発生が起きる場合、その前兆として、周囲でおかしなことが頻発する。本来生息していない魔物が数多く現れたり、川の水がドス黒く変色したり、作物が枯れるなどだ。そういった前兆が一ヶ月ほど前から、周囲で少しずつ起きていた。だから、我々は山のどこかに『瘴気溜まり』があると考え、ロッキード山全域をずっと調査している」

なるほど、既に調査を開始しているのか。

「一ヶ月の調査でも見つからないのですか？」

私の質問に、カゲロウさんは苦虫を噛み潰したかのような顔となった。

「ああ、瘴気溜まりの気配は異様であるため、本来発見もしやすい。だが、どういうわけか、気配を全く感知できない。おそらく、霊樹様の力が利用されている」

広場に入ったことで、初めて感知できたあの神々しい魔力、霊樹様はあの魔力を隠し通せるほどの強い力の持ち主だ。そんな霊樹様自身も、力を抑え込まれていると言っていた。

カゲロウさんの言う通り、『瘴気溜まり』が霊樹様の力を利用しているかもしれない。

「瘴気の力が霊樹様にまで影響を及ぼしているのなら、魔物が里内に侵入していてもおかしくない。まずいな、早急に……」

——ドンドン‼

「兄様、いますか⁉」

——ドンドン‼

この声はナリトアさんだ。随分、乱暴に玄関扉を叩いているけど、どうしたのかな？

凄く焦っているようだよね？ 私たちは話を中断し、玄関の方へ行った。カゲロウさんが玄関扉を開けると、そこにはナリトアさんだけでなく、ククミカや他の住民たちが大勢いる。しかも、全員の顔が強張っている。

「ナリトア、何があった？」

「十分ほど前から、里内にいる人たちの多くが、霊樹様の声を聞いたと言っているんです。しかも、内容が『人間に化けた魔物が、里の中に十名潜んでいる。至急、排除せよ』というもので、全員が同じ声を聞いているんです‼」

「なに⁉」

十名⁉　私のときと全然違う⁉　しかも、今になって私たちだけじゃなく、里の皆にも伝えたの⁉　なんで、そんなことを⁉　里内が余計に大混乱しちゃうよ‼

「他に、何か言っていたか？」

「結界の効力が、あと二日で切れるとも言っていました。切れる前に、瘴気溜まりを消せとも」

二日⁉　昨日、七日と言ったよね⁉

「瘴気の影響がそこまで……」

何か……おかしい。霊樹様は木の精霊様だ。精霊様ならば、里内を大混乱に陥れるような伝達方法を選ばない。瘴気のせいで、霊樹様が狂った？　でも、このロッキード山付近では、霊樹様以外の精霊様たちを見ていない。これだけの異常が起これば、他の精霊様たちも私に対し、何かしら警告を与えてくるはずだ。この山で、一体何が起きているのだろうか？

16話　瘴気溜まりと緊急対策

カゲロウさんの家の周囲には、次々と里の人たちが集まってきている。現在の里長はテッカマルさんだけど、高齢ということもあって、実質カゲロウさんが里の統制を任せられているのかな？　皆が、カゲロウさんの意見を求めているもんね。でも、魔物が誰に変身しているのか、その判別がつかないせいもあって、かなり混乱している。

「早く、魔物を排除しないと‼」

「どうやって、人間と魔物を区別するのよ‼」

「結界が消えたら、里が滅びるぞ‼」

『皆、鎮まれ〜〜〜い‼』

うわ⁉　カゲロウさんが拡声魔法と『威圧』で、強制的に皆を黙らせた‼　うう、私のすぐ近くで使用したせいもあって、耳がキーーーンとする。全員がカゲロウさんの次の言葉を待っている。

「この程度のことで惑わされるな‼　魔物が人間に化けているだけだ‼」

カゲロウさんがそう叫んだ瞬間、彼の目が周囲を冷徹に見渡す。何かを推し量っているかのような、視界に入る相手の全てを見透かすような鋭い視線だ。

「お前か‼」

カゲロウさんが突然懐から氷属性のクナイを取り出し、とある初老の男性に躊躇なく投擲した。速度が、異様に速い。

「ぐげ⁉」

クナイが、男性の眉間に深々と突き刺さる。私自身、周囲にいる人間たちを構造解析していたから、刺さった相手が魔物『マッドドール』であることを理解していた。アッシュさんもリリヤさんも動揺している様子がないから、魔法『真贋』で魔物を見極めていたのだろう。でも、全くわかっていない里の人たちから見れば――

「兄様、シゲマルさんになんてことを⁉」

「おじさん、酷いよ‼」

ナリトアさんやククミカだけでなく、周囲の人たちも猛抗議している。

「お前たち、クナイの刺さった相手を見てみろ」

クナイの刺さった相手、シゲマルさん……らしき人間の姿が、マッドドールへと変化した。その変化に、皆も戸惑う。

「兄様、シゲマルさんが魔物だったの⁉」

「お母さん、それじゃあ本物のシゲマルおじいちゃんはどこにいるの？」

ククミカが不安そうな顔で、ナリトアさんに尋ねている。おそらく、彼はもう……

「彼は、この魔物に殺されたのだろう。皆、落ち着いたか？　私は相手の魔力の波長に合わせ、動きを見極める『心眼』スキルと、相手の本質を見極める『識別』スキルを持っている。変身した魔物を見極めることなど造作もない」

経験豊富な老人が、無断で里の外に出るわけがない。『遺体がない』ということは、里内で殺され、魔物に食べられたことを意味する。皆が、シゲマルさんの死に哀悼の意を表している。

混乱する皆を一喝し、瞬時に魔物を射止めたカゲロウさんの力は本物だ。今確認したけど、カゲロウさんは、『心眼』レベル8と『識別』レベル9を持っている。私が教えるまで、魔鬼族の人たちは誰も持っていなかった。カゲロウさんは、独力でスキルを習得したんだ。

「全員、これから話す言葉を心して聞け‼ 霊樹様は瘴気に囚われ、正常な判断ができなくなっている。今後、霊樹様の言葉を聞いても、一切信じるな‼ 我々だけで判断し、行動を起こすのだ‼」

そういえば、アッシュさんも霊樹様のことで、気になる点があると言っていた。もしかしたら、私たちが四十体近くの魔物ドール族に襲撃された時点で、魔物大発生のことを連想し、カゲロウさんと同じ考えに辿り着いていたのかな？

「カゲロウの言う通りだ」

少し遠くから聞こえてきた声の主は、長のテッカマルさんだ。彼のそばには、ユアラさんとドレイクさんがいる。

「ここに来るまでに、旅人のユアラとドレイクが儂の護衛を務めながら、人間に化けた魔物を二体討伐してくれた。儂の『心眼』と『識別』を用いた限りでは、魔物は里内にもうおらん。霊樹様にまで影響を及ぼすほど、瘴気が日に日に大きくなっておる。皆も、霊樹様の声に耳を傾けるな。一刻も早く、瘴気溜まりを見つけるのだ‼」

ユアラさんたちの行動は早い。もう魔物二体を仕留めてくれたんだ。結局、里内に侵入した魔物は三体になるのか。やはり、霊樹様自身が瘴気に囚われたと思った方がいい。でも、カゲロウさんは、スキル『心眼』と『識別』を所持しているにもかかわらず、瘴気溜まりを見つけられていない。霊樹様の力を利用して、瘴気溜まり周囲に強固な結界が使用されているとみて間違いない。これを破るには、『構造解析』スキルで山全体を解析するしかない。霊樹様だけを解析対象から外せば問題ないだろう。

「里の皆さん、聞いてください。私は『構造解析』というユニークスキルを所持しています。このスキルを山全体に使用すれば、霊樹様の力があろうとも、かなり早い段階で瘴気溜まりの位置を特定できると思います」

私の言葉に、皆が固まる。これまで、捜索困難だと思われていたのだから当然だろう。

「シャーロット、ユニークスキルの存在は君にとって、命の次に大事なもののはずだ。それを我々のために使用してくれるというのか？」

「カゲロウさん、ユニークスキルに関しては、無闇に明かさないよう多くの人たちから忠告されています。しかし、瘴気溜まりの位置を特定するには、私の力を里の皆さんに明かし、信用してもらうしかありません。それに……短い時間ですが、私は里のことを好きになりました。この危機的状態を放っておけません」

知り合いは少ないけど、ここでの出会いを消したくない。里の皆が私の言葉に呼応して、次々とお礼の言葉をかけていく。

「シャーロット……ありがとう。君の力を貸してくれ。その解析には、どの程度の時間が必要となる？」

全員が、私の言葉を信用してくれた。その思いに応(こた)えないとね。

「今から山の上空に飛び、『構造解析』を使用してみます。解析時間もステータスに表示されると思うので、少しの間待ってください」

「君は空も飛べるのか⁉　……わかった。気をつけて行ってくれ」

「わかりました。フライ」

山頂から上空百メートルほどまで上昇し、ロッキード山の王都側とカッシーナ側の両端を視認したことで、山の広さもおおよそ把握(はあく)できた。スキル『マップマッピング』により、私のステータス上には、大まかだけど、山の全体像が地図として表示され、ここに『魔力感知』や『気配察知』スキルを連動させることで、魔物たちが赤いマーカーとして現れる。三十分ほどマップと地形を見ながら、魔物たちの動きを注意深く観察すると、王都側の方で奇妙な場所を見つけた。私がその場所の周辺を魔力感知最大で探っていくと、赤いマーカーが突如(とつじょ)現れ、ゆっくり移動を始めた。魔物が『突然現れる』という事象(じしょう)、瘴気がそこに蓄積していることを意味する。

「異様な魔力や気配を感知できないけど、多分ここが『瘴気溜まり』だ。後々のことを考えて、里の人たちの中でも、特に信用できる人にだけ、『マップマッピング』と『真贋』を習得してもらおう」

この地点を中心とする半径百メートルを解析範囲に設定、高さに関しては地下十メートルほどまで設定しておこう。検索条件を『瘴気溜まり』と入力し、これで構造解析だ‼

《解析終了まで、残り四時間四十八分です》

お、思った以上に早い‼　山全体を解析していたら、もっと遅くなるけど、『マップマッピング』のおかげで、位置をある程度絞り込めたことが大きい。早速、地上に降りて、皆に知らせよう。

ユニークスキル『里への道』を習得したおかげか、空からでも里への進路が感覚的にわかる。里のある方向には、見渡す限り森しか見えない。幻惑系の大きな結界が、里の全てを覆っているのだろう。あ、ステータスの地図が３Ｄ表示に切り替わって、里への進路を指し示してくれている‼　これなら、絶対に迷わない。私は結界を潜り抜け、カゲロウさんのいる場所へと降り立つ。

「シャーロット、瘴気溜まりの場所を特定できそうか？」

「『構造解析』スキルを使用しなくても、瘴気溜まりの位置を特定できそうです。念のため、予想地点を中心に現在解析を進めています。約五時間ほどで終了します」

あれ？　私がそう言った瞬間、二人だけ反応の異なる人間がいた。それ以外の人たちは、私の作業の速さに驚いているのに、その二人は驚きこそしているけど、何やら相談し合っている。

「ユニークスキルを使わなくても、位置を推測可能なのか⁉　そのノーマルスキルを教えてもらえないか？」

「もちろん、のちほどお教えします。ですが現在、山全体において、魔物の数が急速に増え、ある地点に近づくほど、魔物の密度が濃くなっています。おそらく、その地点が瘴気溜まりかと思いますが、そこに行きやすくするためにも、魔物たちを少しでも減らしておくべきです」

「ノーマルスキルだけで、山全体の魔物たちの数を把握できるものなのか⁉　……よし、迅速に行動を開始する‼　魔物を間引く部隊と里内で緊急対策を施す部隊に分ける‼」

　ここからのカゲロウさんの指揮が凄かった。私が瘴気溜まりと思われる位置を、スキル『マップマッピング』と空から見た視界とを照らし合わせ、皆に教えていくと、カゲロウさんが大体の位置を掴んだ。そこから里内でもトップ5に入る実力者たちを呼び集め、瘴気溜まり予想地点に行きやすくするため、魔物討伐命令を下したのだ。早速、五人が里の外に向かおうとしたとき——

「ちょっと待った!!　私とドレイクも、魔物討伐に参戦するわ!!」

「ああ、旅人の我らだけ、里でのんびりさせてもらうのはごめんだ。緊急対策チームよりも、魔物討伐チームに入った方が、我らも役立てる。カゲロウ殿、構わないか？」

ユアラさんとドレイクさん、魔物討伐に自ら志願するとは。

「それは構わないが……二人とも、危険だがいいのか？」

カゲロウさんも、この宣言に驚いている。

「愚問ね。私たちは『転移魔法』の研究で、各国を渡り歩いている冒険者よ!!　危険なことなんて、頻繁に遭遇しているわ。これでもBランク冒険者だから、Cランクまでの魔物討伐なら問題なし!!」

転移魔法の研究!?　くうぅ～～、今すぐにでもユアラさんを問い詰めたい!!　でも、ここは空気を読んでスルーしないとダメだ!!

「わかった。だが、絶対に無理はするなよ」

「了解、ドレイク、行くよ!!」

「ああ」

魔物討伐チームが里を出ていってしまった。ユアラさんとドレイクさんが帰ってきたら、私の事情を話して、転移魔法のことを聞いてみよう。

「リリヤ、僕たちだと経験不足だし、足手まといになる。僕たちは、魔物が里内に侵入したときの緊急対策を考えよう」

魔物討伐チームの力量は、全員がBランク以上だ。アッシュさんも、自分とチームの力量差を把握(はあく)している。だから、志願しなかったのか。

「うん、そうだね。でも、ここに来たばかりで、里の特性が全然わからないよ」

アッシュさんもリリヤさんも、自分にできることを考えようとしている。まずは、情報を得ようか。

「確認したいことがあります。カゲロウさん、この山に生息する魔物を教えていただけませんか？」

カゲロウさんによると、この地域一帯には、植物系、ドール系、ウルフ系、ウォック（猿）系の魔物たちが生息しており、ほとんどがD～Fランクだけど、稀(まれ)にCランクに進化した魔物が出現するらしい。そして全員に共通しているのが、『空を飛べない』ということだ。う～ん、それならあの方法を採用すれば、攻撃手段も限られてくる。一つ、提案してみよう。

「それならば、緊急避難(ひなん)用のツリーハウスを建築しましょうか？」

「ツリーハウス？　シャーロット、それはなんだ？」

どうやらカゲロウさんだけでなく、この場にいる全員がツリーハウスを知らないようだ。

「簡単に言いますと、大きな木々に生えている枝を利用して、木の上に建てる家のことを

『ツリーハウス』と言います」

全員が一斉に木の上を見た。多分「枝自体が重量に耐えられないだろう？」と思っているのかな？

「里の設計士や建築士の方々と協力し、そこに私の『構造解析』スキルを併用すれば、ツリーハウスが建築可能なのです。場所としては、霊樹様を中心とする森の中が最適でしょう」

貧民街で簡易温泉施設を建築した際、私自身も設計士や建築士の方々に、建築について色々と教わった。みんなで協力すればできるはずだ。

「シャーロット、仮に建築可能だとしても、短期間で家を作れないだろう？」

ふふふ、カゲロウさんの質問もわかりますよ。

「大丈夫です。今回建築するのは、緊急避難用の家なので、間取りとかを深く考える必要性はありません。私とアッシュさんとリリヤさんが、里の皆様に木魔法の応用を教えますので、属性を持つ者たちが力を合わせて建築していきましょう。私が随時構造解析し、おかしなところを修正していけば、数日でできると思います」

「木魔法の応用？　数日？　そんな馬鹿な……私の常識がおかしくなりそうだ。あ、ちょっと待て!!　仮に完成しても、木々を伝ってツリーハウスに侵入可能だぞ!!　それに、魔法で攻撃されればひとたまりもない!!」

ふふふ、カゲロウさん、その心配も織り込み済みです。

「大丈夫、その対策も考えています」

私は『木魔法の応用』『構造解析の信頼性』『魔法対策』について話す。

全てを話し終えたところで、私の信頼性がかなり向上し、里の皆もやる気になってくれたのだけど、気掛かりな点も残っている。

それは、『結界の有効期限』だ。結界の効果が、いつ切れるのかわからない。多分、効果が切れた瞬間、魔物が大量に里へ押し寄せてくる。早急に、魔物を大量討伐するための対策を考案しなければ‼

山の中ということもあり、火魔法や中級以上の攻撃魔法を迂闊に放てない。そんなことをすれば、火災が起きるし、木々も傷ついてしまう。森の被害を最小限に抑えつつ、大量の魔物を撃退する方法を皆で色々議論し合っているけど、なかなか有効策が見つからない。

「そうだ‼ 常識に囚われなければいいんだ‼ これならイケルかも‼」

私たちが思案に耽ける中、リリヤさんが急に大声を上げた。リリヤさんが考え出した一手、それは里の窮地を救う名案だった。

17話　ツリーハウスと螺旋階段の罠

ここはシャーロットたちの目指す瘴気溜まり、十メートル四方が沼と化し、沼の周囲の草花も瘴気により枯れ果て、薄気味悪い荒地と化している。時折、魔物が沼の中から湧き出て、周囲へと散開していた。

そんな異様な雰囲気の地に、二人の男女が立っている。男は白髪の長身、女は薄い青髪の小柄。湧き出る魔物たちは、彼らが自分たちよりも格上である相手のためか、視認してもそそくさと逃げ出す始末。

「本当に、ここでアレを出現させるのか？　最悪、この山自体が崩壊するぞ？」

男の言うアレが何を意味しているのか、女はもちろん知っているため、ニヤッと嫌な笑みを浮かべる。

「ふふ、当然よ。あなたも、あの子の底知れない強さを知りたいでしょ？　マテリアルドールを倒したときに見せたスキル、『共振破壊』は脅威よ」

シャーロットたちは気づいていなかったが、四十体のドール族急襲時、この二人は遠方から状況を監視していた。そのときの光景を思い出したのか、男は冷や汗を浮かべる。

「シャーロットの強さを知りたいのは事実だが、箱の蓋を開けてはいけないような……どうにも嫌な予感を拭えんのだ」

この男の予感は当たっている。『シャーロットという〝箱〟と関わってはいけない』という危機察知が働いているのだが、それ以上に『箱を開けたい』という好奇心の方が優っていた。

「あなたの言いたいこともわかるわ。私には、あの方の加護で強化された『鑑定』スキルがある。にもかかわらず、あの子を鑑定すると、『エラー』が表示された。多分、あの子も精霊王か何かの加護があるのよ。いずれにしても、あの子は殺さないわよ。せっかく見つけた玩具を壊したくないし、里で振る舞われた料理も美味しかったから、里の壊滅も回避するわ」

女は、シャーロットと里の皆で遊びたいだけなのだ。その思いを知ってか、男は深い溜息を吐く。

「新しい玩具を見つけると、すぐに遊ぼうとする。ユアラ、お前の悪い癖だ。シャーロットの持つ『構造解析』スキルの効果のほどは不明だが、おそらくユアラの持つ『鑑定』スキルと似た効果を示すはずだ。瘴気溜まりに、なんらかの処置を施した方がいい」

「そっちの対策も考えているわ。『構造解析』というくらいだから、対象物や対象者に関するあらゆる情報が開示されるスキルなんじゃないかな？　だったら、瘴気溜まりを弄った者の情報を不鮮明にすればいい。軽いジャミングを入れておいたから、私の情報に関しては、一切読み取れないはずよ。ふふ、これまでの玩具たちは、肉体的にも精神的にも脆弱だったけど、シャーロットは七歳なのに、どちらも強い。こういった人物と遭遇するのは初めてなの。今回は、小手調べってやつね。彼女が死にそうになったら、瘴気溜まりごと、アレを破壊すればいい」

「……わかった、好きにするといい。ただし、危険だと思ったら、すぐに転移魔法で撤退するぞ」

「それでいいよ。さてさて、霊樹を使っても惑わされることはなかったから、今度はどんな手を使って、彼女と里の皆を困らせようかな～。まあ、里が壊滅しても困るし、下手な奇策を使うより、王道で攻めてみようか～。里内の準備が整ってから結界を消して、大勢の魔物たちをけしかけよう。ふふ、彼女たちがどんな手段で反撃してくるのか楽しみね～」

　ユアラの保護者でもあるドレイクは、『やれやれ』といった表情を浮かべている。今の彼女は、新たな玩具に夢中になっている。こうなったら、自分がどんな言葉をかけようとも、見向きもしないことを知っているため、彼は護衛として、彼女の行動を見守ることにした。

○○○

里の全人口は百七十八人、そのうち成人していない子供は二十二人いる。この二百年、病気や魔物、誘拐など様々な要因から、里の人口は百～二百人を維持していると、カゲロウさんは言っていた。

今回、女子供合計三十人ほどを緊急避難させるため、ツリーハウス三棟を霊樹様を囲む木々の中に建築することに決定した。

幸い、里の人たち全員が土地の環境に適合しているせいか、木と土の属性を保持している。『構造解析』スキルで耐久性の高い木々と少し開けた場所を探し出した後、皆で協力し合い、一棟ずつ土台を作っていき、現在三棟目の土台建築の終盤にきている。

この山の木々は、二十メートルほどと高い。建物の土台自体は地上十メートルほどの位置にあり、そこに辿り着くには、木の周りに沿って作製した螺旋階段を上らないといけない。落下を防ぐため、手すりもつけている。

魔物たちがツリーハウスに侵入してくる危険性もあるので、この階段にはちょっとした仕掛けを施している。

この後に建築していくツリーハウスは緊急避難用なので、余計な仕掛けとかは入れないけど、一応三棟全てを繋ぐ木の吊り橋と緊急脱出路は作るつもりだ。家の内装に関しても、人が住めるよう、リビングや寝室、台所などを設置し、お風呂やベッド、タンスなどの家具も必要最小限は用意しておく。

「よし、三棟の土台、これで完成だ！」

アッシュさんの声が聞こえたのでそちらを向くと、どうやら三棟目も終わったようだ。

「構造解析しましたが、大丈夫です。三つの土台、どれも異常ありません」

私の指導のもと、アッシュさんやリリヤさん、里の大人たち三十人は、分担しながら土台の建築を始め、三時間ほどで螺旋階段と土台が完成した。

里の人たちも、初めは木魔法の応用に戸惑っていたけど、魔法で具現化した木を『魔力操作』で自在に変化させられることを知ってからは、全員が面白がって積極的に練習を重ねていき、十五分ほどでコツを掴んだ。作業速度も時間の経過とともに、どんどん向上した。新たな魔法技術で土台を建築できたからなのか、皆の顔からは、爽快感が滲み出ている。

「王城の簡易温泉施設の建設に携わっておいてよかったよ。あのときよりも、洗練した流れで木魔法を制御できるようになった。リリヤはどう？」

アッシュさんもかなりの汗をかいているものの、スッキリとした表情だ。

「こっちも、かなり制御できるようになったよ。でも、里の人たちの方が凄い。教えたばかりなのに、いつの間にか私よりも作業速度が速くなってる」

「里のみんなは魔物を討伐するとき、木と土の魔法を中心に使用していくから、扱いに長けているんだよ」

ああ、カゲロウさんが言っていたよね。里の子供たちは五歳くらいから、木と土の魔法の基礎を教わっていく。だから大人たちも、応用をすぐにマスターできたんだ。

「皆さん、お疲れ様です。一旦休憩しましょう」

多くの大人たちが作業をやり続けていたため、かなり疲れているはずだ。私の言葉に合わせてなのか、私たちが手すり付き螺旋階段を使って地上に下りると、里の女性陣がオヤツと飲みものを持ってきてくれた。

「お饅頭と緑茶‼」

昨日の料理といい、オヤツといい、なんで見知ったものが頻繁に出てくるかな？

「あら？　シャーロットちゃんは、この二つを知っているの？」

う、つい声に出てしまった。ナリトアさんからの質問、これには答えづらい。

「知っていると言いますか……記憶にあると言いますか」

「ああ、なるほど。あなたもカゴメお婆ちゃんと同じで、前世の記憶を持っているのね」

前世の記憶⁉　ナリトアさんや他の人たちも、なぜかその一言で納得している。ここは、勇気を出して聞いてみようかな？

「あのナリトアさん……そのカゴメさんという方は？」

「二年前に亡くなっているのだけど、カゴメお婆ちゃんが作物の栽培方法や里の料理を数多く開発してくれたのよ。農業や料理に関する彼女の知識量は凄かったわ。生前、どうやってそこまでの情報を知り得たのか質問したら、『私はね、前世の記憶を全て引き継いでいるの。その知識をここで役立てたいのよ。宝の持ち腐れにはしたくないからね』と、私たちに教えてくれたわ」

　地球の日本人が、里の人間に転生していたのか⁉　私と同じで、全ての記憶を引き継いでいるんだ。

「その方は前世のことを、何か話していませんでしたか？　例えば日本とか？」

「確か……日本の山梨県に住んでいたと言っていたわね。十七歳のとき、車に轢かれて死んだと言っていたわ。車や電車という乗り物の絵も描いてくれたのだけど、ちょっと待っててね。カゴメさんの描いた絵が、何枚か家にあったはず」

　ナリトアさんから見せられた車と電車の絵は、型式がどちらも古く、おそらく一九五〇年代のものだと思われる。この時代の人が亡くなって、惑星ガーランドへ転生したのか。

「種族に関係なく、前世の記憶を維持している人は、かなり珍しいのよ。ただ、カゴメお婆ちゃんのように、全てを詳細に覚えている人は、少数ながらいるわ。一応、車や電車の動く原理も聞いたのだけど、魔法もない世界で、どうやってこんな巨大なものが動いているのか、さっぱり理解できなかったわ」

　里の大人たちが、うんうんと頷いている。私は三十歳で亡くなり、こっちに転生しているけど……正直に話すと、里の皆も私と接しにくくなってしまう。ここは……誤魔化そう。

「私の場合……知識だけの記憶が断片的に残っているんです。特に、料理関係の記憶が強く残っています」

「「え、そうなの⁉」」

　私の言葉に、アッシュさんとリリヤさんがハモった。

「だから、ヤキタリネギリや屑肉関係、パエリア、カレーライス、コロッケとか、僕たちの知らない料理を次々と開発できたのか⁉　てっきり、アストレカ大陸の料理だと思ったよ」

　まあ、私の事情を考慮すれば、そう考えちゃうよね。

「全部、前世の記憶から再現した料理です。記憶だけに留めておくのはもったいないと思い、アストレカ大陸の実家やジストニス王国の王都で披露したんです。その料理というのが……これらです」

　地面に布製のレジャーシートを敷いた後、アッシュさんが言った料理を一品ずつ出していった。

「お母さん、私も王都でシャーロット姉の料理を食べたよ‼　カレーライスとコロッケが絶品なんだよ‼」

ククミカは、この二品がお気に入りなんだよね。

「これらの料理、全部知らないわ。カゴメお婆ちゃんの料理は、この里の風土に適したものばかりだった。シャーロットちゃん、少しいただくわね」

里の人たちが、一口ずつ私の料理を食べていく。一九五〇年代だと、日本の素朴で飽きない家庭料理だけでなく、海外の料理も広まっていたはずだ。カゴメさんは、日本伝統の家庭料理を中心に調理していたのかな。

「どれも素晴らしいわ。ククミカの言う通り、このコロッケの味が素朴で飽きない」

「ナリトアさん、コロッケを調理する場合、植物油で揚げないといけません」

「油で揚げるの⁉」

う〜ん、ここでも皆が驚いている。この里でも、揚げ料理は開発されていなかったのか。多分、カゴメさんも『火災の危険あり』と判断して作っていなかったのかもしれない。

「油を多量に使用するので、火の取り扱いに要注意です」

コロッケの調理中に火事となり、霊樹様も里も全焼するという悲惨な未来だけは避けたいので、私はこれらの料理の詳細な調理方法を教えておいた。

○○○

里の建築士の方々も、枝を利用した土台建築に関する知識を持ち合わせていなかった。けれど、私が彼らに解析データを教えたことで、現在では建築士の方々が主導して、ツリーハウスの建築を始めている。私は建築現場近くの地上で、ツリーハウスを守る網状魔導具を開発しているのだけど、急に近くから素っ頓狂な声が聞こえてきた。

「ちょっと、何よあれ⁉」

「む、あれは……ツリーハウスか？」

声の主は、ユアラさんとドレイクさんだ。魔物討伐チームが帰ってきたんだ。

「皆さん、魔物討伐、お疲れ様です。ドレイクさんは、ツリーハウスをご存知なのですか？」

「ああ、バードピア王国でよく見かける。鳥人族は背中の羽で空を飛べることもあって、木の上で生活している者も多い」

へえ～、鳥人族の中には、ツリーハウスで生活している人もいるんだ。

「緊急避難用の家を建築しているんです。二日ほどで完成するんじゃないかな？」

「「二日⁉」」

通常の方法でやれば、絶対不可能な建築期間だ。二人が驚くのも、無理はない。

「シャーロット、緊急避難といっても、魔物たちも木を登って襲撃してくるわよ」

ユアラさんの疑問もわかる。

「ふふふ、大丈夫です。製作中の魔導具が完成すれば、魔物たちはツリーハウスに到達できませんよ」

私は地面に敷いたレジャーシート上にて、網状魔導具を急ピッチで製作中だけど、まだ網の断片的なものしかできていない。

「製作って……この網のようなもののこと？」

「はい。どんな機能であるかは、完成してからのお楽しみです」

結界の効果がいつ切れるのかわからない以上、ツリーハウス用と魔物撃退用の魔導具を急いで製作しないといけない。みんなにも試してもらったけど、作業速度が極めて遅かったため、私一人でこれらを製作している。その分、里の人たちには、材料集めやツリーハウス建築に力を入れてもらっている。

「この網……まさか……な」

「ツリーハウスはわかるけど、その網の用途(ようと)がわからないわ」

あ、そうだ‼　二人が、螺旋(らせん)階段の仕掛けに引っかかるか試してみよう。アッシュさんとリリヤさんがそれぞれ別棟にいるから、二人が上ったら発動させるよう簡易型通信機でお願いすればいい。

「ユアラさん、ドレイクさん、お疲れのところ申し訳ありませんが、お願いしたいことがあるのです」

「三棟のツリーハウスには、罠を仕掛けてあります。それが、きちんと機能するかを試したいので、二人別々で二棟のツリーハウスの土台まで上ってくれませんか？」

「なんだ？」

「なに？」

二人が、もう一度ツリーハウスを見上げる。

「私は構わないわよ」

「私も構わん。あの螺旋階段から行けばいいのか？」

多分、罠がどこに仕掛けられているのか、二人とも大凡わかっているはずだ。わかっていても、引っかかるかどうかを試したい。

「はい」

「罠……か。面白そうね。行くわよ、ドレイク‼」

「ああ」

私が簡易型通信機でアッシュさんとリリヤさんへの通信を終えると、ユアラさんもドレイクさんも、ちょうど螺旋階段を上りはじめていた。八割ほど上ったところで、階段の頂上に設置されている仕掛けを発動させてもらおう。……よし、今だ‼

『アッシュさん、リリヤさん、発動させてください‼』

『『了解‼』』

ユアラさんとドレイクさんの上る螺旋階段の踏み場が一斉に——閉じられた。階段だったものが、仕掛けの発動により、ただの板へと変化したのだ。

「読み通り、甘いわよ‼」

「ああ、甘いな」

仕掛けが発動する寸前、二人は『危機察知』スキルで感知したのか、軽くジャンプした。Bランクの二人ならば、わずかな浮遊時間の間に、対処も考えられるだろう。でもね、そのセリフは想定の範囲内です。摩擦力の関係で、その場で踏みとどまれることは、こっちも読んでいます。

「え、透明の液体が、大量に流れ出てきた⁉　何、これ⁉　滑る、痛い‼」

ユアラさんは着地した瞬間、足を滑らせて顔面を強打した。

「く……これは……ウゴ⁉」

ドレイクさんは、後頭部を強打した。

ふふふ、里の広い区画でローションが出る『落とし穴トラップ』を発動させ、ローションだけを大量に集め、マジックバッグに保管した。そして、階段の一段一段の板の下に、仕込んでおいたのだ。

この罠が発動すると、階段が閉じられ、板の下に仕込んでおいたローションが、全部流出する仕組みとなっている。これにより、螺旋階段が『螺旋ローション滑り台』へと変身する。ローション塗れとなるため、手すりにも掴めない。しかも――

「いやぁぁぁ～～～止まらない～～～、嘘、手すりが階段からすっぽ抜けた～～～～」

そう、速度が十分に上がったくらいのところにある手すりは、レバー操作で外れる仕組みになっている。通常であれば、ユアラさんもドレイクさんもすぐに対処できるだろうけど、こういった突発的展開が連続して起こると、思考力が鈍る。そのため――

「ぎゃあああ～～～ぼげええ‼」

結局ユアラさんは顔面から滑り台の先にある木に激突した。

「このままでは……く、着地をすれば、ぬおおおぉ～～～、ふべらろぼぶらこぶあらそらま～～～」

ドレイクさんは地面への着地を試みようとしたけど、ローションで滑り、地面を転げ回った。

「やった、成功‼　Bランクの二人で機能するのなら、魔物たちも絶対引っかかる‼」

あれ？　声を上げて喜んだのは、私だけ⁉　全員が、ユアラさんとドレイクさんを気の毒そうに見ている。

「ま……まさか……こんな展開になるなんて」

ユアラさんの顔が赤い。木の跡が顔についている。ついつい、私も里の皆も笑ってしまいそうになる。

「何も教えられずに引っかかった場合、かなりの屈辱だな。これは、魔物たちも混乱するだろう」

おお、ドレイクさんがあの仕掛けに対して、冷静に評価してくれている。

「え～と、仕掛けが私の思惑通りに機能してくれました。あなた方の犠牲を無駄にしません」

「『勝手に殺すな‼』」

この後、カゲロウさんたちから軽く怒られた。私も「ちょっと酷いことをしたな」と思い、ユアラさんとドレイクさんに謝罪した。

18話　スキル販売者の思惑

周囲が暗くなってきたので、私たちはツリーハウスの建築を中断した。建築状況から考えて、予定通りあと二日で完成するんじゃないかな？　作業が順調に進んでいることもあって、皆の機嫌もいい。

私、アッシュさんとリリヤさんは、ナリトアさんの家に戻り、夕食のお手伝いをククミカとともにしてから、疲れを癒すべく、お風呂へ入った。浴槽は檜風呂だからか、温泉効果もあって凄く落ち着く。

「リリヤさん、疲れが吹っ飛びますね～」

「ホントだね～すっごく気持ちいい～」

完全にリラックスしている。ちょっとからかってみようかな。

「ククミカも呼んで、この気分を味わってほしいところですね～」

「ホントだね～。浴槽がもう少し広ければ入れるのに残念だね～。ククミカはお母さんのナリトアさんと入ればいいよ～」

ボ～っとして、思考力が低下している今がチャンスかな。

「それじゃあ、一人寂しくお風呂に入る予定のアッシュさんを呼んで、一緒に身体を洗いっこしましょうか～」

「ホントだ……ダメだよ‼　何言ってるの、シャーロット⁉」

リリヤさんは私の一言に驚き、湯船からザバァ～っと立ち上がり、私を見た。

「あはは、リリヤさん。お顔が真っ赤ですよ」

もう少しというところで、気づいてしまったか。

「むう～、からかったな～」

ちょっとむくれているリリヤさんも可愛いな。

「リリヤさんはアッシュさんの奴隷なんですから、一応一緒に入っても問題ないんですよ」

「そ……そ……それはダメだよ⁉　まだ、早いよ‼　それに、アッシュの許可がないと……ダメだし」

　許可が下りれば、アッシュさんと入るつもりなんだ。リリヤさん自身も、自分の言っていることに気づいたのか、急に恥ずかしくなり、顔半分を湯の中に隠してしまった。

「あはは、すみません。ちょっとからかいたくなりました。それじゃあ、話題を変えましょう。リリヤさん考案の魔導具も、もう少しで完成します。みんなで協力し合えば、大量討伐も可能ですよ」

「あ、うん‼　里の人たちも、私のアイデアを褒めてくれた‼　瘴気溜まりの浄化自体はシャーロットにお願いするけど、お世話になった隠れ里を壊滅させたりしないよ‼　私の考案した方法で、全滅させてやる‼」

　急に、話題が自分の考案した魔導具になったことで、さっきまで恥ずかしげだった顔が、ドヤ顔へと変化した。

　彼女の考案した方法が上手く機能すれば、里への被害も最小限に抑えられるし、魔物を大量討伐できる。ただ、里の人たちとの連携が崩れてしまったら、魔物たちが里へと侵入し、多くの家屋が壊されてしまうだろう。一か八かの勝負になるだけど、念入りにみんなと話し合っているから成功するはずだ。

《指定した地域の構造解析が終了しました》

あ、ついに来たか‼

私の目の前に、ステータス画面が表示された。瘴気溜まりが、指定地域にあるかどうかが鍵だ。早速、解析内容を確認しよう。

「あれ？　シャーロット、どうしたの？」

お寛ぎモードとなっているリリヤさんも、私が何かを見ていることに気づいたようだ。

早速、今見た内容を教えてあげよう。

「構造解析が終了しました。予想通り、『瘴気溜まり』は解析した場所にありますね」

「ホント⁉」

うん？　これは⁉　名称が文字化けしている⁉

瘴気溜ま&@小

蓄積された高濃度の瘴気が、真下にある土地に入り込み、周囲を侵食することで沼へと進化したもの。現在小規模のため、C～Fランクの魔物たちが一日に十体前後生まれている。『中規模』へと成長させるには、あと十九日必要であったものの、???が無理に介入……悪化……『中規模』へ*^　&三日後$%^　&の*&^　高位のAやS@#$生まれる。……同時に$%霊樹#@^　結界が完全消失……@#$%

『???』の表示以降、解析データも文字化けして読みにくくなっていき、途中から完全に読めなくなっている‼　何者かが瘴気溜まりに介入しただけでなく、自分に関わる解析データを他者が読めないよう、なんらかの細工を施したと考えた方がいい。これじゃあ、『構造編集』スキルも使用できない‼

「リリヤさん、瘴気溜まりですが……非常にまずい状況になっています」

「え、どういうこと⁉」

リリヤさんも私の言葉を聞き、顔付きが『フンワリ』から『真剣』モードへと切り替わる。

「現在の瘴気溜まりは小規模となっており、生まれる魔物たちはC～Fランク、一日十体前後の魔物を生み出しています。十九日後に中規模に進化する予定だったので、このまま何事も起こらなければ、リリヤさん考案の策だけで十分対処が可能でした」

「何かが起きたんだね？」

「はい。何者かが、瘴気溜まりに介入したようです。しかも、解析データが途中から文字化けして読めなくなっているので、『構造編集』スキルも使用できません」

こういった事態は初めてだ。何者かが、私の『構造解析』を超えるなんらかのスキルで、瘴気溜まりをより凶悪なものへと改造した。その改造内容を知ったら、リリヤさんも事の重大さに気づくはずだ。

「読み取れる部分だけで推測すると、三日後に中規模へと進化し、そこからAやSランクの魔物たちが生まれるとなっています」

「え⁉　十九日だったのが、三日に短縮したの‼　しかも、中規模なのに、AやSランクが生まれるの⁉　それっておかしくない⁉」

　私の言葉に、リリヤさんも驚きを露わにしている。小規模でCランクが最高なんだから、中規模の場合、Bランクが最高だと思う。それなのに、AやSランクが出現するのは、どう考えてもおかしい。

　猶予期間が三日というのも、何か違和感がある。私たちを殺したいのなら、改造したその日に中規模……いや一気に大規模へと進化させればいい。なぜ、三日後にしたの？　何か、意味があるよね？

　ツリーハウスや魔導具の完成予定日は二日後だから、里側の方も全ての準備を済ませている。そのため三日後であれば、皆が最大限の力を発揮して、魔物と戦える。まるで、こちら側の準備に合わせているかのような日数だ。これは……偶然ではないよね。何者かがこちらの情報を知っていて、三日後に設定したと考えた方がいい。

　多分……犯人は『スキル販売者』だ。ガーランド様の目を誤魔化せるほどの大きな力を持っている奴ならば、『解析データの細工』や『瘴気溜まりの人工進化』を簡単にやってのけるだろう。でも、そう考えると……スキル販売者が里に潜んでいる？

ここに至るまで、魔物が潜んでいないか、内緒で全員を構造解析しておいたけど、不審者は誰もいなかった。もしかして、『構造解析』でも見抜けないスキルか魔法で、偽造データを見せられた？　どうする、みんなに全てを明かすべきかな？

「リリヤさん、ククミカが寝た後、カゲロウさんをお呼びして、三人にスキル販売者と解析データについて話しましょう」

「そうだね。アッシュとカゲロウさん、ナリトアさんには話しておいた方がいい」

私とリリヤさんはお互いに納得し合ったところで、風呂から出た。

……ククミカは、ツリーハウスのお手伝いで疲れていたのか、夜八時頃に寝てくれた。彼女を寝室に移動させた後、アッシュさんとナリトアさんが、カゲロウさんを呼びに行ってくれた。

『聴力拡大』スキルで盗み聞きする。ナリトアさんが『兄様、夜遅くに申し訳ありません。シャーロットちゃんが「瘴気溜まり」のことで、早急に知らせたいことがあるそうです。私の家に来てくれませんか？』と話すと、カゲロウさんはすぐに応じてくれた。

皆が揃った後、私は居間にて、カゲロウさん、ナリトアさん、アッシュさんにスキル販売者と解析データについて、全てを話した。念のためククミカに聞こえないよう、空間魔法『サイレント』を使用し、外に声が漏れないようにしてある。私が話し終えると、カゲロウさんもナリトアさんも、かなり困惑した表情を見せている。

「シャーロット、『スキル販売者』という正体不明の何者かが、王都でのネーベリック襲撃事件を起こした全ての発端で間違いないのか？」

「はい。正体不明、強さも未知数、そんな輩(やから)が瘴気溜まりを改造したと思われます」

「せっかく……ククミカが帰ってきたのに……このままでは里が滅びるわ」

ナリトアさんが悲嘆(ひたん)に暮れている。

「カゲロウさん、ナリトアさん、こちらには『シャーロット』という切り札(ふだ)がいます。彼女がいる限り、勝負の行方はわかりませんよ」

アッシュさんは二人を安心させるために、私の強さを教える気だね。私が自分で言うよりも、信じやすいかもしれない。

「シャーロットちゃんが切り札？　アッシュくん、どういうことかしら？」

「僕が皆さんに話した王都での出来事、あれは国民向けのものです。真実は、全く違います」

アッシュさんが真実を伝えると……二人の困惑度がさらに増した。

「シャーロットちゃんがネーベリックを倒した？」

「アッシュ、冗談(じょうだん)ではないのだな？」

「こんなこと、冗談(じょうだん)でも言えません。シャーロットの配下には、デッドスクリームもいます。彼にツリーハウス付近の護衛を任せれば、子供たちも大丈夫です。ＡやＳランクの魔物たちが生まれた場合、シャーロットに任せるしかありませんが、Ｂランク以下の魔物たちに関しては、僕たちで対応すればなんとかなります」

二人とも「死神」と呟いたよ。デッドスクリームは、里でも有名なのか。三日の猶予があるから、その間に瘴気溜まりに行って浄化するという方法もある。でも、多分その場所に行けないような細工を施していると思うけどね。

「……信じるしかあるまい。ただ、そのスキル販売者が里に潜んでいるかもしれない。迂闊に、全てを明かすわけにはいかん。里の者たちには、『瘴気溜まり』の場所と、その規模があと三日で大きく増すことだけを伝えておこう」

それが妥当だよね。スキル販売者が、王都での出来事をどこまで把握しているのかわからない以上、私の強さを明かすわけにはいかない。皆に不安を与えてしまうけど、やむを得ない。猶予期間の間に、なんとしても瘴気溜まりを浄化しよう。

○○○

翌朝、カゲロウさんが皆に、瘴気溜まりの場所が特定されたこと、規模が二日後に一段階大きくなることを伝えた。混乱を避けるため、ＡやＳランク魔物の出現については伏せている。

詳細位置が判明して一歩前進したのだけど、規模が二日後に大きくなる以上安心できないため、今後急ピッチでツリーハウスと魔導具の作業を進めていかなければならない。

ただ、二日間瘴気溜まりを放置しておくのもどうかと思う。幻惑結界により侵入こそできないけど、位置が特定されているのだから、上空から光属性の魔法をピンポイントで放てば浄化されるかもしれない。

皆と話し合った結果、私は風魔法『ウィンドシールド』を使用し、カゲロウさんを連れて、上空から瘴気溜まりのある場所へとやって来た。現在位置は、地面から五十メートルほど高い上空だ。

「場所としては、アソコです」

ステータス上のマップには間違いなく、『瘴気溜まり』と表示されているのだけど、私の指差す方向は、霊樹様の幻惑結界のせいで、ただの森にしか見えない。

「やはり、見えないか。霊樹様の結界が、こんな形で悪影響を与えるとは……」

霊樹様を構造解析すれば、『瘴気溜まりへの道』というスキルを習得できるかもしれないけど、スキル販売者が関わっている以上、最悪私の記憶の全てが消される恐れもある。

それなら……

「試しに、あの周囲一帯を光魔法『リフレッシュ』で浄化してみましょうか？」

「広範囲だぞ⁉　可能なのか⁉」

私の場合、魔法攻撃力がゼロだから、攻撃魔法で消滅させるのは不可能だ。私のステータスの力が正常に作動すれば、この魔法で瘴気溜まりも浄化されると思う。

「大丈夫です……リフレッシュ」

瘴気溜まりを中心とする半径百メートルに、淡い緑色の光が広がっていく。む、これは⁉

「ある一点だけ、シャーロットの魔法が阻まれているのか？」

「どうやら、そのようですね」

リフレッシュが結界内に行き届いていることは、浄化の光や『魔力感知』スキルで、私にもカゲロウさんにもわかる。でも、瘴気溜まりのある場所だけが、魔法障壁のようなシールド系の何かに阻まれ、魔法が届いていない。私の魔法が通用しないなんて……確実に、スキル販売者が関わっている。

「あ、魔法が切れた。これは厄介ですね。霊樹様の結界を消滅させないと、こちらも消えませんよ」

「シャーロット、瘴気溜まりの規模が大きくなると同時に、結界も完全消失するのか？」

「解析データが文字化けしているので断定できませんが……おそらく」

AやSランクの魔物が現れるのを待っていたら、里にも被害が及ぶ。それまでには、瘴気溜まりだけでも浄化したかったけど、この強固な障壁を破れそうにない。瘴気溜まり自体に、意思があり、一つの生物として活動しているのなら、これほどの強固な障壁や結界を消失させる必要などない。自分で対抗策がとれるからね。

これは、完全に遊ばれている。規模が大きくなることで、私たちがどう対応するのかを見ているんだ。

「やむを得ん……か。シャーロット……申し訳ないが……」

カゲロウさん、そんな苦渋に満ちた顔をしないでください。

「任せてください。高ランクの魔物たちを里に近づけさせません‼ その分、低ランクの魔物たちが里に押し寄せると思います。早急に、準備を進めていきましょう」

「すまない。シャーロットの力に関しては、ツリーハウスが完成してから皆に言おう。その際、君も力を見せてくれ」

「わかりました」

今の時点で言ったら、ツリーハウスの建築に支障をきたしてしまう。里の皆には申し訳ないけど、直前まで黙っておいた方が得策だ。その分、私が高ランクの魔物を誘導して、里にはBランク以下だけを行かせるようにしよう。里の人たちの力量があれば、Bランクにも対応できる。

問題は、スキル販売者への対処だ。何の目的で、私たちで遊んでいるのだろうか？　やはり、私の情報を得て、私の強さを推し量ろうとしているのかな？　エルギス様のように、普通に接してくればいいのに。なんで、こんな弄ぶようなやり方をするかな？　……気に入らない。私たちを弄んだことを後悔させてやる‼

19話　禁術闇魔法『クリーチャーフュージョン』

私とカゲロウさんは里に戻り、瘴気溜まりの浄化に失敗したことを皆に伝えたものの、悲嘆に暮れる人はいなかった。なぜならば、緊急避難用のツリーハウスや、私とリリヤさん考案の魔導具により、一定の安全性が保証されているからだ。ただし、どれもこれもが未完成だ。

魔物大量討伐作戦も理論上可能ではあるが、どうやって実行するか、根本的な方法を詰めきれていない。

瘴気溜まりの規模拡大まで時間もない。だから、全員が一致団結して、ツリーハウス建築、魔物大量討伐作戦の詳細、魔導具製作を迅速に進めていく。

また、時間の経過とともに、別の懸念事項も発生する。霊樹様の結界に綻びが生じはじめたのか、C～Fランクのドール族や他の魔物たちが、少数ながら里に侵入してくるようになった。しかも、どういうわけか、ドール族だけが増えてきている。

魔物討伐班の人たちが迅速に行動してくれたおかげもあって、今のところ大きな被害は出ていない。

魔物討伐に関しては、ユアラさんとドレイクさんの力がかなり大きい。皆の評価が、『二人の冒険者ランクはBだが、実際の力量はAランク以上』となっており、私も一度だけ戦っているところを見たけど、CランクのマテリアルドールをB瞬時に凍らせ斬りふせる姿から、その評価は正しいと思った。

アッシュさんとリリヤさんも参戦し、この二人の戦いを参考にしながらドール族たちを討伐していく。そうして時間が少しずつ流れていき、『瘴気溜まり規模拡大日』の前日昼一時頃に、ようやく全ての準備が整った。

「カゲロウさん、なんとか間に合いましたね」

私と里の皆は、完成した三棟のツリーハウスを眺めている。現在、ククミカを含めた十人の子供たちと五人の大人たちが家の中に入り、快適に過ごせるかを確認している。

「ツリーハウスを覆う大型魔導具、上手く発動してくれるといいのだが……正直不安だ」

カゲロウさんが心配するのもわかる。里の皆もそうだったけど、私の製作した魔導具がかなり特殊なのだ。

食虫魔導具『関取くん』
原材料：ミスリル　魔法属性：闇
エンチャントスキル：魔力感知（Lv10）、識別（Lv10）、形状記憶（Lv8）、串刺し（Lv6）

見た目は、地球で言うところの蚊帳。闇属性を持ったミスリル製のため、物理と魔法の防御力が非常に高く、その実態は食虫植物に近い。相手を感知識別する能力を持ち、自分の縄張りに魔物が侵入すると、針を出し、瞬時に刺し貫いてしまう。

当初、防御専用の魔導具を製作しようと思ったのだけど、魔法のエンチャントがあるのなら、スキルもあるのではと思い挑戦した。

私は、『魔力感知』と『識別』しか持っていなかったけど、物質の特性を活かしたものであれば、イメージ次第で未習得のスキルもエンチャント可能ではと思い、試したら成功したんだよね。

里の皆も、全く知らない技術だから、この成功に度肝を抜かれていた。

たださあ、ツリーハウスにいる子供たちを守るために製作したのに、なぜか名称が『食虫魔導具関取くん』になってしまった。この魔導具は魔物を串刺しにするだけで、決して食べない。そもそも関取って力士のことだよね？　なんでそんな名称になったのか、そこだけが引っかかる。もしかしたら、この状況を見ていたガーランド様が面白がって、勝手に名称をつけたんじゃなかろうか？

現在、この魔導具は綺麗に折り畳まれ、ツリーハウスのてっぺんに収納されている。ハウス内のレバーを引くことで、一気に解放される仕組みとなっている。

「実験で確認していますから、誤作動は起こりませんよ。もう一つの魔導具も完成し、担当の人に渡しています」

こっちの魔導具は、非常にシンプルなものであるため、すぐに製作できた。

魔物大量討伐作戦は、リリヤさんの考案だ。常識と非常識を兼ね備えた作戦がきちんと発動すれば、多くの魔物を殲滅できるだろう。

これらの魔導具の原材料は、『ミスリルの屑』だ。私が里の人たちに、ミスリルへの再生方法を教えたのだけど、貧民街の人たちと同じく、一朝一夕には身につけられる技ではない。だから、私が全てを製作し、彼らには材料を提供してもらった。

里でも王都と同じく、ミスリルの屑は不必要なものらしく、見つけてもダンジョン内に放置するか、地面に埋めるかの二択らしい。

里の武器防具類は、トキワさんのものと非常に酷似している。おそらく、敏捷性を重視しているため、忍者のようなスタイルになったのだろう。私が試供品のクナイと鎖帷子ならぬミスリル帷子を製作すると、皆からの感謝が絶え間なく続いた。

今回の決戦には間に合わないけど、いずれ里の人たちが技術を習得すれば、装備も一新されるはずだ。

「全ては、明日……決まるわけか」

カゲロウさんの一言で、周囲の人たちも緊張した面持ちとなっている。

「カゲロウさん、今のうちにあの件と、私の力のことを明かしておきましょう」

「そうだな。ユアラやドレイクたち魔物討伐部隊が、魔物を里の外で引きつけている今のうちに、皆に言っておこう」

とその前に、子供たちにツリーハウスの評価を聞いたところ、「ここで寝泊まりしたい‼」という要望が多かった。大人たちは、ハウス内に設置された温泉風呂を気に入ってくれたようで、相談の結果、温泉兵器一式五セットを譲渡することになった。

私は温泉兵器や技術提供の見返りとして、里の料理レシピと酒などを含めた料理数品、味噌や醤油といった貴重な調味料を貰えた。

私としてはこれで満足なんだけど、里の人たちは、「見返りのバランスが全然合わない‼」と言ってくれたので、「ここに訪れる度に、タダで調味料をいただける権利が欲しい」と訴えると、すんなり許可を貰えた。私としては、非常にありがたい。

ツリーハウスや見返りの話も落ち着いたところで、改めてカゲロウさんは里の者たち全員を広場に集め、明日起こる現象について詳細に話した。ＡやＳランクの魔物が出現すると聞き、かなりの騒ぎになったけど、カゲロウさん自身が全く焦りを見せていないことを皆も把握したのか、一分ほどで静けさを取り戻した。

「皆が騒ぐのもわかる。だが、我々にはAやSランクの魔物に対して切り札がある。それは、聖女シャーロットだ‼　ここからは、彼女に語ってもらおう」

私の力をいきなり見せるよりも、ここの守護者となる魔物を先に紹介しておくべきかな。おっとその前に、魔物討伐部隊の人たちを驚かせないよう、広場一帯に空間魔法『サイレント』を使用しておこう。……これでよし‼

「皆さん、直前まで黙っていて申し訳ありません。私は通常の聖女と違い、大きな力を持っています。まずは、それを証明すべく、私の従魔を召喚しましょう。かなり怖いと思いますが、味方なので逃げないでください。召喚『デッドスクリーム』‼」

私が少し離れた場所まで移動し、従魔の名前を叫ぶと、大人たちはそれだけで固まった。カゲロウさんもナリトアさんも『死神』と呟いていたから、脅威度を知っているのだろう。召喚魔法陣が現れ、デッドスクリームの姿が少しずつ露わになっていく。Sランクと化した彼は、初めて遭遇したときよりも、風格、威圧、脅威度が増し、『死神』の異名に相応しい存在へと進化している。

「うわあ〜〜カッコいい〜〜〜〜‼」

ええ⁉　大人たちは恐怖で固まっているのに、ククミカが目を輝かせて、意外な言葉を口にしたよ‼

「娘よ、我がカッコいいのか？」

「うん、すっごくカッコいい‼　骸骨の王様だよ‼」

　ククミカにつられたのか、他の子供たちの目が輝きはじめ、デッドスクリームを触りたいような素振りを見せている。

「あははは、そうかそうか、王に見えるか。子供たちよ、触ってもいいぞ」

あ、デッドスクリームも満更でもないのか、顔が笑っている（多分）。今まで、子供に褒められたことがないのかな？　……まあ、ないよね。

「あ、ちょっとククミカ⁉」

　他の子供たちが触りに行ったので、ククミカも続こうとしたところ、ナリトアさんが彼女の右手を掴んだ。母親としては、当然の行為だ。

「お母さん、大丈夫だよ。死神さん、今までの魔物と違って全然怖くないよ」

「え？　そんなはずは……あら……どうしてかしら？　驚異的な魔力を感じるのに、不思議と全然怖くないわ。むしろ、安心感がある？」

　他の人たちも、ナリトアさんと同じ気持ちのようだ。ククミカは他の子供たちと一緒に、デッドスクリームを触り出した。子供たちは本能的に、『この魔物は味方だ』と理解したようだ。

「あははは、当然だ、我はシャーロット様の従魔だ。魔物としての魔力以外にも、主人であるシャーロット様の魔力も、身体に流れているのだからな。里の者たちよ、主人の命により、我が一時的ながら里の守護者となろう。瘴気溜まりで襲ってくる魔物どもをこのツリーハウスに近づけさせん‼」

　デッドスクリームと食虫魔導具『関取くん』がいれば、まず大丈夫だ。それにデッドスクリームを味方と区別できるよう、私は自分の『識別』スキルのレベルを最大にまで上げた。私自身が従魔と魔物の違いを感知できるし、識別もできるから、誤作動も起きない。

「皆さん、私はデッドスクリーム以上の力を有しています。ですから、ＡやＳランクの魔物に関しては、私自身が瘴気溜まりのある地点で迎え撃ちます」

「里の者たちよ、主人の力は本物だ。我とて、『威圧』だけで死にそうになったくらいだ。お前たちは、Ｂランク以下の魔物たちの殲滅に集中しろ。里の大人たちは、人間族でありながら、二百五十の能力限界値を突破している。その力量であれば、Ｂランクまでなら討伐可能だろう。また、仮に霊樹の佇む深部に入り込まれたとしても、そこには我がいることを忘れるな。心置きなく、戦いに勤しむがいい‼」

　この言葉でようやく理解してくれたのか、里の人たちに、笑顔が戻った。これまでは霊樹様の影響もあって、不安要素もかなり多かった。けれど、前線には私が、最後の砦にデッドスクリームがいることで、瘴気溜まりの魔物大発生に打ち克つ勝機が芽吹いたのだ。

「シャーロット様、一つお伺いしたいのですが？」

「どうしたの？」

デッドスクリームが子供たちと戯(たわむ)れるため、胡座(あぐら)をかいている。なんか、魔物としての尊厳(そんげん)が薄くなっている気がする。

「従魔を多く望みますか？」

「そりゃあ、多い方がいいよ。ケルビウム大森林と隠れ里の守護者を任せたいからね」

うん？　なにやら考え込んでいる。

「それならば、瘴気溜まりを『浄化』するのではなく、『掌握(しょうあく)』してください」

「掌握？　どういうこと？」

言っている意味がわからないんだけど？

「瘴気溜まりを我がものにすれば、自由に魔物を生み出せます。掌握すると、闇魔法の禁術、最上級魔法『クリーチャーフュージョン』が使用可能となります。瘴気溜まりの蓄積された瘴気を使用することで、自分好みの魔物を生み出し、その姿も自由に変化させることができます。もちろん、従魔として契約することも可能になります」

え、自分好みの魔物を生み出せるの⁉　でも、禁術指定されているのなら、術者自身にも相当な危険が及ぶはずだ。

「それって、かなり危険でしょ？」

「掌握に成功すれば、多くの魔物たちを配下にでき、一国を滅ぼすことも可能でしょう。

しかし、掌握に失敗すれば、自らの身体が瘴気溜まりに吸い込まれます」

めっちゃ危険じゃん⁉　私だけでなく、里の人たちも『掌握』の危険度に怯(おび)えている。

「ダメダメ。そんな危険を冒(おか)してまで、従魔を欲しくないよ。一歩間違えれば、私が死んで、里が滅ぶじゃん‼」

「そうですか？　シャーロット様の強さならば、余裕で掌握できると思うのですが？」

大丈夫と思う根拠(こんきょ)は、私の強さなの⁉

「興味深い魔法ではあるけど、今回の瘴気溜まりに関しては浄化しておくよ」

私の言葉に、皆もホッと胸をなでおろす。里の存続がかかっているし、スキル販売者との戦いも控えているのだから、力を温存すべきだ。あ、結界が消えても、瘴気溜まりを浄化させないよう、奴がなんらかの細工を施している可能性もあるよね？

「一応、掌握の方法を聞いてもいいかな？」

『掌握』……おそらく、生半可(なまはんか)な方法ではないはずだ。

「まず、瘴気溜まりで生まれた最大級の魔物を一体だけで屈服(くっぷく)させ、再度沼に戻すのです。また、沼の中には、魔物だけでなく、負の感情を持った様々な魂が混入されています。第二段階として、それら全てを力で屈服させるのです。その際、自らも瘴気を纏(まと)うことになりますので、掌握に失敗すれば、自分自身も瘴気溜まりの一部となってしまい、規模を大きくさせるでしょう。逆に成功すれば、シャーロット様は主人と認められ、闇魔法『クリーチャーフュージョン』が使用可能となります」

なるほど……禁術指定されるわけだ。一人で瘴気溜まりにいる最大級の魔物を屈服させることは、私以外でも可能だろう。でも、その後が問題だ。

纏うことになる瘴気に耐えられるかは、身体的強さとは関係ない。その人の心の強さに大きく依存してくる。

デッドスクリームが、私ならば余裕で対処可能というのも納得だ。身体的強さもあるし、『状態異常無効』スキルもあるから、精神が蝕まれることもない。ただ、皆がいる手前、『掌握します』とは言えない。

「かなりの危険を伴うから、それは最終手段にしておくよ。基本姿勢は、『浄化』だね」

「わかりました」

スキル販売者は、『掌握』を知っているのかな? 既に瘴気溜まりを掌握済みで、私たちにけしかけているのだろうか? いずれにせよ、明日が決戦の日となる。里の人たちも、デッドスクリームが守護者となったことで、士気も大きく上がっている。私は、スキル販売者を必ず捕縛してみせる‼

20話　瘴気溜まり、覚醒する

現在の時刻は早朝五時、瘴気溜まりを解析してから三日目を迎える。シャーロットの解析データを信じるならば、今日AやSランクの魔物たちが生まれるのだが、その時刻はわからない。だから、里全体が緊張を強いられている。

里の人たちも、決戦当日はこうなることを予期していた。そのため昨日の段階で、三棟のツリーハウスに限界に近い三十八人の非戦闘員となる女子供を避難させ、食虫魔導具『関取くん』を発動させている。

そのすぐ近くにデッドスクリームがいることもあり、見張り担当の人たちは、子供たちの心配をすることなく、結界の綻びから侵入してくる魔物たちを迎撃することに専念している。

また、作戦の要である聖女シャーロットが体調不良になると、全てが失敗してしまう。そこで、彼女には充分な睡眠をとってもらうため、昨日は午後八時にカゲロウの家にて就寝してもらっている。

無論、彼女だけでなく、里の大人たちも決戦に備えるべく、二時間おきに見張りを交代するローテーションを組み、いつでも全員が戦闘態勢をとれるよう最善の準備を整えている。

そして夜明けとなる五時三十四分、気温十一度、肌寒い気候の中、瘴気溜まり付近にて、地響きが発生する。

〇〇〇

地震⁉　……あ、五つの巨大魔力が⁉　私は、唐突に感じた地響きと五つの魔力で飛び起きると、隣で寝ていたカゲロウさんも、異様な魔力を感じ取り、ガバッと起き上がった。

「この濃密(のうみつ)な気配と魔力は、瘴気溜まり……か？」

「覚醒したようですね。結界が壊れ、瘴気溜まり本体の禍々(まがまが)しい気配と魔力を感じ取れます。ここからは、行動あるのみです。カゲロウさん、行ってきますね」

冒険者服を着たまま寝ていたので、このまま出発できる。朝食を食べている余裕などない。

「シャーロット、君に里の命運を託(たく)すことになる……すまない。後ろを気にせず、戦い……勝ってくれ」

カゲロウさんから、前線で役に立ちそうにない自分への不甲斐(ふがい)なさや怒りが、私に伝わってくる。本来であれば、里の人たちだけで解決すべき問題だと思っているんだね。

「勝ってみせます!!」

私とカゲロウさんが外に出ると、里の人たちも戦闘態勢を整え、各自指示された場所へと移動を始めている。すぐ近くには、アッシュさんとリリヤさんがいて、私たちに気づき、こっちに近づいてきた。

「シャーロット、僕とリリヤは、里を守ることに専念するよ!! 君一人に前線を任せて申し訳ないけど、瘴気溜まりを浄化してほしい。あと、スキル販売者には気をつけて」

「ごめんね。私もアッシュも弱いから、前線に行っても足手まといになる。その分、シャーロットが笑顔で帰ってこられるよう、絶対に里を守り抜くからね!!」

アッシュさんもリリヤさんも、自分の弱さに歯痒(はがゆ)さを感じているみたいだけど、その悩みを吹っ切り、『今の自分にできることを精一杯やり抜く!!』という強い思いが、身体全体に満ち溢(あふ)れている。

「高ランクの魔物たち、裏に潜むスキル販売者、全員を倒して戻ってきますね……行ってきます……フライ」

私は大勢の里の人たちに見送られながら、空を飛び、瘴気溜まりのある地へと向かう。上空にて地上を観察すると、あちこちから魔物の気配を感じ取れる。魔物のほとんどがドール族のようだ。む、私に向かって雷魔法のライトニングボルトが飛んできた。

「ミニブラックホール。放たれる魔法は全て吸収しておこう。使用者は、あのマテリアルドールか。他にも、多数いるけど……無視だね」

スキル販売者との対決を控えている以上、こいつらと戦うわけにはいかない。こちらの手の内を明かさないためにも、ブラックホールに関してはかなり小さくしている。日の出を迎えたばかりで、少し薄暗いこともあり、相手側からも認識しにくいだろう。

さらに進んでいくと、真っ黒な沼が上空からでも視認できた。あれが、瘴気溜まりか。里の幻惑結界と同じく、瘴気溜まりの結界も完全に消失している。沼全体の形は不均一ながらも、その規模はかなり大きい。コポコポと何かガスのようなものが湧き出ており、時折魔物が沼から這い出てくる。

魔物たちの総数は、二百体くらいかな？　そのうちの七割が隠れ里へ、残り三割がカッシーナ方面へと向かっている。カゲロウさんから聞いた情報だと、中規模の瘴気溜まりから生み出される魔物の数は約五百～千体のはずだけど、数が妙に少ない。確か――

『瘴気溜まりにも、二種類のタイプがある。それは「量」と「質」だ。魔物が生み出されると、瘴気量も減少していく。ランクの高い魔物ほど、瘴気の消費も激しい。「量」タイプは、ランクの低い魔物たちばかりで、数が多い。「質」タイプは、ランクの高い魔物たちばかりで、非常に厄介ではあるものの、数は「量」タイプよりも少ない』

今回のタイプは『質』か。

でも、隠れ里とカッシーナ、どちらの方面にも、Aランク以上の魔物たちはいない。

「なるほど、ランクの高い奴らは、私と戦いたいわけか」

奴らは、瘴気溜まりのすぐ近くにいた。そして、全員の視線が私へと向けられている。

私の存在を感知し、待ち受けていたのか。

全てがドール族で、Sランクが二体、Aランクが三体、合計五体もいる。奴らは、地球でいうところの女性マネキンドールの姿をしている。身長は二メートルくらいか。衣服を着用しておらず、個を区別するためなのか、五体のカラーリングが全て異なっている。中規模の瘴気溜まりながら、Sランク二体とAランク三体を生み出しているから、魔物の総数も少ないのか。

「とりあえず、浄化が先だよね……リフレッシュ」

私の放った魔法『リフレッシュ』で、瘴気溜まりを囲もうとした瞬間、魔法自体が大きな音とともに砕かれた!!

「まだ結界が機能しているの!?」

幻惑結界は消えているけど、謎のシールドが残っていたのか。沼との境界線付近を構造解析してみよう。

ユニークスキル『絶対防壁』

このスキルで囲まれている区画は、いかなる者であろうとも破壊不可。＊&%^$@#%＊@#$＊&……


途中から文字化けして、詳細はわからないけど、スキル販売者はこのチートスキルを使って、瘴気溜まり自体を絶対防御しているわけか。

「ははははは、この瘴気溜まりを消したくば、我々と戦い屈服させてみせろ‼」

予想していたこととはいえ、相手の思惑に乗せられるのは凄くムカつく‼　金色の女性マネキンドールも私を怒らせたいのか挑発しているし‼

瘴気溜まりに絶対的な防御が働いている以上、浄化は不可能だ。残る手段は掌握しかない。こいつらと戦い、討伐せずに屈服させないと‼

スキル販売者は、私とこの五体を戦わせ、私の強さを推し量ろうとしている。それが、今回の目的なのかな？

五体のマネキンドールたちが宙に浮き、私と同じ高度まで上がってきた。多分、スキル販売者も、この光景をどこかで見ているはずだ。まずは、こいつらを必ず屈服させることだけを考えよう。五体が私を見つめている。さあ、どうくる？

「我は『ゴールドドール』のドールマクスウェル」

「我は『シルバードール』のドールマクスウェル」

「我は『レッドドール』のドールXX」

「我は『ブルードール』のドールXX」

「我は『グリーンドール』のドールXX」

「「「「「五人揃って、ドールレンジャー‼」」」」」

……え？　なに、これ？　全員が女性の声で叫び、奇妙なポーズをとって、ドヤ顔している。マネキンの顔が動いているからか、どこか怖いんですけど？

「あの……私をからかっているの？」

私の一言にカチンときたのか、ゴールドドールが一歩私に近づいた。

「そんなわけがあるか‼　貴様も、これまでの奴らと同じく、我らを愚弄するか‼　我ら高位のドール族は、スキル『ネットワーク』により、世界中の高位ドールたちと繋がっている。そのせいで、新しく生まれた我らも『人や魔物たちが高位の我らを侮辱してくる』という記憶を保持しているのだ‼　貴様に、この屈辱感がわかるか⁉」

魔物がキレて、これだけ怒りを露わにする瞬間を初めて見たよ。ていうか、怒る理由が全くわからない。

「あのさ、私はBランク以上の高位ドール族を見るのは、今日が初めてなの。なんで、みんながあなたたちを侮辱するの？」

「なに、初めてなのか？　冥土の土産に教えてやる」

このゴールドドール、賢いのか馬鹿なのか、どっちなんだろう？　せっかくだから聞いておこう。

「Cランク以下のドールたちは、木、泥、鉄といったランクごとに確固たる個性というものを持っている‼　しかし、我々は今、表面の色を変えているが、Bランク以上のドールたちは、皆がなぜか地はまっ白な上に外見も一緒で、おまけに魔力の気配も強弱を除けば、全て同じなのだ‼」

そう言って、ゴールドドールは右手の親指で自分自身を指す。

「え……まさか……B、A、S、本当はみんな同じ姿なの⁉」

「そうだ‼　スキルか魔法で同族のステータスを見ても、わかるのは魔物特有の名前だけで、個を区別できん‼　他の奴らは、それぞれ特徴的な個性を持っているが、我々の姿を見てもわかるだろ‼」

ああ、うん。全部、同じタイプの白のマネキンドールだ。目で見ても、絶対個を区別できない。

「個を区別できない我々の苦悩が、お前にわかるか？」

「いえ……わかりません。すみません」

なぜか謝ってしまった。ガーランド様、ひどすぎる。魔物たちにも意思があるんだから、ちゃんとランクごとにカッコいい姿を作ってあげなよ。B以上が、全て白の女性マネキンドールって悲惨だよ。特徴が全て同じだから、個性がゼロだ。

「それじゃあ、人の衣服を身につけたらどうかな？　同じものを着なければ、個性も出るよ？」

「お前……そんな服を着た高位ドール族を見て、威厳を感じると思うか？」

フォローする言葉が出なかった。日本のデパートで見かけるマネキンと同じだから、高位魔物としての威厳ゼロだ。

「あ‼　幻惑魔法『トランスフォーム』を習得すればいいのでは？」

「それができたら、とっくの昔に姿を変えているわ‼　形を変えられないから、せめて色だけでもと思い、魔法で変化させたり、我らなりに考えて個性を付けているのだ‼」

だから、あんな個性的なポーズをとったのか。遭遇した人たちも、違った意味で覚えていくだろうけど、個を区別したいのなら、多くの色を使ってデザインしていけば……いや一緒か。マネキンドールである以上、色をつけても魔物としての威厳を微塵も感じない。……気の毒すぎる。

「それじゃあ、私が瘴気溜まりを掌握して、みんなの姿を変えてあげるよ」

「「「「なに⁉」」」」

あ、全員が反応した。

「あ……だ……騙されんぞ‼　『掌握』を成功させるには、身も心も全てが強者でないといけない。お前のような子供が、強者であるはずがない‼　強者であるならば、我らの最大攻撃を防いでみせろ‼」

　戦いを回避できるかな〜と思ったけど、そんなに甘くないか。ドールたちの最大攻撃を防ぐだけでは、強者と認められない。私自身がドールたちを屈服させるような……脅威のある攻撃を披露しないといけないだろう。

「いいよ。その提案に乗ってあげる。あなたたちも高位魔物なのだから、約束は守ってね」

「いいだろう。貴様が強者ならば、どのみち我らは死ぬだけだ。全員、あの必殺技を繰り出すぞ‼」

　五体全員が、私よりも高い位置に移動した。何を始める気かな？　一番高所に三体のドールＸＸが横三列に並び、少し低い場所にシルバードール、そこからさらに低い場所にゴールドドールがいて、両手を横に揃え私に向けている。全員が集中しているのがわかる。む、三体のドールＸＸの手のひらから、それぞれ光、火、光属性が放出され、どんどん一つ一つが球状に圧縮されていく。あ、三つの玉が一つに融合し、シルバードールの背中に当たった……違う、吸収されたんだ。今度はシルバードールの両手の手のひらに、さっきの玉が出てきて、そこに風と雷属性が極限にまで圧縮されつつさらに融合する。でも、完全に一つになったわけではない。一見一つの玉に見えるけど、各属性が互いにぶつかり合い、バチバチと音を立てている。

　四つの属性を合体させた玉が最後のゴールドドールにまで到達すると、不完全な玉に無属性の魔力が入り込み、バラバラだった属性を一つに束ねていき、完全な球体ができ上がった。五体による合体魔法か。あんなものが地上に到達したら、ロッキード山自体が消滅してしまう。

「この魔法が完成するまで、我々を攻撃しなかったことは褒めておこう。お前は、なんの準備もしていないがいいのか？」

「私はとある理由で、先手で攻撃魔法を放てないの。だから、その合体魔法を全て受け止めてから攻撃させてもらうよ」

　五人全員が、ニヤッと笑う。笑い方は同じなんだけど、色が異なるからどこか気持ち悪い。

「面白い、ならば我ら五体の合体攻撃に対し、どう対処するのか見せてもらおう‼」

「いつでもどうぞ」

　奴らの最大攻撃は、私のブラックホールでも防げない。あの魔法を防御して攻撃に転じるには、これまでに習得したものが一気に必要となる。ここまでの訓練の成果を発揮するときがきたんだ‼　絶対に勝つよ‼

21話　シャーロットVS瘴気溜まり

ドールレンジャー五体による合体魔法の攻撃力は、私のブラックホールの許容量を上回っている。普通に受け止めれば、確実に死ぬ。

それにしても、ネーベリックといいドールレンジャーといい、一歩間違えれば死ぬ状況なのに、恐怖心というものが全く湧いてこない。私の感情が、ほとんど乱されない。これは、スキル『状態異常無効』の影響かな。

「我らの必殺技を見て、恐怖心すら湧いていないとは……それは余裕からくるものなのか、感情が麻痺しているだけなのか……面白いガキだ」

多分、どっちも正解だよ。あなたたちが合体魔法を準備している間、私は『構造解析』スキルを行使して、魔法の正体を既に知っている。そして、それに対応するための準備も完了している。

「ドールレンジャー、あなたたちを必ず屈服させるよ。……来い‼」

「貴様の力を見せてもらうぞ……魔光炎熱砲‼」

ゴールドドールの両手から、凝縮されたオレンジ色の炎の大砲が私に向かって飛んでく

る‼　炎自体が、風、光、雷の力で大きく強化されている。さあ、ここからが私の腕の見せどころだ‼

「『ブラックホール』‼」

同時に『魔法支配』も発動だ。高速回転しながら飛んでくる炎の巨大砲弾が、直径三〇センチほどの円形状のブラックホールとぶつかり、激しい音とともに少しずつ吸い込まれていく。ブラックホールの中は、私の闇属性の魔力が支配している。吸収しているドールレンジャーの魔力を徐々に支配していき、形態を変化させ、右手から放出させていく。

焦るな……これまでに培ってきた技術を信じろ。『構造解析』『魔法支配』『並列思考』『魔力感知』『魔力操作』、関係する全てのスキルを行使しろ‼

「我々の炎を吸収している⁉」

魔光炎熱砲……この合体魔法をさらに研ぎ澄ましたものを見せれば、彼らも納得するはずだ。私の右手から現れたのは、濃密な深紅の炎。それを少しずつ剣の形へと変えていく。今の状態でも、私自身にかなりの負荷がかかっている。もう少しの辛抱だ‼

「馬鹿な……我らの炎が、より強く集積され、圧縮され、一本の大剣へと変化していく……こんなことが……」

よし、全ての炎を吸収し、紅炎の大剣へと変化させることに成功した‼　私の魔力を補助的に使ってこの形にしたけど、大剣の魔力自体はドールレンジャーたちのものだから、魔法攻撃力はゼロではない。だから――

「う⁉」

私は全力で、ゴールドドールの前に移動して、大剣の切っ先を首元に突きつけた。

「勝負ありだね。あなたにも、この剣の威力がわかるでしょ？　なにせあなたたちが組み上げたものなんだから。紅炎の大剣だから……『プロミネンスソード』かな？」

太陽のプロミネンスを強くイメージすることで、なんとか変化に成功したよ。かなりギリギリの勝利だ。少しでも訓練を怠っていたら、ここで死んでいたかもしれない。

「我らの……負けだ。全てにおいて……我らよりも優っている。高位ドール族五人がかりでも負けるとは……」

負けを認めてくれたか。プロミネンスソードに関しては、ブラックホールの中に入れて、私の魔力に還元しておこう。

「これで瘴気溜まりの『掌握』に取りかかれる。安心して。私はね、この瘴気溜まりで従魔を作りたいの。せっかくだから、ドール族の従魔を作るよ。今後、侮辱されないような気品溢れる高貴なドールを作ってあげる」

五体全員が、私を凝視している。カラフルな彩りだから、凄く違和感がある。新たなドール族のイメージはでき上がっている。アレに変化させれば、五体とも喜んでくれると思う。

「信じるしかあるまい。掌握の際、瘴気がお前の身体に取り込まれる。そのときだけ、我らを含めた多くの魑魅魍魎(ちみもうりょう)どもが、お前の魂と繋がる。お前──」

「私の名前はシャーロット‼　お前、お前と連呼(れんこ)しないで‼」

「む、失礼。シャーロットは我らにしたように、魑魅魍魎(ちみもうりょう)どもを屈服させろ。それで掌握完了だ。その後、我らをどんなものに変化させるのかイメージしてほしい。沼に触れているだけで、イメージが我らにも伝わる。もし、我らがその形態を気に入ったのなら、従魔となり、シャーロットの生涯(しょうがい)を支えよう」

魑魅魍魎(ちみもうりょう)か……私自身が取り込まれないよう、注意しておかないとね。

「了解。それじゃあ、これから掌握に移るけど、まずどうすればいいの？」

ここからが重要だ。掌握に失敗したら、多分私を取り込むことで、瘴気溜まりが最大規模にまで成長し、ジストニス王国だけでなく、その周辺国家も滅ぶかもしれない。

「あの女は、ユニークスキル『絶対防壁』がある限り、瘴気溜まりは絶対に破壊されないと豪語(ごうご)していた。ただ、破壊攻撃に対しては絶対的な防御となる反面、誰でも侵入可能……とも言っていた」

あの女？　スキル販売者は女性なのか。瘴気溜まりに仕掛けたスキルの長所と短所をドール族に教えるなんて……私は舐(な)められているの？　それとも、ただのお遊びとして楽しんでいるの？　とにかく、今は瘴気溜まりを掌握して、魔物の発生を一刻も早く止めな

いと‼

「それじゃあ、私も自由に出入りできるんだね？」

「そうだ。だから、我々が瘴気溜まりに入った後、シャーロットはあの区域へ侵入し、手を沼の中に少しだけ入れればいい。それだけで、全ての瘴気がシャーロットを覆い尽くす。後は、お前次第だ」

なるほど、実に簡単だ。沼の中に手を入れるだけなら、破壊行為にはならない。ただ、ここまでの時点でも、スキル販売者は顔を見せていない。瘴気溜まりを掌握した後、奴が現れるかもしれない。現時点で余力は残っているけど、掌握にどれほどの力を消費するのかが気になる。いや、今は……余計なことを考えないでおこう。

「わかった。瘴気溜まりへ行こう」

私とドールレンジャーは、沼のすぐ近くに降り立った。近場で沼を見ると、中規模だけあってかなり広い。

「シャーロット、頼んだぞ。我らは、この姿から脱却したい」

ゴールドドールの言葉には、真剣さを感じる。五体全員……いや高位ドール族全員が、マネキンドールという自分の姿を嫌っているのか。

「任せて……勝算はある‼」

五体全員が私の言葉に頷き、沼の中へと消えていく。

——ピコン！

《瘴気溜まりを掌握するための第一条件が解除されました》

第一条件は、最大級のボスを屈服させることか。

「よし、やるか‼」

私は自分の両手の指先だけをそっと沼の中へ入れる。その瞬間、禍々しい瘴気の塊が、私の全身に纏わりつき、気味の悪い多くの声が脳内に響いてきた。

「辛い……辛い……俺は何をしても落ちこぼれなんだ。魔法もスキルも家事すらも、何一つできないダメ魔鬼族なんだ……なんで俺だけ……」

「憎い……憎い……私を殺したあの男が憎い。私は、あの男が誰であるのかすらわからない。全くの他人なのに、街の大通りを歩いていたら、いきなり剣で胸を刺された。憎い……憎い‼」

「ああ、私のせいで、妻と娘が死んだ。私があのとき引き止めていたら、二人は魔物に食い殺されなかったのに‼　ちくしょ〜ちくしょ〜」

「僕の人生は母親の操り人形で終わった。母は、僕の意見を全く聞こうともしない。『この学園に行け』『この娘との結婚はダメ』『冒険者はダメ。将来は文官になれ』『今日、その方向に行くな』……自分の個性を削り取られ、だんだんとその環境に耐えきれなくなり、初めて親と大喧嘩し家出した途端、馬車に轢かれて死んだ。僕の人生はなんだったんだよ。

親に一度逆らっただけで死ぬって……なんなんだよ」

「きゃはは、自分の鬱憤を晴らすため、私は大勢の奴らを殺した‼　私自身も、警備の奴らに殺されたけど、死ね、死ね、みんな、死んでしまえ‼　赤の他人だろうが知り合いだろうが、みんな死んでしまえ‼」

これは、瘴気溜まりに囚われた死者たちの魂の叫びか。努力しても報われなかった者、理不尽に殺された者、一つの選択ミスで不幸に陥った者、親に自分の人生を縛られた者、そして……この人たちとは真逆の人生を歩んだ者たちの声も聞こえてくる。こういった声に囚われてしまったら、私も瘴気溜まりの一部と化してしまうんだね。

「まずは『威圧』‼　……全員黙れ‼　この場でお前たちの魂を粉々に破壊して、無に帰すよ‼」

死者たちの魂の叫びがやんだ。殺された者、殺した者問わず、結局のところ、この人たちは自分の人生の歩みから転落した者たちだ。前世でも、私も似たような経験をしている。

「あなたたちは自分の人生において、誤った選択肢を選んだことで、悲惨な末路に至ってしまった。そこは理解しているよね？」

「君のような強者に……僕たちの気持ちはわからないよ」

「そうよ。強ければ、理不尽な通り魔に殺されることもないもの」

「アンタのような天才に、落ちこぼれの気持ちなどわからないよ」

全員から、卑屈な声が漏れ出ている。

「本当にそう思う？　私だって、好きで強者になったわけじゃない。私の記憶を覗いてごらん。私には、二つの記憶が存在しているの。あなたたちの叫びの一部くらいは理解できるよ？」

私の前世の名前は持水薫、享年三十。ここから遠く離れた地球という惑星で生まれた。スキルや魔法が存在しない世界だ。

私の人生最大の過ちは……私のせいで、父と母を死なせてしまったこと。中学の授業を終え、家へ帰ってきたとき、父と母が鬼気迫る表情で、翌日会社で行われる企画会議の資料を作成していた。

そのときの私は、『仕事のお手伝いをする』という選択肢を選んだ。

父と母の笑顔が見たかった。

父と母に褒められたかった。翌日、私の願いは叶ったけど……両親は会社に向かう途中、交通事故で死んでしまった。

あのとき、どれだけ後悔したことか……私が手伝うことで、両親が死ぬなんて、予測できるわけがない‼　私は『過去に戻りたい‼』と、さんざん神に祈ったけど、当然叶うはずもない。

『一度起きた出来事は、絶対に変えられない』

私自身が身をもって知ってしまった。前世では、今のような強さを手に入れていないから、自分からは極力前に出ず、周囲にいる人たちを手助けする生き方を選んだ。その結果、後輩を庇ったことで命を落としたけど、悔いはない。

今世の私、シャーロットは五歳のとき、イザベルに称号『聖女』を盗まれたこともあって、普通の公爵令嬢として育った。

でも、ヒール系回復魔法の件で逆恨みされてしまい、ハーモニック大陸ケルビウム山山頂、世界最大の極悪環境ともいわれる場所へ転移させられてしまった。

神ガーランド様のおかげもあって死ぬことはなかったけど、生きるための代償として、『弱小七歳児』から『世界最強七歳児』に変化してしまう。

こんな力を身につけてしまったら、前世のような生き方は不可能だ。だから、私は多くの人たちと積極的に関わることで、ここでの生き方を学んでいき、その恩返しとして、関わった人たちの悩みを解決している。

「君は……前世と今世で……なんて経験を……」

「薫は……悪くない……悪くないよ……」

「君は両親を死なせても、前へと進めたのか。私は……妻と娘のことを引きずったまま、失意の底で死んだ。私は……」

瘴気溜まり内にいる多くの人たちの魂が、私の前世と今世の記憶に共感してくれた。説得できるかな？

「皆さん、起きた事実を悔やみ恨んでも、もう二度と戻ることはありません。それならば転生する道を選んで、前世での辛い経験を二度としないよう、もう一度生を歩んではいかがでしょうか？　転生の際、殺人を犯した者に関しては、記憶が完全に抹消され、多分人に転生できないでしょう。それ以外の人たちは転生時において、自分の願いを強く神に祈ってください。邪な願いでなければ、もしかしたら叶えてくれるかもしれません。私の記憶を覗いたことで、この言葉が嘘でないことがわかるはずです」

誰も何も喋らない。皆、何を考えているのだろうか？

――ピコン！

《瘴気溜まりを掌握するための第二条件が解放されました。シャーロットは、瘴気溜まりを掌握しました。魔物の発生を止めますか？》

あ、この表示は!?　皆が私の言葉を信じてくれたんだ!!　ありがとう……まずは魔物の発生を止めよう!!

《了解しました……魔物の発生を止めました。ただ今より、闇魔法「クリーチャーフュージョン」が使用可能となります。死んだ者たちの魂を浄化しますか？　それとも瘴気の生贄として使用しますか？　浄化すれば、瘴気量が大きく減少し、生み出せる魔物数が大幅に減ります。生贄として使用すれば、瘴気量が大幅に増え、強力な従魔を数多く生み出

せます》

ちょっと、ここにきてそんな選択肢があるの⁉　答えは決まってる‼

「今から、あなた方の浄化を行いますが、よろしいですか？」

多くの人たちが、私に「お願いします」と訴えてきた。この中には、理不尽な理由で殺された者もいれば、大勢の人を殺して処刑された者もいる。全てが瘴気として現れている以上、ここで彼らの思いを断ち切らせよう。

「来世で幸せな生活を送れますように……『浄化』」

あ、さっきまで声しか聞こえなかったのに、大勢の人たちの魂が人の姿のまま、沼から現れた。

「「「「シャーロット……ありがとう」」」」

全員が眩い光に少しずつ覆われていき――一帯が光で白くなり――やがて、光が収まると、誰もいなくなっていた。

《瘴気溜まりにいる全ての人たちが浄化されました。残りの瘴気量で、クリーチャーフュージョンを実行しますか？》

ふ～、ここまでくれば一安心だ。私が気を緩めた瞬間、どこからか拍手が送られてきた。音は、私の上空から聞こえている。私が真上を向くと、そこにいたのは……意外な人物だった。

22話　裏切り

　シャーロットが瘴気溜まりに向かった。そこには、私――リリヤやアッシュでは歯が立たないAやSランクといった凶悪な魔物たちが潜んでいる。だから、ここに彼女はいない。『自分の身は自分で守る』、これは当たり前のこと。シャーロットやアッシュと知り合ってからも、ずっとそうしてきた。なのに……さっきから感じるこの不安は何？

「……リヤ、リリヤ、聞いてる？」

「あ、ごめん。アッシュ、カゲロウさんが、私たちに指示を出していたんだった。ここから先、私の考案した作戦が、里の生死を握る。絶対に、失敗するわけにはいかない。集中しなきゃ‼」

「僕たちも持ち場に行き、陽動部隊が魔物たちを引き連れて戻ってくるのを待て、だってさ。あの魔導具の数は五個、里内であの大きさのものを落とす場合、場所が限られる。だから、五つの班に分かれて、魔物を引きつけることになっただろ？」

「もちろん覚えてる。私が立案したもの」

　カゲロウさんの家周辺は、皆が集まりやすいよう、広場になってる。大勢の魔物たちが、もう少しでここへ押し寄せてくる。私にとっての戦いの地が、ここなんだ。戦わないと、みんなが殺される。私も殺される。

「リリヤ、各班のリーダーには、簡易型通信機が配備され、連絡も容易にとれる。君の班は、ナリトアさんがリーダーだ。僕とリリヤは別行動になるけど、主人と奴隷という関係でもあるから、通信機がなくても心で連絡できる。何か起きたらすぐに知らせるんだ」

嫌だ、アッシュと別れたくない。でも、私一人でやらないといけない。

「うん……わかった」

アッシュ、行かないで。私を一人にしないで。なんで……どうして……心と身体が噛み合わないの？

『……るな……』

え、声？

『我が主人を頼るな‼　自分の力で切り抜けてみせろ‼』

え⁉

「それじゃあ、僕は行くよ」

「あ、うん。アッシュも気をつけてね」

アッシュがいなくなった。今の声は誰？　どこかで聞いたような？『頼るな、自分の力で切り抜けろ』……そうか、私は知らず知らずシャーロットやアッシュに頼っていたんだ。これまでは、二人がそばにいてくれたから、どんな道でも切り抜けてこられた。私が危険な状態に陥っても、シャーロットかアッシュが助けてくれた。でも、今は二人とも、ここにいない。

——自分で考えて行動するしかない。

今の私の仲間は里の人たちだけ。しかも作戦立案者である私は、どちらかというと頼られる側にいる。胸のドキドキが止まらない。二人がいないだけで、ここまで不安になるなんて。あ、私たちの班のリーダー、ナリトアさんが他の人たちを引き連れて、こっちに来る。最重要戦力となるユアラさんやドレイクさんもいる。そうだ。私たちの班の区域は、魔物たちが最も集まりやすい箇所でもあるから、割り当てられた人数が多いんだ。

動かなきゃ、里が壊滅する。動け、動け‼

「リリヤ〜お待たせ〜」

「待たせたな」

ユアラさんとドレイクさんの二人は全然緊張している様子がない。装備だって、出会った頃のまま。どうして、そんな余裕でいられるの？　魔物大発生が怖くないの？

一方、里の人たちは、昨日のうちにトキワさんと同じ忍装束っていう服に着替えて、身軽な格好になっている。それに、ナリトアさんも里の皆も、昨日と顔つきが違う。里を守るという気概が、私にも伝わってくる。私の故郷の村人たちもこうだったのかな？　……

私もあんな風になりたい。

「リリヤちゃん、待たせたわね。みんな、里を守るわよ‼　後方の霊樹様の鎮座する森には、子供たちのいるツリーハウスがあるけど、そばには『デッドスクリーム』が控えているわ。何も案ずることはない。私たちは魔物討伐に専念するわよ‼　みんな、作戦開始‼」

「それじゃあ、魔物を誘き寄せてきま～す」

「行ってくる」

ナリトアさんの号令で、ユアラさんとドレイクさん率いる十二人の陽動部隊が、一斉に里の外へと向かっていく。

「リリヤちゃん、あなたの作戦は完璧よ。撃ち漏らした場合も、焦らず対処すればいい。自信を持ちなさい」

う、私の不安が見透かされている。

「今まで自分で立案したことがなかったので、どうしても不安を感じて……」

「不安になるのはわかるわ。魔物大発生、通常であれば、私たちも不安になって、『戦う』か『逃げる』かの内部分裂を起こしていたかもしれない。でも、私たちは『シャーロットちゃん』のおかげで、団結できているの。あの子は私たちの不安を払拭させるために、『緊急避難用のツリーハウス』『関取くん』『デッドスクリーム』、『彼女自身の力』を惜しげもなく披露してくれたわ。そして、リリヤちゃん、あなたの考案した『ミスリル大型茶碗』もあるから、不安がないのよ。あの子とあなたの頑張りに、私たちも応えないといけないわ」

シャーロットと私のアイデアが、みんなの不安を和らげている。私は……この人たちを守りたい。私は……この里を……私の村のような末路にはさせない‼

「はい、私も頑張ります‼　所定の位置に移動します」

「覚悟を決めたいい目ね。タイミングは任せるわよ」

「はい‼」

ナリトアさんと別れ、広場近くにある大きな木のてっぺん近くに移動すると、瘴気溜まりの方向から魔物たちの唸り声が轟いてくる。

私が今いるのは大体高さ十メートル。結界の外にある木々の樹高も二十メートルほどあるから、ここからでも森の全貌は見渡せない。それでも、気配だけは強く伝わってくる。近辺に出没する魔物たちの体長は大きくて三メートルほど。この位置からなら、私の作戦も通用する。

いくらシャーロットでも、瘴気溜まりを掌握するには、かなりの時間を要すると思う。掌握するまでに湧き出てくる魔物たちの数は、中規模の質タイプと考えると、二百～三百体くらいかな？　そんな大群と普通に戦っていたら、戦力が消耗するだけで、いつかは私たちが負けてしまう。だから、一か八か の方法になるけど、私は作戦を考えた。

魔物を誘引させる薬が、里にもあってよかった。

殺戮したいという感情を麻痺させ、魔物を一時的に酩酊状態にする薬『ナルコート』。里では『魅惑香』と名付けられている。これがあるからこそ、負傷者の数や里の被害を最小限に抑えることができる。私の考案した作戦は完璧だ、自信を持つんだ。

一：五ヶ所の地点にあらかじめ設置しておいた『魅惑香』を焚く。

二：五つの魅惑香の匂いが混ざらないよう、風魔法で風を操り、匂いを瘴気溜まりの方角へ送る。魔物たちは、このお香から漂う甘い匂いに誘引され、五つのグループに分かれる。

三：里の人たちが、五つに分断された魔物たちの群れを引き連れ、指定された五ヶ所の広場に集める。

四：それぞれで逃げられないよう、魔物たちを土魔法で囲い、そこに私の考案した魔導具『ミスリル大型茶碗』を上から落とす。茶碗の中には、最大三十体ほどの魔物を入れることができる。

五：魔物たちを茶碗内に閉じ込めた後、私たちが氷属性の中級魔法を茶碗に当てて、内部の温度を急激に低下させ、魔物たちを氷漬けにする。

六：ミスリル大型茶碗をマジックバッグに収納し、凍った魔物たちを殲滅する。
七：以降も同じことを繰り返す。

一人では達成不可能だけど、里の人たちと協力すれば、絶対に実現できる‼　私の受け持つ広場は、敷地面積が多い分、魅惑香の濃度を上げており、他の場所より多くの魔物たちが押し寄せてくる。私の役目はタイミングを見極めて、ミスリル大型茶碗を落とすこと。重要な任務ではあるけど、一番死の危険があるのは魔物を誘引する陽動部隊の人たちだよ。お願い、上手くいって‼

・

……時間が、遅く感じる。

ステータスで確認したいけど、その動作が失敗に繋がるかもしれない。みんなを信じて待つしかない。既に、魔物たちの気配が五つに分断されて、こっちに近づいてきている。タイミングが命だから、焦っちゃダメだ。

「あ……六つの魔力が⁉」

瘴気溜まりの方向から感じる六つの巨大魔力が、急速に膨れ上がった。

「シャーロットの方も、戦いが始まったんだ。でも、どちらとも動いていない。何かあったのかな？」

『リリヤちゃん、来るわよ‼　気を引き締めて‼』

『あ、はい』

ナリトアさんの声が、簡易型通信機から聞こえてきた。思った以上に、魔物たちの移動速度が速い。……微かに振動を感じる。この振動は、魔物たちの足音？　どんどん、近づいてくる。

「……じゃないの？」

微かに声が聞こえる。声の主はユアラさん？

「い……まだ早い。里を……気か？」

これはドレイクさん？

「ほらほら～、こっちに来な～～」

ユアラさんたちが大勢の魔物たちを引き連れてきた。魔物たちの目がボ～ッと虚ろになってる。魅惑香が効いているんだ。魔物たちが、所定の位置にどんどん集まってきている。誘引されてきた魔物は四十体くらいかな。里の人たちが、第一陣の三十体を広場中央に集め、その周囲を土魔法による土壁で覆いはじめていく。もう少し……あともう少し……

「ドレイク、もういいんじゃない？」

「そうだな。ここまで来れば、不手際が発生しても、里は壊滅しないだろう」

え、ユアラさんもドレイクさんも、何を言ってるの？

「ふふふ、せっかくだから、私からここにいる全員にプレゼントを贈っちゃおうかな～」

――パチン。

ユアラさんが指で音を鳴らした瞬間、一陣の風が吹いた。あの人は、何をしているの？

「ユアラ、お前……」

「別にいいじゃん‼ このままだと、全然面白くないもん。ちょっとくらいのハプニングがあってもいいでしょ？」

え？　え？　ハプニング？　なんのこと？　あ⁉　四十体の魔物たちが急に暴れ出した‼　え、薬の効果が切れたの？　どうして⁉

「あははは、リリヤ～、ナリトア～～、後のことは任せた。ドレイク、シャーロットとドールレンジャーの戦いを見に行くわよ‼　みんな～、ま～たね～～～～」

「え、ちょっとユアラさん‼　ドレイクさん‼」

私が大声で叫んだとき、ユアラさんはこっちを見た。まるで、「これから面白いことが起こるよ」と言いたそうな、悪戯好きの子供のような笑みを浮かべながら、右手を軽く横に振った後、突然消えた。意味がわからない。これって、彼女が裏切ったってことなの？　なんで、どうして⁉

『リリヤちゃん、ミスリル茶碗を落として‼　早く‼』

え……あ‼　薬の効果が急に切れたせいで、広場に集めた魔物たちが土壁を破壊している‼　急いでミスリル茶碗を落とさないと、大変なことになる‼　足に『身体強化』の力を集約してジャンプし、広場の中心地点の上空六メートル付近に到達した瞬間、マジックバッグからミスリル茶碗を落とした。

――ズウウゥゥウーーーン‼

「あ、しまった‼　焦(あせ)って、位置がズレた‼」

土壁が崩れたせいで、魔物がひしめき合っている場所が、予定していた地点から五メートルほどズレているのに、予定していたところに落としちゃった。そのせいで、ミスリル茶碗の中には、十五体くらいしか入っていない。私が地上に着地すると、ナリトアさんがすぐに動いた。

「くっ、仕方ないわ。あなたたち五人は、急いでミスリル茶碗に氷の中級魔法を放って‼　残りのみんなは、分散した魔物たちの殲滅(せんめつ)よ‼」

魔物たちが家を破壊していく、里を蹂躙(じゅうりん)していく。カゲロウさんの家が……ナリトアさんの家が……やめて……やめてよ。あ……この光景は……嫌だ……嫌だ……もう……あのときの……あのとき？　死……みんなが死んでいく。あれは白狐童子(びゃっこどうじ)？　やっぱり、私がみんなを殺した？　嫌だ……みんなを殺したくない……私がミスをした。私が責任をとらないと……魔物たちを殺さないと……

──パアアアアーーーーン‼

え……今……頬を叩かれたの？

「リリヤ、しっかりしなさい‼　ミスは誰にでもあるわ‼　幸い、分散した魔物たちの多くはDランクのマッドドールと、Cランクのマテリアルドールよ。この程度の数なら、私たちでも対応できる。ミスしたことを反省しているのなら、動きなさい‼　仲間と一緒に、魔物たちを討伐しなさい‼」

「ナリ……トアさん、すみません……もう大丈夫です。魔物たちを討伐してきます」

私の失態で、この事態に陥った。私が少しでも多くの魔物たちを倒すんだ。ホワイトコンパウンドボウは、威力が強すぎてダメ。ホワイトメタルの短剣に氷属性を付与して戦おう。私が、家を荒らしまくっている魔物たちを倒すんだ。里を壊滅させない。みんなの幸せを守らなきゃ。私の村のような悲劇を起こさせたりしない‼

私は、周囲にいる奴らを手当たり次第に斬っていく。途中、誰かが私に何か言っていたような気もするけど気にしない。里に不幸を撒き散らす魔物たちを斬る‼

「だあーーーー。はあ、はあ、これで八体目、まだまだいるはず。探して駆逐しないと‼」

「貴様らのような雑魚は、早々に死ねい‼」

今のはデッドスクリームの声⁉　まさか、深部にまで入られた‼

「リリヤちゃん、大丈夫よ。たった今、ツリーハウスの仲間から通信が入ったわ。ドールX、マテリアルドールやマッドドール、合計九体ほどが深部に侵入したけど、デッドスクリームと関取くんが全て処理してくれたわ。集めてきた残りのドール族たちも、全て討伐できた。私たちの班は、これで任務達成よ。それに、周囲からも歓声が聞こえてくるでしょ？」

ナリトアさんに言われ、周囲を見渡すと、ただの泥と化した物体や鉄の塊、魔石などが、あちこちに散らばっている。確かに歓声も聞こえる。これって、作戦が上手く機能し、魔物を大量討伐できたってこと？

「私たちの勝利で終わったのよ。それに、瘴気溜まりの方角から感じた五つの巨大魔力も感じない。シャーロットちゃんも勝ったのね。ユアラとドレイクの動きが気がかりだけど、シャーロットちゃんが戻ってきたら尋ねてみましょう」

私たちの……勝ち……勝った気が全然しない。私は……弱いままだ。

〇〇〇

あの戦いの後、私は里の人たちに謝った。カゲロウさんの家は全壊、ナリトアさんの家は半壊、他の人の家にも、損害が出ていた。これらは、全て私の責任だ。でも、カゲロウさんもナリトアさんも長のテッカマルさんも、みんなが私を慰めてくれた。

カゲロウさんは「事情は、ナリトアから聞いた。君の責任ではない。あの重要な局面で裏切ったユアラとドレイクの責任だ。あの状況では、私やナリトアでも、冷静な判断を下せなかっただろう。君が悔やむことはない。他の四班に関しては、大成功を収めている。君の作戦が成功したのだ。もっと自信を持ち、誇りなさい」と言ってくれた。

他の班が成功したことは、私としても嬉しいけど、肝心の私がミスをして被害を出してしまったのだから、全然誇れないし、自信も持てない。

「リリヤ」

一人離れてベンチに座っている私に声をかけてくれたのは……アッシュだ。

「アッシュ、私のヘマで、里に被害が出ちゃった」

「全部、カゲロウさんから聞いたよ。リリヤは悪くない」

違う、私が悪い。多分、他の人なら、あの状態でも冷静に判断できたと思う。

「この作戦で、里を守れたことは嬉しいよ。みんなも喜んでくれている。でも、私自身は弱いままだよ」

私は弱い。ナリトアさんがリーダーでよかった。もし私だったら、多くの死者が出ていたもの。

「そんなことはない。君は、一段階強くなったよ」

アッシュの不用意な一言に、私は……ついカッとなった。

「そんな慰めいらない‼　あの戦果で、強くなれるはずがない‼　あの後、私はマッドドールを八体倒しただけ‼　そんな簡単に強くなれないよ‼　どうして、『強くなった』って軽々しく言えるの‼　アッシュの心が理解できないよ‼　私の気持ちなんか、誰にもわからないよ‼」

あ……つい怒鳴（どな）っちゃった。アッシュに嫌われたかな。

「いや、確信を持って言えるね。リリヤは強くなった。……君の村は、魔物の群れに襲われた。表人格のリリヤの精神が保てなくなり、裏人格の白狐童子（びゃっこどうじ）が現れ暴走（ぼうそう）したことで、村を壊滅させた」

なんで、今それを言うの⁉

「今回の魔物大発生も、村で起きたものと多分同じ事象だ。君はユアラとドレイクの裏切りにより、失敗をした。多くの魔物たちが里に解き放たれたけど……君は白狐童子（びゃっこどうじ）に変身しなかった。君自身が理性を持って、人格の暴走を防いだんだ。知り合った当初、故郷の村の幻を見ただけで動揺し、白狐童子（びゃっこどうじ）に変身していただろ？」

「あ‼」

言われてみれば、私は暴走していない。あのとき、『自分の失敗は自分で責任を取る』『私の村と同じ末路にはさせない』と強く思って、必死に魔物たちを駆逐（くちく）していった。

「君は今回の失敗を糧として、一段階強くなったんだ」

私は強くなったの？　自分の両手を広げ、自分自身を見ても、全然実感を持てない。でも、私自身で動けたことだけは理解できる。

「アッシュ……私……もっと強くなりたい」

なぜだろう？　アッシュが諭してくれたことで、涙が出てくる。自分の感情を抑えきれない。

「うん、それは僕も一緒だ」

「強くなりたい。なりだいよ～～～」

私は立ち上がって、アッシュの胸の中で泣いた。アッシュの言う通り、私は強くなれたんだと思う。でも今回の戦い、『自分の不甲斐なさ』だけが、強く印象に残った。予想外の裏切りで心を乱し、落とすタイミングと場所を間違えた。その後、魔物の討伐だけに集中しすぎて、ナリトアさんや他の人たちの指示が、頭に全然入ってこなかった。

シャーロットやアッシュに頼らなくても、戦い抜ける強さが欲しい。今になって、トキワさんの『強くなれ』という言葉の意味を深く実感できた気がする。

23話　スキル販売者、現る

私の真上、上空十メートル付近にいたのは、ユアラさんとドレイクさんだった。どうして、この二人がここにいるの？　とにかく、あの人たちと同じ高度まで行こう。

「お見事、お見事‼　ドールレンジャーの合体魔法には驚いたけど、まさかその魔法を全て支配するとは思わなかったわ‼」

私が二人の目の前まで上がると、ユアラさんがいきなりさっきの戦いを称賛してきた。

「そうだな。ドールレンジャーといい、瘴気溜まりの掌握といい、全てが我々の想定を上回っている」

里が危険な状態だというのに、この人たちは私とドールレンジャーとの戦いを見学していたの？　まさか……

「瘴気溜まりを仕掛けて里に仕向けたのも、霊樹様をおかしくさせたのも、全てはあなたたちの仕業ですか？」

この二人がスキル販売者？

「ちょ～っと違うかな。私たちが来た時点で、小規模の瘴気溜まりが既にあったし、霊樹も瘴気に少しだけ侵されていた。私たちは、それらをちょこっと利用しただけ」

「私たちではなく、全てユアラがやったことだ」

この二人はその行為の意味を理解しているの？　あなたたちのせいで、里の人たちやカッシーナの人たちがどれだけの迷惑を被ったのかわからないの？

「なんで、平然としているんですか⁉　現在も、里の人たちは魔物と戦っているんですよ‼」

「もちろん知っているわ。あなたたちが大量の魔物に対し、どんな戦い方をするのか興味を持ったの。百五十体ほどの魔物たちを里に仕向けたけど、私とドレイクは魔導具の実物を直に見ていないから、成功するか不安だった。でも、里の人たちの連携を舐めていたわね。この作戦を発案したリリヤといい、シャーロットといい、本当に面白いわ。ああ、誤解しないでほしいんだけど、あなたを殺すつもりはないし、里を壊滅させたりもしないから安心して」

ユアラさんと話していると、どんどん不愉快な気持ちになっていく。薄々わかってはいたけど、私たちは彼女の手のひらの上で、完全に弄ばれている。

「私たちや魔物を弄んで、何が嬉しいのですか⁉　そもそも、あなたたちの目的は何なんですか？」

「あちゃあ～、かなりご機嫌斜めだね」

「ユアラ、お前のその言い方が、彼女の機嫌を損ねているのだ」

さっきからドレイクさんは、ユアラさんのフォローばかりしている。ドレイクさんの方が歳上のはず、まるで従者のようだ。

「ドレイク、これが私なんだから仕方ないでしょ‼　シャーロット、私にとって、これは遊びなの。きちんと遊ばないと、あの方に怒られて締め出されるのよ。まあ、私自身も、こんな面白い遊び場から締め出されるのはごめんなのよね。だから、今後ともよろしく～」

いい遊び相手を見つけた子供のような得意げな笑顔でよろしくと言われても、全然嬉しくない。彼女と話せば話すほど、怒りが蓄積していく。落ち着け……落ち着け……私‼

「確認のためお聞きしますけど、五年前、エルギス様に『洗脳』スキルを与えたのも、単なる遊びの一環ですか？」

「そうよ。劣等感と猜疑心の塊になっていたエルギスに、『洗脳』スキルを渡せば、何かやらかしてくれんじゃないかと思って、ず～っと観察していたの。まさか、ネーベリックを誑かして、王族殺しをするとはね～。あれには、私もびっくりしたわ」

簡単に、自分の犯した罪を認めたよ。五年前といい、今回といい、自分がどれだけ酷いことをしてきたのか、欠片も理解していないし、詫びるつもりもなしか。そもそも、この人から罪悪感というものをまるで感じ取れない。

　ユアラさんの裏にいる『あの方』の正体も気になる。ガーランド様は、きちんと見ているだろうか？　『あの方』まで辿り着けているのだろうか？　『構造解析』もできないし、二人の強さも未知数だから、迂闊にこちらから出られない。

「シャーロット、不愉快極まりない顔をしているぞ？　怒っているのか？」

「当たり前です‼　ドレイクさんがいながら、どうして彼女を止めなかったのですか⁉」

　里に滞在している間、ドレイクさんはいつも冷静に周囲を見ていた。そんな人が、なぜ彼女を止めない‼

「私はユアラの従魔だからな。基本、彼女の命令は絶対だ。逆らえん」

　今、なんて言った？　従魔？

「ドレイクさんは、魔物なんですか⁉」

　それじゃあ里で見た解析データは、やはり偽造されたもの⁉

「せっかくだし親愛を込めて、ドレイクの真の姿を見せてあげる」

「……仕方ないな」

　ユアラさんの言葉に腹を立てるな。冷静に……冷静になろう。彼女の言葉を無視して、ドレイクさんを見ると、彼の身体が白く輝きはじめる。身体が魔物へと変化し、どんどん巨大になっていく。

　彼の身体は、全身白の鱗に覆われ、口から漏れた白い煙によって、空気に含まれる水分が凍り、氷の結晶へと変化させていく。

ドレイクさんは……水属性を持った体長二十メートルほどのドラゴンなのか。全ての鱗が傷一つなく白く輝いており、全体像も美しい。

ドレイクさん自身の冷淡な性格が、姿に現れている。どう考えても、低位のドラゴンではない。

「私は、水と氷を極限にまで極めたフロストドラゴンだ」

ドラゴン族に関しては、精霊様から習っている。フロストドラゴンは、水属性のドラゴンの中でも最高位、力量としてはAランク上位に位置している。でも、ドレイクさんにしてもユアラさんにしても、魔力や気配を全く感じ取れない。ユアラさんが彼の頭の上に移動したから、私もその高さにまで移動しておこう。

「お二人は、私と戦いたいのですか？」

「それは勘弁してほしいわね。あなたが私たちの情報を正確に読みとれないように、私たちもあなたの情報がわからないの。お互いの強さを把握できない以上、あなたとしても戦闘を回避したいでしょ？」

ユアラさんは余裕を持って、一見正しい意見を言っているように感じるけど、どこか違和感を覚える。私の強さは、ドールレンジャー戦である程度推測できるはずだ。彼女には、ユニークスキル『絶対防壁』がある。ここまでの会話から考慮すると、もしかしたら——

「あなたの持つユニークスキル『絶対防壁』、効果は絶大だけど、一日の使用回数に制限がありますね？　先程一回使用していますから、あと一回か二回で、使用不可となる‼」

　私はユアラさんを指差して、唐突に仮説を提案してみた。この回数制限というのが、スキルの使用回数なのか、もしくは攻撃を完全に無効化できる回数なのかはわからない。でも、裏で暗躍している『あの方』がユアラさんを使って遊んでいるのなら、そんな回数無制限のチートスキルを渡すはずがない。多分、後者のはずだ‼

「え⁉」

　ビンゴ‼　ユアラさんは突然の指摘に、明らかに動揺した‼

「ふ……ふふ……あははは、凄いわ。あれだけの会話で、そこまでわかるんだ。あなた、面白いわ‼　で、だから何？『絶対防壁』の弱点を見破ったから、私と戦う気？」

　動揺したのは一瞬だけか。どうにかして彼女を捕縛したいところだけど、危険度が高すぎる。

「いえ、戦う気など初めからありません。あなたの余裕を一瞬でもいいから崩したかっただけです。ところで、あなたの言う『あの方』とは誰ですか？」

　ここは少しでも時間稼ぎをして、彼女の情報を引き出そう。今頃、ガーランド様が必死に彼女とあの方の情報を解析しているはずだ。

「ごめんね、それは言っちゃダメなの。私が言えるのはここまで」

「ユアラ、そろそろ頃合いだ」

「そのようね。里の方でも決着がつきそうね。下位ランクとはいえ、あれだけいた魔物たちをこの短時間で葬(ほうむ)れるのだから、里の人たちも相当優秀(ゆうしゅう)ね。シャーロット、そろそろ時間だから、ここらでお暇(いとま)させてもらうわ」

戦いは回避するけど、逃がすつもりはないからね!!

「逃げられると思いますか?」

ユアラさんもドレイクさんも、私の言葉に全く動じていない。私から逃れる手段を持っているのだろうか?

「ふふ、私は転移魔法研究のため、各国を旅していると言ったことを覚えてる?」

「当然、覚えています。私も習得したいと思っていますから」

まさか二人とも!?

「ごめんね〜、あれは半分嘘。私はね、転移石の機能について研究しているの」

転移石の機能を研究!?

「まさか、この国の宝物庫にある転移石を全て盗んだのは、あなたですか!?」

「ピンポーーーン、私が犯人。盗んだ転移石を解体したおかげで、転移魔法との違いをようやく理解できたわ」

転移魔法と転移石との違い? どういうこと? その言い方、まるで——

「私が『半分嘘』といった意味を理解できたかしら？　ふふ、私はね、既に転移魔法を習得しているの」

「え⁉」

ユアラさんは、既に転移魔法を習得している⁉　あ、スキル販売者なら、習得していてもおかしくないか。うん、ちょっと待って‼

「まさか、山頂付近で不自然に現れたマテリアルドールたちは……」

「そ、私の仕業よ。あなたの強さを確認したくて、ちょっと驚かせてみたの。全員が無事に逃走できるとはね〜」

あのときから監視されていたの⁉　この女、頭の回路がおかしいよ‼

今、ここで捕縛しておかないと、もっと大変なことが起きる‼

「プププ、私をどうしたいのか、顔に出ているわよ。あのときのメンバー全員が無事だからいいでしょ？　里の方は、何人か死んでいるかもね〜。あ、ネーベリックにしても今回の件にしても、私のせいにしないでね〜。全ては、死んだ人たちの力不足が原因なのよ。私は何もしていないから〜」

「ユアラ、ドレイク‼」

ユアラの非道な言葉を聞いた瞬間、私はカッとなって、全力で彼女に掴みかかろうとした。でも、残り三メートル付近のところで、見えない壁にぶつかった。

「な‼」

「あはは、経験不足～。転移の用意が整ったわ。それじゃあね～～～」

「さらばだ」

二人は忽然と姿を消した。視力拡大で周囲を見渡しても、二人はいなかった。ドレイクさんの方はドラゴン形態のままだから、転移直後はどこにいるのかわかりやすいはず。

「まさか……短距離だけじゃなく、長距離転移魔法も習得しているの⁉」

やられた‼　あいつの言葉にムカついて、短絡的に行動してしまった‼　消費MPのことが気になるけど、短距離も長距離も使用可能なら、あれだけ余裕で私と話を交わせるのも納得だよ。

もっと冷静に行動していれば、二人の力量を把握し捕縛できたかもしれない。今回は、完全に弄ばれただけで終わってしまった。ユアラ……スキル販売者、絶対に許せない。彼女の遊びは、完全に度を超えている。

五年前の事件で、大勢の人々が死んだにもかかわらず、そのときの状況を平然と喋り続け、今回の件だって里の人たちに対し、多大な迷惑をかけた。

あの子にとって、自分と従魔以外の人々は玩具と同じ感覚なんだ。彼女は、私の前に必ず現れる。次出会ったとき、必ず捕縛してガーランド様に突き出してやる‼　ただ、ガーランド様の方で進展があれば、すぐにでも出会えるかもしれない。

──ピコン！

《闇魔法「クリーチャーフュージョン」を実行しますか？》

あ、いけない。まだ、事件は完全に解決していない。一旦、落ち着こう。

……魔法使用を一時中断する。

《了解しました。瘴気溜まりを訪れれば、いつでも魔法を実行できます》

これでよし‼　大勢の魔物たちが押し寄せている以上、被害ゼロはあり得ない。ひとまず、ユアラとドレイクのことは忘れて、里の被害状況を確認し、魔物たちが残っているのなら、皆と協力して一掃しよう。

〇〇〇

……里の上空に到着すると、霊樹様の幻惑結界自体が回復していないため、里内全体がここからでも視認できる。

五ヶ所に落とされた『ミスリル大型茶碗』の跡地で、魔物たちの多くが氷漬けとなっているけど、全てが討伐済みだった。生き残った魔物たちは、既に里から逃亡しているものの、全てがDランク以下で、合計二十体ほどと少ないので、放っておいても問題ないレベルだ。いずれ、里の人たちや冒険者たちが討伐してくれるだろう。

里内の被害については、さすがに無傷とはいかないよね。全壊三棟、半壊五棟、怪我人などの負傷者九十五名、そのうち重症者は十名ほど、死者はいないようだ。まずは、怪我人を回復させよう‼

私がカゲロウさんやアッシュさんのいる付近に降り立つと、里の人たちが一斉に集まってきた。

「シャーロット、怪我はないのか‼」

カゲロウさんの表情には、私を気遣う気持ちが強く表れている。ユアラにも、こういった感情を持てと言いたい。

「はい、大丈夫です。瘴気溜まりは特殊な障壁で守られており、浄化が不可能でした。ですから……掌握しました」

障壁、掌握という二つの言葉により、里の人たちが当惑している。

「掌握……あの五つの巨大魔力と、それを大きく超えるほどの濃密な魔力は、魔物五体とシャーロットのものであることは、すぐにわかった。あれらのおかげもあって、魔物たちの動きがかなり鈍く、我々の作戦も見事に成功したよ。ただ……」

カゲロウさんが言いたいのは、ユアラとドレイクのことかな？

「ユアラとドレイクですね」

「ああ、奴らは我々の作戦を途中から無視して、突然消えてしまった。ユアラとドレイクという最重要戦力が突然抜けたことで、奴らの担当する班だけが、チームワークを大きく乱し、怪我人も続出した。幸い、すぐに態勢を立て直し、討ち漏らした魔物たちも討伐できた。霊樹様のおられる深部にも侵入されたものの、『デッドスクリーム』と『関取くん』がそれらの魔物たちを瞬殺してくれて、子供たちのいるツリーハウスは無事だ」

　デッドスクリーム、ナイスアシスト!!

「それを聞いて一安心です。私の方は瘴気溜まりを掌握させた後、ユアラとドレイクが私に接触してきました」

「魔力を感じなかったが、戦ったのか？」

「いえ、戦ってはいません。全ての黒幕は、あの二人なんです。二人は瘴気溜まりを利用して、多くの魔物たちを里へけしかけてきたんです。私は、どうしてそんな行為に及んだのか、二人を問い詰めました。返答は……『シャーロットと里の人たちで遊びたかった』……です」

「なんだと!?」

　私の返答に、カゲロウさんだけでなく、周囲の人たちも怒りを感じてくれている。

「正直、呆れました。ユアラとドレイクを捕縛しようと試みたのですが、二人は転移魔法で逃亡しました」

「転移魔法!?」

あのとき、ユアラの言葉のせいもあって、冷静さを欠いていた。もっと慎重に行動していれば、二人を捕縛できたかもしれない。……悔しい。相手の強さがわからないこともあって、完全に尻込みしていた。……悔しいよ。

「……はい。事件自体はなんとか解決できましたが……肝心の黒幕を取り逃しました。……皆さん、申し訳ありません」

私は深く頭を下げたのだけど、皆が私を慰めてくれた。

「シャーロットがいなければ、里は全滅していた」

「そうだ、もっと胸を張れ!!」

「シャーロットちゃん、リリヤちゃん、アッシュくんは里の救世主なの」

「怪我人こそ大勢いるけど、私たち大人にも子供にも、死者は出なかった。これは、誇りあることなの。全てが、あなたたちのおかげなのよ」

多くの人たちからの感謝の言葉もあって、沈みかけていた私の心も回復した。それらの言葉が、心に深く響いたよ。落ち込んでいても仕方ないから、里の復旧作業を手伝おう!!

24話　新たな従魔、ドール軍団の誕生

　カゲロウさんから里の被害状況を聞いた限りでは、私が里の上空で見た被害光景とほぼ一致していた。

　霊樹様を回復させて、幻惑結界を復活させたいところだけど、また魔物たちが襲ってくる可能性があるため、まず私は里全体を回復魔法『リジェネレーション』で覆い、皆の体力を回復させた。

　重傷者たちもそこまで重い怪我ではなかったのか、二十分ほどでリジェネレーションの効果は切れ、皆の怪我や体力も回復し、大勝利の喜びを噛み締め合っていた。

　ただ、リリヤさんだけどこか元気がない。アッシュさんから理由を聞くと、ユアラとドレイクが突然裏切ったことで、場がかなり混乱したようだ。

　リリヤさんは、自分が何もできなかったことから、かなりショックを受けている。それでもまだアッシュさんに慰められたことで、だいぶ元気になったらしいけど、自分の心を落ち着かせるため、皆と離れた場所にあるベンチに座って、一人で考え込んでいる。

「アッシュさん、私もリリヤさんと話してきます。私自身も、大きなヘマをしました。彼

女の気持ちもわかります」

「シャーロットの場合、仕方ないよ‼　ユアラとドレイクの二人は、君の『構造解析』スキルを弾くほどの力の持ち主だ。強さ未知数の敵と戦闘する行為は、誰だって迂闊に踏み込めない。相手が、スキル販売者なら尚更だ‼」

私のヘマに関しては、アッシュさんに既に伝わっている。だからなのか、彼は慌てて私を擁護してくれた。

「それでも、ヘマをしたことに変わりありません。私がもっと実戦経験を積んでいれば、あの場で二人を捕縛できたかもしれない。リリヤさんも、似たようなことを思っているはずです」

今の私なら、リリヤさんを元気づけられると思う。

「……わかったよ。リリヤのことを頼むね」

今回、アッシュさんは大活躍だったらしく、ミスリル茶碗で討ち漏らした魔物たちを里の男性陣とともに即時殲滅したことで、彼の担当区域の被害はほぼゼロだった。リリヤさんとは真逆の状況であるため、彼が必要以上に慰めてしまうと、リリヤさんからすれば、嫌味に聞こえてしまう。

「任せてください‼」

私がリリヤさんのいる場所へ向かうと、彼女も私に気づいてくれた。

「リリヤさん、お疲れ様です。ミスリル茶碗のアイデアが上手く機能しましたね。里への被害も、そう大きくありませんよ」

私を見ているけど、目に力がない。相当、落ち込んでいる。

「うん……でも私の班だけは、失敗同然だよ。ユアラさんとドレイクさんが、突然裏切ってシャーロットの方へ行っちゃった。その後、現場は大混乱で、私がミスリル茶碗を落とすタイミングを間違えて……」

彼女を復活させるのなら、遠回しに慰めていくのは悪手かな。

「先程、アッシュさんから事情をお聞きしました。リリヤさんは、二人の裏切りによって混乱し、落とすタイミングと場所を間違え、里に被害をもたらした。私は強さ未知数の二人に尻込みし、相手の思惑通りに逃げられてしまった」

私の話をした途端、彼女はハッとなって私を見た。

「え⁉　私とシャーロットじゃあ、全然違うよ‼」

リアクションが、さっきのアッシュさんと似ている。

「リリヤさんにしても私にしても、経験不足なんです。もっと多くの経験を積んでいれば、私たちはヘマをしなかった。違いますか？」

失敗は誰にでもある。この失敗を糧に、成長していけばいいのだ。私だって、前世で数多くの失敗をし、足らなかった技量を身体に叩き込み、多くの人々から徐々に信頼されていった。リリヤさんも、早く立ち直ってほしい。

「うん……そうだね。もっと実戦を積んでいれば……あんな事態には……」

ちゃんと理解しているのなら、話は早い。

「だったら、こんなところで落ち込んでいても仕方ありません。今回で、私たちの弱点が見えました。こういったことをもう一度引き起こしたいですか？」

「嫌だよ‼　私のせいで、仲間たちが傷ついていくのを見たくない‼」

心の奥底から引き出されるリリヤさんの声、この絶叫は本物だ。

「それならば、今後何をしていけばいいのかわかりますよね？」

私が何を言いたいのか、リリヤさんに伝わって‼

「うん……強くなりたい‼　もっと、実戦を積みたい‼　突発的状況にも狼狽えない強い心が欲しい‼　そうだよ、一人でグチグチ考えていても何も変わらない。強くなりたいのなら、行動に移さないと‼」

うん、いつものリリヤさんに戻った。もう、大丈夫だ。

「アッシュさんが、かなり心配していましたよ。あっちにいますから、声をかけてあげてください」

「シャーロット、ありがとう‼　完全に、吹っ切れた‼」

リリヤさんがアッシュさんのもとへ行き、笑顔で話しはじめた。彼女は、強くなるためにどうしたらいいのか、一人で考え込んでいたようだ。リリヤさんと入れ替わる形で、カゲロウさんが私のもとへやって来た。

「シャーロット、霊樹様の幻惑結界を復活させたい。我々は、魔物の解体や関取くんの網の洗浄をやっておくから、君は瘴気溜まりを浄化してもらえないか？　ユアラとドレイクが消えた以上、もう浄化も可能だろう」

おっと、そうだった。瘴気溜まりを残したままだった。

「せっかくなので、掌握した瘴気溜まりで、強力なドール族の従魔を作ろうと思います。その従魔たちを、隠れ里の守護者にしてもいいでしょうか？」

あのドール族たちが、アレを気に入ってくれるかが問題だ。でも、みんな同じマネキン姿よりは絶対気に入ると思う。

「隠れ里の守護者……か。デッドスクリームではダメなのか？」

「彼では、隠れ里の雰囲気(ふんいき)に合っていません。私が、この里にピッタリなドール族を作って見せます‼　既に、案はあるのです。上手くいけば、子供たちも喜んでくれると思いますよ」

「子供たちが喜ぶ？」

カゲロウさんは、私の言葉に疑問を浮かべている。本来、魔物とは人から恐れられる存在だ。でも、私の案が通れば、ドール族たちもこの里で笑いながら暮らせるようになる‼

「はい。瘴気溜まりの方へ行ってきます」

ただ、ドール族たちが気に入ってくれたとしても、何体製作できるかが問題だ。できれば、五体以上作りたいけど大丈夫かな？

○○○

私は、ロッキード山カッシーナ方面麓付近の上空百メートル付近にいる。

現在地上では、ケアザさんとハルザスさんを含めた大勢の冒険者たちが、約七十体ほどのドール族たちと交戦している。

戦況を確認すると、Bランクの力量を持つ冒険者たちが、魔物側の最大戦力となるCランクのマテリアルドール七体と戦っており、他の冒険者たちはDランク以下のドール族と戦っているようだ。魔物たちを統率する高位ドール族がいないことから、冒険者側が優勢となっている。この調子ならば、私が手助けする必要もないだろう。

ただ、瘴気溜まりの現場で、私がクリーチャーフュージョンを実行し、新たな魔物たちを誕生させた場合、巨大魔力が発生するかもしれない。そうなると、魔物たちが活性化し、戦況が覆る可能性もある。

念のため、瘴気溜まり付近を空間魔法『サイレント』で覆っておこう。これを使用すれば、透明のカーテンが周囲を覆い、魔法や気配、声も外側に漏れなくなる。でも、この魔法にも弱点がある。このカーテンは誰でも出入り自由なのだ。

私としては、デッドスクリームの持つ『支配領域』のような強力な魔法かスキルが欲しい。理想は、外敵の侵入を防ぎ、内部にいる者たちの魔法やスキルを封印できるようなものがいいよね。それがあれば、ユアラとドレイクを捕縛できる。

とりあえず、下の戦いが続いていれば、ケアザさんたちも瘴気溜まり付近には来られないだろう。今のうちに、クリーチャーフュージョンを使用して、新たなドール族を誕生させておこう。

……瘴気溜まりに到着したのだけど、いきなり魔法を使用しちゃうと、沼の中にいるドール族たちに怒られるから、まずは彼らに説明しよう。空間魔法『サイレント』を使用して、その後沼に手を入れて会話だ。

「サイレント。みんな～、聞こえる～？」

「やっと来たか。それで、我々をどういった姿に変化させるつもりだ？」

この声は、ゴールドドールのものだ。

「今からイメージするので、意見を聞かせてね」

私がイメージしたもの、それは日本の『市松人形』と『雛人形』だ。

市松人形は東人形や京人形とも呼ばれ、立派な着物を着ており、気品もあり優雅さもある。江戸時代から続く日本古来の由緒正しき人形でもあるため、高位のドール族たちも気にいるだろう。

次に雛人形、これは三月三日の雛祭りに飾られ、子供たちにも人気がある。内裏雛、三人官女、五人囃子といった人形たちがいる。

「おお‼　これは……なんという高貴さ……市松人形……ドール族のトップに相応しい人形だ‼　そして、内裏雛の男雛と女雛、これはドールXXに相応しい‼　三人官女はドールX、五人囃子はマテリアルドールにピッタリだ‼　随身や仕丁もいい‼　こんな素晴らしい人形たちが、他の惑星に存在していたとは……」

ゴールドドールだけでなく、他のドール族たちも騒いでいる。よかった、全員が気に入ってくれたようだ。

「高級なものはプロの職人さんによって、丁寧に作られているの。全てが、超一流に仕上げられた人形なんだよ。どう気に入った？」

大学時代、高級市松人形や雛人形を友達の家で見たことがある。人形や着物は一つ一つ丁寧に作られていて、私自身もその美しさに見惚れていたから、今でも鮮明にイメージ化できる。

「ぜひ、先程のイメージでお願いできますか？」

「大丈夫、可能だよ。後は、何体できるかが問題だね。それじゃあ今から、クリーチャーフュージョンを実行し、私の従魔になってもらうけど、抵抗はない？」

「大丈夫です。皆も賛成しております!!」

既に、言葉遣いが変化している。どうやら、問題なさそうだ。まずは、習得したばかりの闇魔法『クリーチャーフュージョン』をステータスで確認してみよう。

最上級闇魔法『クリーチャーフュージョン』　消費MP500

必要条件：瘴気溜まりを掌握したときのみ、使用可能となる。蓄積されている瘴気ポイントを使用して、多種多様な魔物を創り出せる。また、術者のイメージ次第で、オリジナルの魔物を創作することも可能。

『現在の瘴気ポイント2145』

必要な瘴気ポイント

Sランク／600　Aランク／400　Bランク／300　Cランク／200

Dランク／100　Eランク／50　Fランク／20

ポイントが少ない!!　そうか……私が多くの魂を浄化させ、魔物たちの大群も沼から解き放たれている。あと、ドールレンジャーが合体魔法を放ち、多少消耗したのも原因の一つだろう。

「みんな、今のポイントだと、Sランク三体とBランク一体の製作が可能だけど、どうする？」

なにやら、ヒソヒソと話し合っている。

「シャーロット様、Sランク一体、Aランク二体、Bランク三体、Cランク五体の製作は可能ですか？」

市松人形、内裏雛、三人官女、五人囃子の構成にしたいわけか。

「う〜ん、それだとポイントが足りない。現在のポイントが２１４５、みんなの望む構成内容だと３３００必要なの」

「あと１１５５ポイントほど必要ですか。少々お待ちを」

何か考えがあるようだけど、どうする気？

……十分ほど待っているけど、全然反応が返ってこない。相当気に入っていたから、残りのポイントをどう集めるのか話し合っているのかな？

え⁉　カッシーナのある方角から、ドドドドドドドという音がどんどん近づいてくる‼

「何が起きているの？　うわ⁉」

——ドボンドボンドボンドボンドボンドボンドボンドボン……

ドール族たちが現れたと思ったら、次々と沼の中へダイブしていく‼

「まさか、周囲に散らばっていたドール族たちを呼び戻したの⁉」

構造解析していないから、ドールマクスウェルのスキルや魔法の構成を知らないけど、多分なんらかのスキルか魔法で全員に連絡したんだ。うわあ～、瘴気ポイントがどんどん増加していく。

「シャーロット様、生きているドール族全員を呼び戻しました。ポイントは、どうなっていますか？」

「あ⁉　３３２１ポイントまで上がってる‼」

「よし‼　それでは、クリーチャーフュージョンをお願いします」

ドール族たちの執念が凄い。

「わかった。始めるね」

私のイメージがお粗末なものであった場合、ヘンテコな人形たちが誕生しちゃうから、市松人形と雛人形を強くイメージしよう。

Sランク／ドールマクスウェル一体／市松人形
Aランク／ドールX X二体／内裏雛
Bランク／ドールX三体／三人官女

Cランク／マテリアルドール五体／五人囃子

《この構成で、クリーチャーフュージョンを実行します。余った瘴気は魔素に変換し、大気に放出しますがよろしいですか？》

「うわ、眩しい‼」

ステータスに表示された人形たちは、私のイメージと重なっている。これで実行だ‼

実行した途端、瘴気溜まりが強く輝いた。今、あの沼の中で、ドール族が再構成されているんだ。

「上手くいって‼」

――ピコン！

《クリーチャーフュージョンが成功しました。瘴気の残量が21ポイントしかないため、瘴気溜まりを維持できません。大気に発散し、元の状態へ戻します》

光の輝きが段々と収まり、沼の中から何かが出てきた。それらは……私がイメージした通りの人形たちで、十一体全てが出てくると同時に、瘴気溜まりのあった部分が、ただの土へと変化していた。ステータスの表示通り、元の土へと戻ったのか。

「みんな、新たな身体の状態はどうかな？」

イメージした通りであるため、十一体全てが小さい。これに関しては、『サイズ調整』

スキルがあれば、なんとかなる。ネーベリックとは逆で、彼らの場合、今の体長が小さすぎるため、巨大化が可能なはずだ。ガーランド様も、オマケで付けてくれているかもしれない。

「まだ、全身に魔力を行き渡らせていないため、動きが硬いものの、素晴らしいです‼『サイズ調整』スキルもありますから、我々の大きさも調整可能です」

おお、ガーランド様は本当に、オマケで付けてくれたんだ。市松人形のマクスウェルも、機嫌がいい。他のドール族たちにも確認したけど、マクスウェルと同意見のようだ。

「みんな、似合ってるよ。私の新たな従魔、『ドール軍団』の誕生だね。隠れ里の守護を頼んだよ」

「「「「は、お任せを‼ 我ら十一体、シャーロット様の手足となって、働かせていただきます‼」」」」

記憶を共有しているからか、全員が同じ言葉をハモって言ってくれた。周辺のドール族たちがここへ集まったということは、カッシーナ方面での戦いも終結しただろう。ということか、冒険者たちはこっちの事情を一切知らないから、かなり慌てているはずだ。急いで隠れ里に向かって、霊樹様を復活させて、幻惑結界を発動してもらおう。

25話　神ガーランドの誤算

闇魔法『クリーチャーフュージョン』で作成したばかりのドール軍団たちは、まだ馴染(なじ)んでいないためか、身体の動きがぎこちない。そこで、私は人形たちに、魔力を身体全体に十五分間だけ循環させるよう命じた。

これにより、身体のぎこちなさが消失し、市松人形や雛人形たちは自由に動き回れるようになり、生まれ変わったことを改めて自覚したのか、歓喜の声を上げた。

ただ、私の身長よりもかなり低いので、全員に『サイズ調整』スキルを使って、身長一メートルほどになるよう命じた。

その後、私は十一体の人形たちとともに、里へ戻った。里の人たちに、ドール軍団とカッシーナ方面の状況を説明すると、見たこともない異国の人形たちに関しては、初めこそ驚かれたものの、『魔物』という恐怖感をほとんど与えない、気品溢(あふ)れる姿に見惚(みと)れたのか、大人も子供もすぐに受け入れてくれた。

そして、里の存在を冒険者たちに知られるのは、現状まずいので、私はカゲロウさんとともに、急ぎ霊樹様のもとへと向かう。

「う、これは‼」

普段、冷静沈着なカゲロウさんが、目の前の光景を見て慌てている。私たちが里の試練で初めて霊樹様を訪れた際、外観からは見惚れるほどの美しさを、内部からは膨大な魔力を感じて圧倒されたのだけど、今の霊樹様からはそういった力強さを、まるで感じられない。しかも、一部が枯れており、瘴気によってかなり危険な状態であることがわかる。

この場で話したときの声は、多分木精霊様のものだ。夜になって聞こえてきた声は、精霊様の声に似せたユアラのものだと思う。そう考えると、ここで『構造解析』を実行すると、約束を破ることになる。

「カゲロウさん。一か八か、私の魔力のほとんどを霊樹様の中に入れてみます」

「魔力を入れる⁉　そんなことが可能なのか？」

「『他者に魔力を与えたり、他者の魔力を吸収する』効果を持つ『マジックトランスファー』というスキルが存在します。ですから、霊樹様に魔力を与えることは可能なんです。今の私の魔力は３０００ほどありますので、２５００を入れてみます」

「３０００⁉　桁が我々と違いすぎる。確かに、それほどの魔力を入れれば、もしかすると復活してくれるかもしれん。ただ、シャーロットの身体は大丈夫なのか？」

「六分の一残しますので問題ありません。それでは、やってみます」

私は霊樹様に触れ、精霊様から教えてもらった通り、自分の無属性魔力を霊樹様の中に少しずつ流し込む。初めのうちはなんの反応も示さなかったけど、１０００流し込んだところから、木全体がわずかに光り出した。そして２０００ほど流し込むと、光の強さが二倍ほど増し、２５００全てを流し込めば、魔力を与える前より、明らかに霊樹全体の活力が増していることがわかった。

「う～ん、ある程度復活したと思うのですが、輝き自体が当初見たときよりも、かなり弱いですね」

「そうだな。普段の霊樹様は、この輝きの数十倍はあると思う」

カゲロウさんの視点でそうならば、完全復活にはほど遠いか。

「それならば、リジェネレーション」

霊樹様に回復魔法を使用しても、なんら問題はないだろう。リジェネレーションの魔力が葉全てに行き渡るよう、再度霊樹様に触り、意識を集中させよう。動きようがないから、魔力を浸透(しんとう)させやすいし、これで回復率も高くなる。

「これは……枯れていた葉に、生気が戻りつつあるのか？　まさか、霊樹様に回復魔法を使用するとは……」

「シャーロット」

姿は見えないけど、この声はあのときの木精霊様だ‼　しかも、私の脳内ではなく、里全体に響いている。

「木精霊様、今までどこにいたのですか？　他の精霊様たちも見かけませんでした」

声の様子から、木精霊様が傷ついているような感じはしないけど。

「ユアラの仕業です。私があなた方にスキルを授けた後、すぐに彼女は周囲一帯の精霊たちを、どこか狭い場所へ強制転移させて、ずっと閉じ込めていたのです。先程、私たちは解放されましたので、急いで駆けつけ、霊樹の中に入りました」

ユアラの奴、精霊様を閉じ込める術(すべ)を持っているのか。でも、スキル販売者＝ユアラということを証明できた。私と精霊様も認識しているのだから、ガーランド様も二人の居所を掴んでいるんじゃないかな？　今は、霊樹様のことだけを考えよう。

「木精霊様、霊樹様を復活させたいのですが、これでもまだ足りませんか？」

「あなたの膨大な魔力のおかげで、危険な状態を脱しました。あとは、先ほどのリジェネレーションと私自身の力があれば、七日ほどで完治するでしょう。ですから、シャーロットは七日間、里に滞在してください。今のあなたの力量であれば、里内を自由に行動しても、リジェネレーションの効力も消えません」

おお、それは嬉しい誤算だ‼　以前なら、その場から動けなかったもん。でも七日間、里から動けないのはまずいよね。魔物大発生が落ち着いたら、ケアザさんたちも私たちを捜索するはずだ。

「シャーロット、安心して。解放された風精霊が、ケアザやハルザスにあなたたちの状況を、そしてカッシーナの住民の中でも、隠れ里の存在を知る者たちには、里の状況を教えているわ。幻惑結界自体はまだ使えないけど、弱い幻惑魔法だけでも、里の周囲に使用しておくから安心しなさい」

それは助かる。じゃあ、私たちはなんの気兼ねもせず、七日間里にいよう。せっかくだから、ここでユアラ用のスキルを制作しておこう。

「木精霊様、ご配慮ありがとうございます。私たちは、七日間ここで訓練しておきますね」

「ええ、そうしてちょうだい。それと、シャーロットは最後まで霊樹を構造解析しなかったわね。ご褒美(ほうび)として、いいことを二つ教えてあげる」

いいこと？　何かな？

「一つ目、今のシャーロットでは、転移魔法を習得する前に、確実に死ぬわ。しばらくの間、ここ『隠れ里ヒダタカ』で、カゲロウからアドバイスを貰(もら)いながら、実戦経験を積みなさい」

ストレートに言うな〜。『今の私でも死ぬ』って、どれだけ過酷な道のりなの？　『ここで経験を積め』ということは、やはり次の目的地『ナルカトナ遺跡』は相当危険なんだ。

「二つ目、里の者たちは、足技スキルに長(た)けているの。後で、カゲロウたちから学ぶといいでしょう。一般的に知られているのは、基本スキルの『足捌き』と『俊足(しゅんそく)』、応用スキルの『縮地』と『韋駄天』の四つね」

そこまでは、私も知っている。他にも何かあるのかな？

「でもね、さらにその上が存在するの。『韋駄天』スキルをレベル8以上にすれば、応用スキル『空歩』と『空走』が習得可能となるわ。名前の通り、空を自由に闊歩できるスキルよ。空にいるトキワが、地上にいるネーベリックを斬りつける際に使用したスキルといえばわかるかしら？」

アレか!? あのとき、トキワさんが反転した瞬間、まるでそこに地面があるかのように空中を踏み込んで、一気に私のもとへ移動したんだ。あれは、『空走』スキルを使用しての高速移動技なんだ。風魔法『フライ』は風を魔力で操り、自分自身を空中に浮かす魔法、多分『空走』は空中にある自分の指定した箇所を、地上と同じように駆け抜けることができるんだ。詳しいことはわからないけど、魔法を使用しない分、身体能力が求められるから、応用スキルに分類されるんじゃないかな？

「木精霊様、それらは我々も習得可能でしょうか？」

カゲロウさんは、『韋駄天』レベル7を持っているから、もう少し訓練すれば『空歩』を習得可能となる。

「もちろん、誰にでも習得可能よ。ただし、身体能力とスキルで空を走るのだから、魔法と違い、かなりの体力が必要となる。どうやって訓練するのか、それはあなたたちで考えなさい」

　肝心な部分は、自分たちで見つけないといけないのか。足技スキル……私の知るアレを訓練に使用できないかな？　あとで、相談してみよう。

「それと、ドール軍団を隠れ里の守護者にするのは構わないのだけど、クロイスに言ってはダメよ。まだ、ここの存在を国のトップに明かす時期じゃないわ」

「わかりました。今は、黙っておきます」

　クロイス女王に話すことで、邪悪な魔鬼族に知られる危険性もある。人種差別の件は意外に根深い。いつか、何か進展があったら、再度霊樹様に尋ねてみよう。

「私から言えるのは、こんなところね。シャーロット、今からあなたをあの方のもとに連れていきます」

「わかりました。私の方はいつでも構いません」

　あの方とは、ガーランド様のことだ。カゲロウさんがいるから、ボカしているんだね。

「カゲロウたちは、里の復興に尽力を尽くしなさい」

「あの方？　……わかりました。霊樹様、貴重な情報を提供していただき、ありがとうございます」

　カゲロウさんも、木精霊様の声色で追及してはいけないと悟ったようだ。私自身がユアラと出会った以上、なんらかの進展があったのだろう。今後のことを、ガーランド様と話し合おう。

○○○

現在、私はガーランド様とともに、いつもの部屋でドールレンジャー戦後の私とユアラの会話を映像で見ているのだけど……

「あの……ガーランド様」

「シャーロット、私は断じてふざけてなどいない‼」

そうですよね。それは、あなたの顔を見ればわかります。

ガーランド様は、完全に『お怒りモード』となっている。今、私たちが見ている映像には、私、ドラゴン形態のドレイク、そして……ユアラの代わりに、『おデブのガーランド様』が映っているのだ。しかも、声までガーランド様そのものだ。

「黒幕の仕業ですよね？」

「許さん……ここまでコケにされたのは初めてだ‼　おのれ、ユアラの背後に潜んでいるのは、間違いなく神だ‼」

恐ろしいまでの怒気（どき）だ。ここまでのことをしているのだから、相手はガーランド様のことを知っている。これって宣戦布告とみなしていいのだろうか？

——ドン‼

「宣戦布告に決まっているだろう‼」

ガーランド様が、目の前のテーブルに右拳を叩きつけた⁉

「私は、ユアラと黒幕を甘く見ていた。ユアラの周囲に、なんらかのシールドが展開されていると思っていた」

「え、違うのですか？」

私もそう思っていたのだけど？

「イザベルの事件や、五年前のユアラとエルギスとの映像妨害もあって、私はシステムをさらに向上させた。たとえ、神が自らの力で映像を妨害しようとしても、瞬時に見破れるほど強力にしてある‼」

それでも、ユアラがおデブのガーランド様に変化しているのは事実だ。ガーランド様自らがシステムを大幅強化しているのだから、こうも簡単に瞬時に映像を編集するなんてできないはずだ。考えられる要因は……

「まさか……システム強化前から、ハッキングを受けていた？」

「ハッキング？」

ガーランド様は、ハッキングを知らないのかな？

「地球の言葉です。大きな会社や警察などで使われるパソコンには、外部の人間から情報を盗み取られないよう、いくつもの防壁が展開されています。それでも、外部の人間たちがそういった防壁を破り、情報を盗んでいくのです。彼らのことを『ハッカー』、外部のパソコンを使って情報を盗み取る行為を『ハッキング』と言います。でも、ガーランド様のシステムなんだから、強化前でも外部の防壁を築いているはず……」

あれ？　ガーランド様が冷や汗を浮かべている。

「……ない」

今、何か言ったよね？

「いや……外部のことなど考えたことがないと思って……ね」

それって外部の神から見れば、情報を盗み放題？

「そうなる……かな」

何やってんのよ⁉

「いや……神がそんなふざけた行為をするはずがないと思って……」

あちゃあ〜、そうなると防壁とかも何もないってことか⁉

「もう、完全にハッキングされていますね。それも、かなり昔から。おそらく、システムの深部にまで潜り込まれていますよ。気づかなかったのですか？」

「……すまない。全くもって気づかなかった」

もう最悪だよ‼　そうなると、今回の件で出会ったユアラに関しても、進展なし？　まさか……ね。

「すまない。何の情報も得られなかった」

この神、殴りてえ～。システムの内部ばかり強化して、外部からの敵の侵入になんの対策も施していないのが、一番の原因じゃないか!!

「私が怒っても仕方ありませんね。ガーランド様は、システムを全部チェックし直してください。どこかに、痕跡が必ずあるはずです。もし見つかれば、その痕跡を辿ることで、黒幕に辿り着けるかもしれません。ひょっとすると、黒幕は地球関係の神かもしれませんね」

まあ、あくまで可能性だけどね。

「シャーロット、すまない。急いで、全てのシステムを確認しよう」

「私の方は、ユアラとドレイクの捕縛に移ります。今回は、経験不足もあって失敗しました。だから、対ユアラ戦用の凶悪スキルを開発して、次出会ったとき、奴らを必ず捕縛します!!」

あんな惨めな思いをするのは、もう二度とごめんだよ。

「わかった。君の思いついたものができるよう、私も配慮しよう」

「ガーランド様、ハッキングを受けている以上、黒幕もシステムを弄れるはずです。逃亡を図るため、システムを自壊させて、惑星自体を崩壊させるという最悪の事態が起きないよう、十分注意してください」

え!?　顔全体から、尋常でないほどの汗が流れているんですけど!?

まさか、考えていなかったとか？

「もちろん……想定している。そんな事態を起こさせん!!」

なんか怪しい。どこか頼りない。でも、頼れるのはガーランド様しかいないのだから頑張ってもらおう。

今回、ユアラに関する詳細な情報はないけど、スキル販売者＝ユアラと断定できた。現在の居場所は不明だけど、彼女は必ず私の前に現れる。彼女の持つスキルか魔法を上回るほどの力を身につけて、再戦に挑もう。私が地上で動き、ガーランド様は神の世界から動き、黒幕を突き止める。私とガーランド様を怒らせたら、どうなるのかをわからせてやる!!

エピローグ　タップダンスで身体を鍛えよう

事件終結から、二日が経過した。里の復旧作業としてまず行われたのが、破壊された家々の修繕だ。通常であれば、一軒の家が建てられるまで、数ヶ月の日数が必要とされるものの、私の教えた木魔法と土魔法の応用を駆使することで、建築期間がかなり短縮できる。とはいえ、ツリーハウスと違い、きちんと間取りを考えないといけないため、カゲロウさんとナリトアさんの家も、現在修繕中で、破壊された家々の住人は、仮住まいとしてツリーハウスに住んでいる。

次に修繕すべき箇所は地面。魔物たちが暴れたせいもあって、一部の地面がかなり荒れている。ただ、荒れている場所自体は少なく、こちらは土魔法や道具を用いることで一日で整備された。

この二日で、変化した点が一つある。霊樹様も、まだ本調子ではない。そのため、霊樹様が完全復活するまで、子供たちは修繕中の家々の住人たちとともに、ツリーハウスで寝泊まりすることになったのだけど、これが思いのほか好評なのだ。

これまで子供たちは、団体で寝泊まりなどしたことがなく、今回の事件で初めて経験した。

少し広めの温泉風呂、私が教えた室内用のお遊び、里の守護者となったドール軍団たちとの人形遊び、これらがよほど楽しかったのだろう。緊急避難用で建築したツリーハウスは、子供たちの遊び場と化してしまった。

ツリーハウスを気に入ってくれたのだから、無断で外に出る子もいないだろうけど、ちょっと不安だったため、私たちが旅立つまでの間、デッドスクリームにも警備に加わってもらった。

そして現在、私、アッシュさん、リリヤさんはというと、足技の基本スキル『俊足』を習得すべく、カゲロウさんから教わっている。

「三人の『足捌き』スキルを見せてもらったが……実戦で使用すると考えた場合、三人とも大差ないレベルだ」

カゲロウさんからの衝撃的な一言に、一番傷ついたのはアッシュさんだ。城エリアの侍ゾンビに教わったものは、剣道の足捌きである。そのため、足の運び方や踏み込みといった基礎しか教わっていない。アッシュさんは、そこに学園での経験も加わって、一人だけレベル三となっている。

「でも、僕は学園で剣術を習い、クラスメイトたちと模擬(もぎ)戦だってしています!!　実戦でも通用する……」

「実戦を、訓練や模擬戦と同じにするな!!」

アッシュさんの一言に、カゲロウさんが吠(ほ)えた。

「現状の君たちは『足捌き』を身につけて、まだ日も浅い。そのため、スキルを完全に使いこなせていない。ステータスに刻まれている数値とは、最大限の力を発動させたときのものだ。これは我々全員に当てはまることだが、人の状態というものは、日々の状況によって、大きく変化する。風邪(かぜ)をひいているときに、全力を出せるか？」

「あ!?」

カゲロウさんがいい例えを言ってくれたことで、アッシュさんも気づいたようだ。常時全力を出し切れるわけがない。

実戦ともなると、絶えず戦況が変化していく。状況が刻々と変化する中で、常時全力を出し切れるわけがない。

たとえ、『足捌き』のスキルレベルが三であったとしても、現状のアッシュさんでは経験不足のため、三の力を実戦で発揮できないんだ。

「アッシュもリリヤも、シャーロットという強者がいることで、これまで全力に近い数値で戦えたのだろう。裏を返せば、それだけ彼女に頼っているということだ。これからの旅で、シャーロットと離れ離れになったとき、君たちの真価が問われるぞ？　これは私たちにも言えることだが、今後彼女に甘えるな。自分の力で、立ち塞がる壁を砕いていけ」

アッシュさんもリリヤさんも反論しない。二人とも、思い当たる節があるんだ。ロッキード山山頂でのマテリアルドールの急襲、あれだって私が動いたからこそ、皆が助かった。

「そしてシャーロット、君の戦法を聞いたが、攻撃力が高すぎる。そのせいで、二人が自然と君に甘えてしまうのだ。もっと精密に、力を制御できる術を身につけろ‼　このままでは、強大な攻撃力が仇となり、二人を死なせてしまうぞ」

全くその通りです。返す言葉もございません。

「君たちが里に滞在している間、『足捌き』スキルを鍛えるだけでなく、本物の武器を使い、実戦形式で訓練や模擬戦を行う」

私たちは、カゲロウさんの言葉に静かに頷いた。ただ、実戦形式の訓練については全く問題ないけど、『足捌き』のスキルを効率的に上げるにはどうしたらいいのかが問題だ。侍ゾンビたちは、『実戦で経験を積むしかない』と言っていた。実戦でなくとも、足腰を鍛え、柔軟性のある練習に取り組めば、もしかしたらスキルレベルが上がるかもしれない。

「カゲロウさん、『足捌き』の訓練についてですが、足腰を重点的に楽しく鍛える方法があるのですが？」

「楽しく鍛える？　それはアストレカ大陸で行われている訓練なのか？」

「いえ、前世の記憶からです」

ナリトアさんからカゴメさんのことを聞いたとき、カゲロウさんはいなかった。ここで、きちんと説明しておこう。

「シャーロットは、カゴメ婆さんと同じ記憶保持者なのか？」

「私の場合、断片的にしか覚えていません。主に、料理関係ですね。ただ、今からお見せする『タップダンス』というのが、なぜか夢でもよく見ますし、身体にも染みついているんです」

「ふむ……おそらく、前世の者は、その『タップダンス』というスキルを高レベルにまで極めていたのかもしれん。それゆえ、現世のシャーロットでも、魂に強く刻まれているのだろう」

　カゲロウさん、正解です。

　前世の私は、両親が亡くなってから、社交性を高めるため、新聞の芸能欄を読んだり、アニメを見たり、流行りのゲームで遊んだりして、話題に取り残されないようにしていた。会社に就職して以降、運動不足になりがちだったので、ストレス発散も兼ねて始めたのがダンスだ。色々なダンスに挑戦したけど、タップダンスが一番ハマった。学会で知り合った人たちを勧誘して、一緒に踊ったりもしたな～。この惑星の人たちにも、タップダンスの素晴らしさを教えてあげたい。

「タップダンスは本来、特殊な板の上に乗って、踵と爪先に金属をつけた靴を履き、ダンスをしながら、音を楽しむものなんです。とりあえず、ミスリルの屑で少し厚い板を製作し、靴の踵と爪先にもミスリルをつけて踊ってみます」

　この場で形状変化できる金属といえば、ミスリルしかない。この金属で、どんな音が鳴り響くのかわからないけど、『構造解析』スキルを使用しながら、ミスリル金属で奏でられる理想的な音となるよう配慮して製作しよう。

　タップダンスには、いくつかのスタイルがある。有名なのが、ステップによって音楽を作り出す『リズムタップ』、曲に合わせて踊っていく『ミュージカルタップ』かな。

　今回、リズムタップで日本でも有名なあの音楽を再現してみよう。一九八五年に公開された映画。高校生がタイムマシンに改造された車に乗って一九五五年にタイムスリップしてしまう。彼は、自分のいた未来へと帰還すべく試行錯誤するのだけど、ピンチはそれだけではない。自分の両親となる男女の出会いを壊したせいで、自分の存在が消えそうになってしまったりもするのだ。あまりの面白さに、DVDで鑑賞していた私もドキドキしたものだ。あの映画のテーマ曲は、今でもハッキリと覚えている。道具も完成したし、踊ってみよう。

完成したミスリルの板を軽く靴の爪先や踵で叩くと、日本で使用したものとは異なる音色だったけど、不快なものではない。むしろ、心の汚れを落とすかのような綺麗な音色だ。

あとは、私の腕次第だろう。私は、あの映画の情景を思い浮かべながら、ゆっくりとステップを踏む。

子供の身体だから、初めのうちは戸惑ったけど、次第に慣れていき、目を閉じて全てを足捌きに集中し、リズムよく強弱をつけながら、音楽を紡ぐ。

……タップダンスによる演奏を終え、目を開けると、五十人を超える大勢の観客が私に盛大な歓声と拍手を送ってくれた。女性の中には、涙を流している人もいる。十一体のドール軍団たちも、身体を震わせている。

「シャーロット様～、私たちドール族は感激しました。見事な足捌きです‼　足から奏でる音だけで、あそこまでの演奏ができるなんて思いもしませんでした‼」

観客全員が、ドールマクスウェルの言葉に頷いている。この反応なら、みんなもタップダンスに参加してくれるかな？

「カゲロウさん、『タップダンス』はいかがでしょうか？」

「素晴らしいの一言に尽きる。これを訓練メニューに加えれば、『足捌き』スキルだけでなく、足腰も大幅に強化できるぞ。シャーロット、ステータスを確認してみるといい。おそらく、先程の演奏でスキルレベルが大きく上がっているはずだ」

ダンス一曲だけで上がるかな？　一応、確認してみよう。

「……嘘!?　スキルレベルが二から七になってる!?　『タップダンス』も、スキルレベル五で習得してる!!」

私の声に、皆が驚く。まさか、一気に五も上がるとは思いもしなかった。

「七か。あの華麗なダンスを披露すれば、納得だ。『足捌き』は、足技スキルの中でも基本中の基本。先程のダンスにはそれだけの技量が含まれていたんだ」

そういうものなの？　イマイチ基準がわからないけど、『足捌き』の技術を大幅に向上させる訓練方法が見つかったことだけは確かだ。

○○○

ダンスを披露後、『タップダンスを教えてほしい』という人々が続出したのだけど、肝心のミスリルの屑は、魔物大発生で大量使用したため、残存量が少ない。今の里の備蓄量だと、十人分が限界だろう。

私の方はまだ余裕があるけど、私もそこまでお人好しではないので、とりあえずアッシュさん、リリヤさん、カゲロウさん、ドールマクスウェルの四人分だけ、私の備蓄で製作しておいた。

残りの人たちに関しては、自分たちで製作してもらう予定だけど、技術力がまだ拙いため、ミスリルの加工技術を再度教える。またアッシュさんの力を借りて、タップダンスに必要な道具の完成図を描いてもらった。図と実物があれば、イメージもしやすい。私たちがここを離れても、問題なく製作できると思う。

とりあえず、私は道具を渡した四人に、タップダンスの基礎を教えていく。

才能の片鱗を感じたのは、意外なことにドールマクスウェルだった。身長一メートルの市松人形が、私の教えを忠実に守り、数度見ただけで、スポンジが水を吸うかのように、技術をどんどん吸収していく。なんというか、不思議な光景だよ。

いずれは雛人形たちが、タップダンスすることになるのか。日本では、絶対に起こり得ない事象だね。

ただ、マクスウェルの上達速度が少しおかしいと思い、彼のステータスを構造解析すると、ユニークスキルの欄に『ネットワーク』と『技術模写』というものがあった。

ユニークスキル『ネットワーク』

魔物の中でも、ドール族の最上位だけが持つことを許されている。地上に存在するドールマクスウェルたちは、このスキルにより繋がっており、記憶も共有している。

また、各個体は、その地方に棲む下位のドール族たちと群れを形成しており、下位の者たちの能力・記憶を全て把握している。

そのため、地上にいる全てのドールマクスウェルたちは、他のドール族たちの記憶全てを共有している。副次効果として、ノーマルスキル『指揮』レベル10、『連携』レベル10を習得できる。

ユニークスキル『技術模写』

ドール族の中でも、Bランク以上が身につけている。同一の『ノーマルスキル』または『魔法』を三回視認しただけで習得可能となるが、スキルの場合はレベル1からのスタートとなり、魔法はドール族のステータス次第で、威力が増減する。

『ネットワーク』スキルが、ドールレンジャーたちの連携や合体魔法を生み出していた。

そして、上達速度の速さは、間違いなく『技術模写』に起因している。三回視認しただけで習得可能って反則でしょ？　人が一つのスキルを習得するのに、どれだけの鍛錬が必要と思っているんだ。

このスキルのおかげもあって、マクスウェルはタップダンスの練習を始めてからわずか一時間足らずで、『足捌き』レベル3、『タップダンス』レベル2を習得した。

練習に参加していないドールXXやドールXも、『足捌き』レベル1、『タップダンス』レベル1を習得している。

なんか、納得いかない。多分、カゲロウさん、アッシュさん、リリヤさんも似たようなことを思っているだろう。

それにしても魔物大発生時、ドールマクスウェル二体が私のもとへ来てくれてよかった。指揮する者が誰もいなかったからこそ、全員が正面突破という選択肢を選んだ。もし、どちらか一体が里の方へ向かっていたら、多分私たちの策に勘付いて、里もかなりの損害を被っていただろう。

敵としては脅威だけど、彼らが守護者となって、里に滞在してくれるのなら、非常に頼もしい。

ロッキード山は王都の南側に位置しているので、ドール軍団たちは南の守護者となる。あとは、北側の守護者をケルビウム大森林に配置すれば、守りも固まり一安心なんだけど、山の北側は南側よりも魔素濃度が高く、多くの魔物たちが跋扈していると聞いている。そうなると、やはりデッドスクリームに行ってもらうのが得策だよね。

ネーベリックより弱いけど、Sランクである以上、北側の魔物たちも迂闊に近づかないだろう。

「カゲロウさん、ちょっとデッドスクリームのいるツリーハウスへ行ってきます」

「わかった。私たちは、ここで練習を重ねておく」

アッシュさんもリリヤさんも、私の声が届いていない。それだけタップダンスに夢中になっているんだ。このまま黙って、ツリーハウスへ向かおう。

ツリーハウスに到着すると、デッドスクリームは子供たちと一緒に遊んでいた。死神という異名を与えられているんだけど、子供と戯れるその姿からは魔物としての恐ろしさは全然感じられない。デッドスクリームは私に気づくと、子供たちをツリーハウスへと移動させた。

「シャーロット様、いかがなさいましたか？」

「デッドスクリームには、ケルビウム大森林の守護者になってもらおうと思うんだけど、どうかな？」

「やはり、そうなりますか。ドール族たちの姿を見て、薄々勘付いておりました。ドール族であれば、『隠れ里ヒダタカ』の守護者にピッタリでしょう。ただ、私の場合、相手側は納得しているのでしょうか？」

「森にいる人たちは、まだ何も知らないよ。ナルカトナ遺跡の調査を終了させて、王都に戻り次第、クロイス女王に提案してみる。それまでは、デッドスクリームは元の場所に戻ってもいいし、ここに留まっていてもいいよ」

大人も子供も、デッドスクリームのことを信頼しているから、しばらくの間なら里の人たちも許可してくれるんじゃないかな？

「ふうむ、それならば一度ランダルキア大陸の湿原に戻らせていただきます。まだ、やり残したことがありますので」

ずっと棲み着いていたのだから、愛着だってあるよね。ナルカトナ遺跡の調査に関しては、いつ終えるか不明だし、ちょうどいいんじゃないかな？

「わかった。こっちも準備できたら知らせるね」

「は、了解しました」

ナルカトナ遺跡において、ステータス数値は意味を成さないという。これが何を意味しているのか、トキワさんも真実を知らない。今回の調査では遺跡に入らないと思うけど、なんらかの外的要因が重なり、強制的に入っちゃう可能性もある。

『戦闘』や『遺跡探索』、全てにおいてステータス数値が意味を成さないのならば、魔法やスキルだって使用できるか怪しい。そうなると、現状の身体に備わっている基礎体力が重要になってくる。

最悪、私だって遺跡に潜む魔物たちに殺されるかもしれない。

未知なる魔物から逃走するには、経験もそうだけど、強靭な足腰が要となる。さすがに物理的な意味合いで、私たち三人が短期間で筋肉ムキムキにはなれないけど、少しでもいいから持久力や瞬発力を身につけよう。

最低でも、あと五日は『隠れ里ヒダタカ』に滞在できる。木精霊様のアドバイスを無駄にしてはいけない。ここで多くの実戦経験を積み、新たなスキルをいっぱい習得して、身体的にも精神的にも強くなっておこう。アッシュさんとリリヤさんも、同じ気持ちのはずだ。

それに、ユアラがどこで仕掛けてくるかわからない以上、ここで対ユアラ戦用のスキルを開発して、次戦に備えよう。

あとがき

この度は文庫版『元構造解析研究者の異世界冒険譚５』を手にとって頂き、誠にありがとうございます。作者の犬社護です。

第五巻にて、シャーロットは転移魔法を求めて、遂に王都から旅立ちました。大まかな内容はＷｅｂ版と変わりませんが、決定的に違うのはスキル販売者ユアラと従魔ドレイクの登場です。二人が彼女と明確な敵対行為をとることで、先の展開も面白くなると思い、単行本化の際に改稿しました。

しかし、それだけでは物足りないと考え、《ローション滑り台》などのお笑い要素を取り入れています。その後、大詰めとなる魔物の大群との戦闘シーンを描くにあたり、ふと頭に浮かんだ疑問を創作のアイデアに加えてみました。というのも、ロールプレイングゲームなどでは、クリエイターの方々が魅力溢れる様々な魔物を創作していますが、数が多くなりすぎるとデザインのネタも尽きて、あまり斬新な個性も出せなくなるのでは……？　と。この感覚を神ガーランドのいい加減な性格に取り入れてみたわけです。

その結果、何の個性もないマネキンの大ボス《ドールレンジャー》が生まれました。

ただ、神のいい加減さのせいで、ずっとマネキンのままというのも可哀相なので、市松人形と雛人形に彼らを変身させ、新たなシャーロットの従魔としました。主人公シャーロット自身が世界最強の七歳児ですから、従魔もユニークなキャラにしたかったのです。

また、エピローグからはシャーロットたちの修行期間に入りますが、スキル《足捌き》を向上させる訓練方法をどんな内容にするか悩みました。そんな時、たまたま見ていたテレビのバラエティー番組で流れたタップダンスがとても魅力的だったため、そこにヒントを得て「これだ！」と訓練にプラスしてみたのです。

さらに、ここに大きくなった市松人形や雛人形たちがタップダンスをしていたら愉しいのではと思い、シャーロットや里の人たちだけでなく、人形たちの修行シーンも入れています。こちらの人形たちは今後も、意外な形で登場しますのでご期待ください。

今回のイベントでは、リリヤが自分の経験不足を痛感し、それをアッシュたちに嘆いていました。魔物大発生と隠れ里の訓練を乗り越えた成果は、目的地カッシーナでリリヤの身に如実に現れることになります。次巻では、トキワの言っていた警告の意味が、読者の方々にもわかるでしょう。

それでは、また皆様にお会いできれば幸いです。

二〇二二年八月　犬社護

「銀座編」開幕!!

累計640万部(電子含む)突破!

ゲートSEASON1〜2
大好評発売中!

漫画
最新21巻
大好評発売中!

SEASON1　陸自編

単行本

●本編1〜5／外伝1〜4／外伝+
●各定価：本体1,870円(10%税込)

文庫

●本編1〜5〈各上・下〉／
外伝1〜4〈各上・下〉／外伝+〈上・下〉
●各定価：本体660円(10%税込)

漫画

漫画：竿尾悟

●1〜21(以下、続刊)
●各定価：本体770円(10%税込)

SEASON2　海自編

単行本

●本編1〜5
●各定価：本体1,870円(10%税込)

文庫

最新4巻
〈上・下〉
大好評発売中!

●本編1〜4〈各上・下〉
●各定価：本体660円(10%税込)

アルファライト文庫

この作品に対する皆様のご意見・ご感想をお待ちしております。

おハガキ・お手紙は以下の宛先にお送りください。

【宛先】

〒150-6008 東京都渋谷区恵比寿4-20-3 恵比寿ｶﾞｰﾃﾞﾝﾌﾟﾚｲｽﾀﾜｰ 8F
（株）アルファポリス　書籍感想係

メールフォームでのご意見・ご感想は右のＱＲコードから、
あるいは以下のワードで検索をかけてください。

ご感想はこちらから

アルファポリス　書籍の感想

本書は、2019年6月当社より単行本として
刊行されたものを文庫化したものです。

元構造解析研究者の異世界冒険譚 5

犬社護（いぬや　まもる）

2022年 8月 31日初版発行

文庫編集－中野大樹／宮田可南子
編集長－太田鉄平
発行者－梶本雄介
発行所－株式会社アルファポリス
〒150-6008東京都渋谷区恵比寿4-20-3恵比寿ガーデンプレイスタワー8F
TEL 03-6277-1601（営業） 03-6277-1602（編集）
URL https://www.alphapolis.co.jp/
発売元－株式会社星雲社（共同出版社・流通責任出版社）
〒112-0005東京都文京区水道1-3-30
TEL 03-3868-3275
装丁・本文イラスト－ヨシモト
文庫デザイン—AFTERGLOW
（レーベルフォーマットデザイン－ansyyqdesign）
印刷－中央精版印刷株式会社

価格はカバーに表示されてあります。

落丁乱丁の場合はアルファポリスまでご連絡ください。

送料は小社負担でお取り替えします。


ISBN978-4-434-30731-7 C0193